中国书籍文学馆 大师经典

石评梅精品选

石评梅 ◎ 著

中国书籍出版社
China Book Press

图书在版编目（CIP）数据

石评梅精品选 / 石评梅著 .—北京：中国书籍出版社，2014.3
（中国书籍文学馆·大师经典）
ISBN 978-7-5068-3927-3

Ⅰ . ①石… Ⅱ . ①石… Ⅲ . ①中国文学—现代文学—作品综合集 Ⅳ . ① I216.2

中国版本图书馆 CIP 数据核字（2013）第 306354 号

石评梅精品选

石评梅　著

图书策划	武　斌　崔付建
责任编辑	赵丽君
责任印制	孙马飞　张智勇
出版发行	中国书籍出版社
地　　址	北京市丰台区三路居路 97 号（邮编：100073）
电　　话	（010）52257143（总编室）　（010）52257153（发行部）
电子邮箱	chinabp@vip.sina.com
经　　销	全国新华书店
印　　刷	北京世纪雨田印刷有限公司
开　　本	710 毫米 ×960 毫米　1/16
字　　数	296 千字
印　　张	23
版　　次	2014 年 6 月第 1 版　2016 年 8 月第 2 次印刷
书　　号	ISBN 978-7-5068-3927-3
定　　价	39.80 元

版权所有　翻印必究

出版前言

我国现代文学是指用现代文学语言与文学形式，表达现代中国人思想、情感、心理的文学。是在20世纪初"五四"新文化运动的影响下，广泛接受外国文学影响而形成的新兴文学。其不仅用现代语言表现现代科学民主思想，而且在艺术形式和表现手法上都对传统文学进行了革新，建立了新的文学体裁，在叙述角度、抒情方式、描写手段以及结构组成等方面，都有新的创造。

我国现代文学的主流是人民的文学，集中表现为大大加强了文学与人民群众的结合，文学与进步社会思潮及民族解放、革命运动的自觉联系，构成了我国现代文学的基本历史特点与传统。此时的文学，以表现普通人民生活、改造民族性格和社会人生为根本任务。

在创作实践上，我国现代文学中出现了从未有过的彻底反封建的新主题和新人物，普通农民与下层人民，以及具有民主倾向的新式知识分子，成为了文学主人公，充分展示了批判封建旧道德、旧传统、旧制度以及表现下层人民不幸、改造国民性与争取个性解放等全新主题。也是通过这些内涵和元素，现代文学对推动历史进步起到了独特作用。

我们已经跨入21世纪，今天的历史状况和时代主题与现代文学的成长背景存在巨大差异，但文学表现人物、反映社会、推动进步的主旨并没有改变，在此背景下，我们非常有必要重温现代文学的经验，吸取其有益的因素，开创我们新世纪的文学春天。我们编选《中国书籍文学馆·大师经典》丛书，精选鲁迅、郁达夫、闻一多、徐志摩、朱自清、萧红、夏丏尊、邹韬奋、鲁彦、梁遇春、戴望舒、郑振铎、庐隐、许地山、石评梅、李叔同、朱湘、林徽因、苏曼殊、章衣萍等我国现代著名作家的文学作品，正是为了向今天的读者展示现代文学的成就，让当代文学在与现代文学的对话中开拓创新，生机盎然。因为这些著名作家都是我国现代文学的开拓者和各种文学形式的集大成者，他们的作品来源于他们生活的时代，包含了作家本人对社会、生活的体验与思考，影响着社会的发展进程，具有永恒的魅力。

中国书籍出版社
2014年1月

石评梅简介

石评梅（1902～1928），乳名心珠，学名汝璧。因爱慕梅花的俏丽坚贞，自取笔名石评梅。山西平定人。她是我国20世纪20年代著名的作家和革命活动家。

石评梅自幼便得家学滋养，有深厚的文学功底，父亲是她的启蒙老师。除家教外，她还先后就读于太原师范附小、太原女子师范，并且成绩优异。她酷爱文学，还爱好书画、音乐和体育，是一位天资聪慧、多才多艺的女性。

1919年，石评梅考入北京女子高等师范学校体育系。在读书期间，她结识了著名作家冯沅君、苏雪林等人，并同著名作家庐隐、陆晶清等人结为至交。在"五四"高潮的岁月里，她们常常一起开会、演讲、畅饮、赋诗，所谓"狂笑，高歌，长啸低泣，酒杯伴着诗集"，甚是浪漫。

1923年，石评梅从北京女子高等师范学校毕业，留校任该校附中女子部主任兼国文、体育教员。其间她与高君宇相恋。

1925年3月，高君宇因过度劳累，一病不起，病逝于北京协和医院。高君宇的死，使石评梅痛悔交加。自此，她便常在孤寂凄苦中，前到高君宇墓畔，抱着墓碑悲悼泣诉。

1928年9月18日，石评梅猝患脑膜炎，医治无效，于9月30日去世于当年高君宇病逝的协和医院。她去世后，友人们根据她生前曾表示的与高君宇"生前未能相依共处，愿死后得并葬荒丘"的愿望，将其尸骨葬在君宇墓畔。

石评梅在"五四"高潮的岁月里，发表了大量的诗歌、散文、游记和小说，其中尤以诗歌见长，有"北京著名女诗人"之誉。作品大多以追求爱情、真理，渴望自由、光明为主题，小说创作以《红鬃马》《匹马嘶风录》为代表。

石评梅在生命最后几年的作品中，有相当一部分是怀念高君宇或追忆二人交往往事之作，如《狂风暴雨之夜》《我只合独葬荒丘》《墓畔哀歌》等。

石评梅的作品无论是对光明的渴望、爱情的追求，还是对妇女和社会解放的关注，都充满了柔弱女性的奋力挣扎和不断追求真理的执著精神。

著名作家庐隐曾评价石评梅说：石评梅注定了是悲剧中的主角。她经历了从幻想到现实的痛苦，从虚幻、失望、渴望到仇恨、反抗、破坏的过程。她的作品就是她自身的情感苦旅和这中间巨大思考时空的真实记录。

目录

散文

惆怅	2
醒后的惆怅	5
梦回	7
恐怖	11
社戏	15
爆竹声中的除夕	18
漱玉	23
素心	28
露沙	32
深夜絮语	36
痛哭和珍	40
梅花小鹿	44
玉薇	47
寄山中的玉薇	51
寄海滨故人	55
梅隐	63
给庐隐	67
寄到狱里去	72

低头怅望水中月	76
绿　屋	78
沄　沁	81
花神殿的一夜	85
心情底践踏	88
天　辛	90
微醉之后	93
夜　航	96
"殉尸"	100
一片红叶	104
象牙戒指	107
最后的一幕	110
缄情寄向黄泉	114
狂风暴雨之夜	120
我只合独葬荒丘	123
肠断心碎泪成冰	128
梦回寂寂残灯后	133
我沉沦在苦忆中	138
雪　夜	141
墓畔哀歌	145
心之波	150

目录

红粉骷髅　　　　　　155
同是上帝的儿女　　　157
血　尸　　　　　　　159
无穷红艳烟尘里　　　162
梦　呓　　　　　　　164
偶然草　　　　　　　168
灰　烬　　　　　　　170
模糊的余影（节选）　174
烟霞余影　　　　　　214

—诗歌—

断头台畔　　　　　　　224
这悠悠相思我与谁弹　　226
悼君宇　　　　　　　　228
紫罗兰　　　　　　　　230
灵魂的漫歌　　　　　　232
离梅窠前一日诗　　　　237
一瞥中的流水与落花　　239
别　后　　　　　　　　242
我告诉你，母亲！　　　245
浅浅的伤痕　　　　　　247

抬起头来，我爱！	249
秋的礼赠	251
我愿你	253
流萤的火焰	255
残夜的雨声	259

小说

归　来	262
红鬃马	265
白云庵	276
流浪的歌者	285
匹马嘶风录	296
噩梦中的扮演	311
毒　蛇	313
只有梅花知此恨	317
弃　妇	321
祷　告	327
余　辉	336
被践踏的嫩芽	339
忏　悔	345

文学馆

散文
石评梅精品选

惆　怅

先在上帝面前，忏悔这如焚的惆怅！

朋友！我就这样称呼你吧。当我第一次在酒楼上逢见你时，我便埋怨命运的欺弄我了。我虽不认识你是谁？我也不要知道你是谁？但我们偶然的遇合，使我在你清澈聪慧的眼里，发现了我久隐胸头的幻影，在你炯炯目光中重新看见了那个捣碎我一切的故人。自从那天你由我身畔经过，自从你一度惊异的注视我之后，我平静冷寂的心波为你汹涌了。朋友！愿你慈悲点远离开我，愿你允许我不再见你，为了你的丰韵，你的眼辉，处处都能撼的我动魄惊心！

这样凄零如焚的心境里，我在这酒店内成了个奇异的来客，这也许就是你怀疑我追究我的缘故吧？为了躲避过去梦影之纠缠，我想不再看见你，但是每次独自踽踽林中归来后，望着故人的遗像，又愿马上看见你，如观黄泉下久矣沉寂消游的音容。因此我才强咽着泪，来到这酒店内狂饮，来到这跳舞厅上跶蹀。明知道这是更深更深的痛苦，不过我不能自禁的沉没了。

你也感到惊奇吗？每天屋角的桌子上，我执着玛瑙杯狂饮，饮醉后我又踱到舞场上去歌舞，一直到灯暗人散，歌暗舞乱，才抱着惆怅和疲倦归来。这自然不是安放心灵的静境，但我为了你，天天来到这里饮一瓶上等的白兰地，希望醉极了能毒死我呢！不过依然是清醒过来了。近来，你似乎感到我的行为奇特吧！你伴着别人跳舞时，目光时时在望着我，想仔细探索我是什么人？怀着什么样心情来到这里痛饮狂舞？唉！这终于是个谜，除了我这一套朴素衣裙苍白容颜外，怕你不能再多知道一点我的心情和形踪吧？

记得那一夜，我独自在游廊上望月沉思：你悄悄立在我身后，当我回到沙发上时，你低着头叹息了一声就走过去了。真值得我注意，这一声哀惨的叹息深入了我的心灵，在如此嘈杂喧嚷，金迷纸醉的地方，无意中会遇见心的创伤的同情。这时音乐正奏着最后的哀调，呜呜咽咽像夜莺悲啼，孤猿长啸，我振了振舞衣，想推门进去参加那欢乐的表演；但哀婉的音乐令我不能自持，后来泪已扑簌簌落满衣襟，我感到极度的痛苦，就是这样热闹的环境中愈衬出我心境的荒凉冷寂。这种回肠荡气的心情，你是注意到了，我走进了大厅时，偷眼看见你在呆呆地望着我，脸上的颜色也十分惨淡；难道说你也是天涯沦落的伤心人吗？不过你的天真烂漫，憨娇活泼的精神，谁信你是人间苦痛中扎挣着的人呢？朋友！我自然祝福你不是那样。更愿你不必注意到我，我只是一个散洒悲哀，布施痛苦的人，在这世界上我无力再承受任何人的同情和怜恤了。我虽希望改换我的环境，忘掉一切，舍弃一切，埋葬一切，但是新的境遇里有时也会回到旧的梦里。依然不能摆脱，件件分明的往事，照样映演着揉碎我的心灵。我已明白了，这是一直和我灵魂殉葬入墓的礼物！

写到这里我心烦乱极了，我走倒在床上休息一会再往下写吧！

这封信未写完我就病了。

朋友！这时我重提起笔来的心情已完全和上边不同了。是忏悔，也是觉悟，我心灵的怒马奔放到前段深潭的山崖时，也该收住了，再前去只有不堪形容的沉落，陷埋了我自己，同时也连累你，我那能这样傻呢！

那天我太醉了，不知不觉晕倒在酒楼上，醒来后睁开眼我睡在软榻上，猛抬头便看你温柔含情的目光，你低低和我说：

"小姐！觉着好点吗？你先喝点解酒的汤。"

我不能拒绝你的好意，我在你手里喝了两口桔子汤，心头清醒了许多，忽然感到不安，便扎挣的坐起来想要走。你忧郁而诚恳的说：

"你能否允许我驾车送你回去么？请你告诉我住在那里？"我拂然的拒绝了你。心中虽然是说不尽的感谢，但我的理智诏示我应该远避你的殷勤，所以我便勉强起身，默无一语的下楼来。店主人招呼我上车时，我还看见你远远站在楼台上望我。唉！朋友！我悔不该来这地方，又留下一个凄惨的回忆；而且给你如此深沉的怀疑和痛苦，我知道忏悔了愿，你忘记我们的遇合并且原谅我难言的哀怀吧！

从前为了你来到这里，如今又为了你离开。我已决定不再住下去了，三天内即航海到南洋一带度漂流的生涯，那里的朋友曾特请去同他们合伙演电影，我自己也很有兴趣，如今又有一个希望在诱惑我做一个悲剧的明星呢！这个事业也许能发挥我满腔凄酸，并给你一个再见我的机会。

今天又到酒店去看你，我独隐帏幕后，灯光辉煌，人影散乱中，看见你穿一件翡翠色的衣服，坐在音乐台畔的沙发上吸着雪茄沉思，朋友！我那时心中痛苦万分，很想揭开幕去向你告别，但是我不能。只有咽着泪默望你说了声：

"朋友！再见。一切命运的安排，原谅我这是偶然。"

醒后的惆怅

深夜梦回的枕上,我常闻到一种飘浮的清香,不是冷艳的梅香,不是清馨的兰香,不是金炉里的檀香,更不是野外雨后的草香。不知它来自何处,去至何方?它们伴着皎月游云而来,随着冷风凄雨而来,无可比拟,凄迷辗转之中,认它为一缕愁丝,认它为几束恋感,是这般悲壮而缠绵。世界既这般空寂,何必追求物象的因果。

汝负我命,我还汝债,以是因缘,经百千劫常在生死。
汝爱我心,我爱汝色,以是因缘,经百千劫常在缠缚。
——楞严经

寂灭的世界里,无大地山河,无恋爱生死,此身既属臭皮囊,此心又何尝有物,因此我常想毁灭生命,锢禁心灵。至少把过去埋了,埋在那苍茫的海心,埋在那崇峻的山峰;在人间永不波荡,永不飘飞;但是失败了,仅仅这一念之差,铸塑成这般罪恶。

当我在长夜漫漫，转侧呜咽之中，我常幻想着那云烟一般的往事，我感到哽酸，轻轻来吻我的是这腔无处挥洒的血泪。

我不能让生命寂灭，更无力制止她的心波澎湃，想到时总觉对不住母亲，离开她五年把自己摧残到这般枯悴。

要写什么呢？生命已消逝的飞掠去了，笔尖逃逸的思绪，何曾是纸上留下的痕迹。母亲！这些话假如你已了解时，我又何必再写呢！只恨这是埋在我心冢里的，在我将要放在玉棺时，把这束心的挥抹请母亲过目。

天辛死以后，我在他尸身前祷告时，一个令我缱绻的梦醒了！我爱梦，我喜欢梦，她是浓雾里阑珊的花枝，她是雪纱轻笼了苹果脸的少女，她如苍海飞溅的浪花，她如归鸿云天里一闪的翅影。因为她既不可捉摸，又不容凝视，那轻渺渺游丝般梦痕，比一切都使人醺醉而迷惘。诗是可以写在纸上的，画是可以绘在纸上的，而梦呢，永远留在我心里。母亲！假如你正在寂寞时候，我告诉你几个奇异的梦。

梦　回

　　这已是午夜人静，我被隔房一阵痛楚的呻吟惊醒！睁开眼时，一盏罩着绿绸的电灯，低低的垂到我床前，闪映着白漆的几椅和镜台。绿绒的窗帏长长的拖到地上；窗台上摆着美人蕉。摆着梅花，摆着水仙，投进我鼻端的也辨不出是那一种花香？墙壁的颜色我写不出，不是深绿，不是浅碧，像春水又像青天，表现出极深的沉静与幽暗。我环顾一周后，不禁哀哀的长叹一声！谁能想到呢！我今夜来到这陌生的室中，睡在这许多僵尸停息过的床上做这惊心的碎梦？谁能想到呢！除了在暗中捉弄我的命运，和能执掌着生机之轮的神。

　　这时候门轻轻地推开了。进来一个黑衣罩着白坎肩戴着白高冠的女郎，在绿的灯光下照映出她娇嫩的面靥，尤其可爱的是一双黑而且深的眼；她轻盈婀娜的走到我床前。微笑着说："你醒了！"声音也和她的美丽一样好听！走近了，细看似乎像一个认识的朋友，后来才想到原来像去秋死了的婧姊。不知为什么我很喜欢她；当她把测验口温的表放在我嘴里时，我凝视着她，我是愿意在她依稀仿佛的面容上，认识我不能再见的婧姊呢!

"你还须静养不能多费思想的,今夜要好好的睡一夜;明天也许会好的,你不要焦急!"她的纤纤玉手按着我的右腕,斜着头说这几句话。我不知该怎样回答她,我只微笑的点点头。她将温度写在我床头的一个表上后,她把我的被又向上拉了拉,把汽炉上的水壶拿过来。她和来时一样又那么轻盈婀娜的去了。电灯依然低低的垂到我床前,窗帏依然长长的拖到地上,室中依然充满了沉静和幽暗。她是谁呢?她不是我的母亲,不是我的姊妹,也不是我的亲戚和朋友,她是陌生的不相识的一个女人;然而她能温慰我服侍我一样她不相识的一个病人。当她走后我似乎惊醒的回忆时,我不知为何又感到一种过后的惆怅,我不幸做了她的伤羊。我合掌谢谢她的来临,我像个小白羊,离群倒卧在黄沙凄迷的荒场,她像月光下的牧羊女郎,抚慰着我的惊魂,吻照着我的创伤,使我由她洁白仁爱的光里,看见了我一切亲爱的人,忘记了我一切的创痛。

我那能睡,我那能睡,心海像狂飙吹拂一样的汹涌不宁;往事前尘,历历在我脑海中映演,我又跌落在过去的梦里沉思。心像焰焰迸射的火山,头上的冰囊也消融了。我按电铃,对面小床上的漱玉醒了,她下床来看我,我悄悄地拉她坐在我床边,我说:"漱妹:你不要睡了,再有两夜你就离开我去了,好不好今夜我俩联床谈心?"漱玉半天也不说话,只不停的按电铃,我默默望着她娇小的背影咽泪!女仆给我换了冰囊后,漱玉又转到我床前去看我刚才的温度;在电灯下呆立了半响,她才说:"你病未脱险期,要好好静养,不能多费心思多说话,你忘记了刚才看护吩咐你的话吗?"她说话的声音已有点抖颤,而且她的头低低的垂下,我不能再求了。好吧!任我们同在这一室中,为了病把我们分隔的咫尺天涯;临别了,还不能和她联床共话消此长夜,人间真有许多想不到梦不到的缺憾。我们预想要在今夜给漱玉饯最后的别宴,也许这时候正在辉煌的电灯下各抱一壶酒，和泪痛饮，在这凄楚悲壮的别宴上，沉痛着未来而醺醉。那知这一切终于是幻梦，幻梦非实，终于是变，变异非常；谁料到凄哀的别宴，到时候又变出惊人的惨剧！

这间病房中两张铁床上，卧着一个负伤的我，卧着一个临行的她，我们彼此心里都怀有异样的沉思，和悲哀：她是山穷水尽无路可通，还要挣扎着去投奔远道，在这冰天雪地，寒风凄紧时候；要践踏出一条道路，她不管上帝付给的是什么命运？我呢，原只想在尘海奔波中消磨我的岁月和青春，那料到如今又做了十字街头，电车轮下，幸逃残生的负伤者！生和死一刹那间，我真愿晕厥后，再不醒来，因为我是不计较到何种程度才值的死，希望得什么泰山鸿毛一类的虚衔。假如死一定要和我握手，我虽不愿也不能拒绝，我们终日在十字街头往来奔波，活着出门的人，也许死了才抬着回来。这类意外的惨变，我们且不愿它来临，然而也毫无力量可以拒绝它来临。

我今天去学校时，自然料不到今夜睡在医院、而且负了这样沉重的伤。漱玉本是明晨便要离京赴津的，她那能想到在她临行时候，我又遭遇了这样惊人心魂的惨劫？因之我卧在病床上深深地又感到了人生多变，多变之中固然悲惨凄哀，不过有时也能找到一种意想不及的收获。我似乎不怎样关怀我负伤的事，我只回想着自己烟云消散后的旧梦，沉恋着这惊魂乍定，恍非身历的新梦。

漱玉喂我喝了点牛奶后，她无语的又走到她床前去，我望着沉重的双肩长叹！她似乎觉着了。回头向我苦笑着说："为什么？"我也笑了，我说："不知道？"她坐在床上，翻看一本书。我知她零乱的心绪，大概她也是不能睡；然而她知我也是不愿意睡，所以她又假睡在床上希望着我静寂中能睡。她也许不知道我已厌弃睡，因为我已厌弃了梦，我不愿入梦，我是怕梦终于又要惊醒！

有时候我曾羡慕过病院生活，我常想有了病住几天医院，梦想着这一定是一个值的描写而别有兴感的环境；但是今夜听见了病人痛楚的呻吟，看见了白衣翩跹的看护，寂静阴惨的病室，凄哀暗淡的灯光时，我更觉的万分悲怆！深深地回忆到往日病院的遗痕，和我心上的残迹，添了些此后离梦更遥的惆怅！而且愿我永远不再踏进这肠断心碎的地方。

心绪万端时，又想到母亲。母亲今夜的梦中，不知我是怎样的入梦？母亲！我对你只好骗你，我那能忍把这些可怕可惊的消息告诉你。为了她我才感谢上苍，今天能在车轮下逃生，剩得这一付残骸安慰我白发皤皤的双亲。为了母亲我才珍视我的身体，虽然这一付腐蚀的残骸，不值爱怜；但是被母亲的爱润泽着的灵魂，应该随着母亲的灵魂而安息，这似乎是暗中的声音常在诏示着我。然而假使我今天真的血迹模糊横卧在车轨上时，我虽不忍抛弃我的双亲也不能。想到此我眼中流下感谢的泪来！

路既未走完，我也只好背起行囊再往前去，不管前途是荆棘是崎岖，披星戴月的向前去。想到这里我心才平静下，漱玉蜷伏在床上也许已经入了梦，我侧着身子也想睡去，但是脑部总是迸发出火星，令我不能冷静。

夜更静了，绿帏后似乎映着天空中一弯残月。我由病床上起来，轻轻地下了床，走到窗前把绿帏拉开，惨白的月光投射进来，我俯视月光照着的楼下，在一个圆形的小松环围的花圃里中央，立着一座大理石的雕像，似乎是一个俯着合掌的女神正在默祷着！这刹那间我心海由汹涌而归于枯寂，我抬头望着天上残月和疏星，低头我又看在凄寒冷静的月夜里，那一个没有性灵的石像；我痴倚在窗前沉思，想到天明后即撒手南下的漱玉，又想到从死神羽翼下逃回的残躯，我心中觉着辛酸万分，眼泪一滴一滴流到炎热的腮上。我回到床前，月光正投射到漱玉的身上，窗帏仍开着，睁眼可以看见一弯银月，和闪烁的繁星。

恐　怖

　　父亲的生命是秋深了。如一片黄叶系在树梢。十年，五年，三年以后，明天或许就在今晚都说不定。因之，无论大家怎样欢欣团聚的时候，一种可怕的暗影，或悄悄飞到我们眼前。就是父亲的喜欢时，也会忽然的感叹起来！尤其是我，脆弱的神经，有时想的很久远很恐怖。父亲在我家里是和平之神。假如他有一天离开人间，那我和母亲就沉沦在更深的苦痛中了。维持我今日家庭的绳索是父亲，绳索断了，那自然是一个莫测高深的陨坠了。

　　逆料多少年大家庭中压伏的积怨，总会爆发的。这爆发后毁灭一切的火星落下时，怕懦弱的母亲是不能逃免！我爱护她，自然受同样的创缚，处同样的命运是无庸疑议了。那时人们一切的矫饰虚伪，都会褪落的；心底的刺也许就变成弦上的箭了。

　　多少隐恨说不出在心头。每年归来，深夜人静后，母亲在我枕畔偷偷流泪！我无力挽回她过去铸错的命运，只有精神上同受这无期的刑罚。有时我虽离开母亲，凄冷风雨之夜，灯残梦醒之时，耳中犹仿佛听见枕畔有母亲滴泪的声音。不过我还很欣慰父亲的健在，一切都能给她作防御的盾牌。

谈到父亲，七十多年的岁月，也是和我一样颠沛流离，忧患丛生，痛苦过于幸福。每次和我们谈到他少年事，总是残泪沾襟不忍重提。这是我的罪戾呵！不能用自己柔软的双手，替父亲抚摸去这苦痛的瘢痕。

我自然是萍踪浪迹，不易归来；但有时交通阻碍也从中作梗。这次回来后，父亲很想乘我在面前，预嘱他死后的诸事，不过每次都是泪眼模糊，断续不能尽其辞。有一次提到他墓穴的建修，愿意让我陪他去看看工程，我低头咽着泪答应了。

那天夜里，母亲派人将父亲的轿子预备好，我和曾任监工的族叔蔚文同着去，打算骑了姑母家的驴子。

翌晨十点钟出发：母亲和芬嫂都嘱咐我好好招呼着父亲，怕他见了自己的坟穴难过；我也不知该怎样安慰防备着，只觉心中感到万分惨痛。一路很艰险，经过都是些崎岖山径；同样是青青山色，潺潺流水，但每人心中都压抑着一种凄怆，虽然是旭日如烘，万象鲜明，而我只觉前途是笼罩一层神秘恐怖黑幕，这黑幕便是旅途的终点，父亲是一步一步走近这伟大无涯的黑幕了。

在一个高埋如削的山峰前停住，父亲的轿子落在平地。我慌忙下了驴子向前扶着，觉他身体有点颤抖，步履也很软弱，我让他坐在崖石上休息一会。这真是一个风景幽美的地方，后面是连亘不断的峰峦，前面是青翠一片麦田；山峰下隐约林中有炊烟，有鸡唱犬吠的声音。父亲指着说："那一带村庄是红叶沟，我的祖父隐居在这高塔的庙里，那庙叫华严寺，有一股温泉，流汇到这庙后的崖下。土人传说这泉水可以治眼病呢！我小时候随着祖父，在这里读书；已经有三十多年不来了，人事过的真快呵！不觉得我也这样老了。"父亲仰头叹息着。

蔚叔领导着进了那摩云参天的松林，苍绿阴森的荫影下，现出无数冢墓，矗立着倒斜着风雨剥蚀的断碣残碑。地上丛生了许多草花，红的黄的紫的夹杂着十分好看。蔚叔回转进一带白杨，我和父亲慢步徐行，阵阵风吹，声声蝉鸣，都现得惨淡空寂，静默如死。

蔚叔站住了，面前堆满了磨新的青石和沙屑，那旁边就是一个深的洞穴，这就是将来掩埋父亲尸体的坟墓。我小心看着父亲，他神色现得异样惨淡，银须白发中，包掩着无限的伤痛。

一阵风吹起父亲的袍角，银须也缓缓飘拂到左襟；白杨树上叶子磨擦的声音，如幽咽泣诉，令人酸哽，这时他颤巍巍扶着我来到墓穴前站定。

父亲很仔细周详的在墓穴四周看了一遍，觉得很如意。蔚叔又和他筹画墓头的式样，他还能掩饰住悲痛说：

"外面的式样坚固些就成啦；不要太讲究了，靡费金钱。只要里面干燥光滑一点，棺木不受伤就可以了。"

回头又向我说：

"这些事情原不必要我自己做，不过你和璜哥，整年都在外面；我老了，无可讳言是快到坟墓去了。在家也无事，不愁穿，不愁吃，有时就愁到我最后的安置。棺木已扎好了，里子也裱漆完了。衣服呢我不愿意穿前清的遗服或现在的袍褂。我想走的时候穿一身道袍。璜哥已由汉口给我寄来了一套，鞋帽都有，那天请母亲找出来你看看。我一生廉洁寒苦，不愿浪费，只求我心身安适就成了。都预备好后，省临时麻烦；不然你们如果因事忙因道阻不能回来时，不是要焦急吗？我愿能悄悄地走了，不要给你们灵魂上感到悲伤。生如寄，死如归，本不必认真呵！"

我低头不语，怕他难过，偷偷把泪咽下去。等蔚叔扶父亲上了轿后，我才取出手绢揩泪。

临去时我向松林群冢望了一眼，再来时怕已是一个梦醒后。

跪在洞穴前祷告上帝：愿以我青春火焰，燃烧父亲残弱的光辉！千万不要接引我的慈爱父亲来到这里呵！这是我第二次感到坟墓的残忍可怕，死是这样伟大的无情。

社　戏

　　临离北平时，许多朋友送了我不少的新书。回来后，这寂寞的山城，除了自然界的风景外，真没有可以消遣玩耍的事情，只有拿上几本爱读的书，到葡萄架下，老槐树底，小河堤上，茅庵门前，或是花荫蝉声，楼窗晚风里去寻求好梦。书又何曾看了多少，只凝望着晚霞和流云而沉思默想；想倦了，书扔在地上，我的身体就躺在落英绿茵中了。怎样醒来呢？快吃饭了，昆林抱着黄狸猫，用它的绒蹄来抚摸我的脸，惊醒后，我牵了昆林，黄狸猫跟在我们后边，一块儿走到母亲房里。桌上已放置了许多园中新鲜菜蔬烹调的佳肴，昆林坐在小椅子上，黄狸猫蹲在她旁边。那时一切的环境，都是温柔的和母亲的手一样。

　　读倦了书，母亲已派人送冰浸的鲜艳的瓜果给我吃。亲戚家也都把他们园地中的收获，大篮小筐的馈赠我，我真成了山城中幸福的娇客。黄昏后，晚风凉爽时，我披着罗衣陪了父亲到山腰水涧去散步。

　　想起来，这真是短短的一个美满的神仙的梦呢！

　　有一天姑母来接我去看社戏。这正是一个清新的早晨，微雨初晴旭日像一团火轮，我骑着小驴儿，得得得得走过了几个小村堡到了姑母家。姑母家，充满了欣喜的空气欢迎我。

早餐后，来了许多格子布，条儿布的村姑娘来看我，都梳着辫子，扎着鲜艳的头绳，粉白脸儿拢着玫瑰腮，更现的十分俏丽。姑母介绍时，我最喜欢梳双髻的兰篮；她既天真又活泼，而且很大方，不像别的女孩子那样怕生害羞。

今天村里的妇女们，衣饰都收拾的很新洁。一方面偷空和姑姑姨姨们畅叙衷怀，一方面还要张罗着招待客人看戏。比较城市中，那些辉煌华丽的舞台剧场中的阔老富翁们，拥伴侍候着那些红粉骷髅，金钱美人，要幸福多了。这种可爱的纯真和朴素，使的她们灵魂是健康而且畅快呵！不过人生的欲望无穷，达不到的都是美满，获得的都是缺陷，彼此羡慕也彼此妒忌，这就是宛转复杂的苦痛人生吧！

戏台在一块旷野地。前面那红墙高宇的就是关帝庙。这台戏，有的人说是谢神的，因为神的力量能保佑地面不曾受奉军的蹂躏。有的人说是庆祝北代成功的，特意来慰劳前敌归来的将士们。台前悬挂着两个煤气灯，交叉着国旗党旗，两旁还挂着"革命尚未成功，同志仍须努力"的对联。我和兰篮她们坐在姑家的席棚里，清楚的看见这简陋剧场的周围，是青山碧水，瓜田莱畦，连绵不断翠色重重的高粱地。

集聚的观众，成个月牙形。小贩呼卖声，儿童哭闹声，妇女们的笑语声，刺耳的锣鼓声，种种嘈杂的声音喊成一片；望去呢，是闹烘烘一团人影，缓缓移动像云拥浪堆。

二点钟时候，戏开演了。咿咿呀呀，唔唔呵呵，红的进去，黑的出来，我简直莫明其妙是做什么？回头问女伴，她们一样摇头不知。我遂将视线移在台下，觉得舞台下的活动影戏，比台上的傀儡还许有趣呢！

正凝视沉思时，东北角上忽然人影散动，观众们都转头向那方看去，隐隐听见哭喊求饶的声音。这时几声尖锐的啸笛吹起，人群中又拥出许多着灰色军服的武装同志,奔向那边去了。妇女们胆小的都呼儿携女的逃遁了,大胆些的站在板凳上伸头了望;蓦然间起了极大的纷扰。

　　一会儿姑母家派人来接我们。我向来人打听的结果,才知道这纷乱的原因。此地驻扎的武装同志来看戏时,无意中乡下一个农民践踏了他一足泥,这本来小得和芝麻一样大的事,但是我们的同志愤怒之余就拿出打倒的精神来了。这时看台上正坐着个七十多岁的老太婆,她听见儿子哭喊求救的声音,不顾一切由椅子上连跌带跑奔向人群,和那着灰色军装的兵,加入战团。一声啸笛后又来了许多凶恶的军士助威,不一会那母子已打的血迹淋漓,气息奄奄,这时还不知性命怎样呢!据说这类事情,一天大小总发生几项,在这里并不觉的奇怪。不过我是恍惚身临旧境一样的愤慨罢了!

　　挤出来时,逢见一个军官气冲冲的走过去。后面随着几个着中山服的青年,认识一位姓唐的,他是县党部的委员。

　　在山坡上,回头还能看见戏台上临风招展的青天白日满地红。我轻轻舒放了一口气。才觉得我是生活在这样幸福的环境里。

爆竹声中的除夕

这时候是一个最令人撩乱不安的环境，一切都在欢动中颤摇着。离人的心上是深深地厚厚地罩着一层乡愁，无论如何不想家的人，或者简直无家可想的人，他都要猛然感到悲怆，像惊醒一个梦似的叹息着！

在这雪后晴朗的燕市，自然不少漂泊到此的旅客游子，当爆竹声彻夜的在空中振动时，你们心上能不随着它爆发，随着它陨落吗？这时的心怕要和爆竹一样的爆发出满天的火星。而落下时又是那么狼藉零乱，碎成一片一节的散到地上。

八年了，我在北京城里听爆竹声，环境心情虽年年不同，而这种惊魂碎心的声音是永远一样的。记得第一年我在红楼当新生，仿佛是睡在冰冷的寝室床上流泪度过的；不忍听时我曾用双手按着耳朵，把头缩在被里，心里骗自己说："这是一个平常的夜，静静地睡吧！"第二年在一个同乡家里，三四个小时候的老朋友围着火炉畅谈在太原女师时顽皮的往事。笑话中听见爆竹，便似乎想到家里，跪在神龛前替我祝福的母亲。第三年在红楼的教室中写文章，那时我最好，好的是知道用功的读书，而且学的写白话文，不是先前的一味顽皮嘻笑了。不过这一年里，我认识了人间的忧愁。第四年我也是在红楼，除夕之夜记得是写信，写一封悲凄哀婉的信，还做了四首旧诗。第五年我已出了红楼，住在破庙的东厢，这一年我是多灾多难，多愁多病的过去了。第六年我又到了一个温暖的家庭里寄栖，爱我护我如我自己的家一样；不幸那时宇哥病重，除夕之夜，是心情纷坛，事务繁杂中度过的。第七年我仍是寄居在这个繁花纷披的篱下，然相形之下，我笑靥总掩饰不住啼痕；当一个由远处挣扎飞来的孤燕，栖息在乐园的门里时，她或许是因在银光闪烁的镜里，现出她疮痛遍体的形状更感到凄酸的！况且这一年是命运埋葬我的时候。第八年的除夕，就是今夜了，爆竹声和往年一样的飞起而落下，爆发后的强烈火星，和坠落在地上的纸灰余烬也仿佛是一样；就是我这在人生轮下转动的小生命，也觉还是那一套把戏的重映演。

八年了，我仔细回忆觉我自己是庸凡的度过去了，生命的痕迹和历程也只是些琐碎的儿女事。我想找一两件能超出平凡可以记述的事，简直没有！我悔恨自己是这样不长进，多少愿望都被命运的铁锤粉碎，如今挣扎着的只是这已投身到悲苦中奢望做一个悲剧人物的残骸。假使我还能有十年的生命，我愿这十年中完成我的素志，做一个悲剧的主人，在这灰黯而缺乏生命火焰的人间，放射一道惨白的异彩！

我是家庭社会中的闲散人，我肩上负荷的，除了因神经软弱受不住人世的各种践踏欺凌讪讽嘲笑，而感到悲苦外，只是我自己生命的营养和保护。所以我无所谓年关的，在这啼饥号寒的冬夜，腊尽岁残的除夕，可以骄傲人了；因为我能在昏黯的电灯下，温暖的红炉畔，慢慢地回忆过去，仔细听窗外天空中声调不同的爆竹，从这些声音中，我又幻想着一个一个爆竹爆发和陨落的命运，你想，这是何等闲散的兴致？在这除夕之夜不必到会计室门前等着领欠薪，不必在冰天雪地中挟着东西进当铺，不必向亲戚朋友左右张罗，不必愁明天酒肉饭食的有无，这样我应该很欣慰的送旧迎新。然而爆竹声中的心情，似乎又不是那样简单而闲逸，我不知怎样形容，只感到无名的怅惘和辛酸！为了这一声声间断连续的炮竹声，扰乱了我宁静的心潮，那纤细的波浪，一直由官感到了我的灵魂深处，颤动的心弦不知如何理，如何弹？

我想到母亲。

母亲这时候是咽着泪站在神龛前的，她口中呢喃祷告些什么，是替天涯的女儿在祝福吧？是盼望暑假快临她早日归来吧？只有神知道她心深处的悲哀，只有神龛前的红烛，伴着她在落泪！在这一夜，她一定要比平常要想念我，母亲！我不能安慰你在家的孤寂，你不能安慰我漂泊的苦痛，这一线爱牵系着两地相思，我恨人间为何有别离？而我们的隔离又像银河畔的双星，一年一度重相会，暑假一月的团聚恍如天上七夕。母亲，岁去了，你鬓边银丝一定更多了，你思儿的泪，在这八年中或者也枯干了，母亲，我是知道的，你对于我的爱。我虽远离开你，在团圆家筵上少了我；然而我在异乡团贺的筵上，咽着泪高执着酒杯替别人祝福时，母亲，你是在我的心上。

母亲！想起来为什么我离开你，只为了，我想吃一碗用自己心血苦力挣来的饭。仅仅这点小愿望，才把我由你温暖的怀中劫夺出，做这天涯寄迹的旅客，年年除夕之夜，我第一怀念的便是你，我只能由重压的，崎岖的挣扎中，在远方祝福你！

想到母亲，我又想到银须飘拂七十岁的老父，他不仅是我慈爱的父亲，并且是我生平最感戴的知己；我奔波尘海十数年，知道我，认识我，原谅我，了解我的除了父亲外再无一人。他老了，我和璜哥各奔前程，都不能常在他膝前承欢；中原多事，南北征战，反令他脑海中挂念着两头的儿女，惊魂难定！我除了努力做一个父亲所希望所喜欢的女儿外，我真不知怎样安慰他报答他，人生并不仅为了衣食生存？然而，不幸多少幸福快乐都为了衣食生存而捐弃；岂仅是我，这爆竹声中伤离怀故的自然更有人在。

我想倦了娘子关里的双亲时，又想到漂流在海上的晶清，这夜里她驻足在哪里？只有天知道。她是在海上，是在海底，是在天之涯，是在地之角，也只有天知道。她这次南下的命运是凄悲，是欢欣，是顺利，是艰险，也只有天知道。我只在这爆竹声中，静静地求上帝赐给她力量，令她一直挣扎着，挣扎着到一个不能挣扎的时候。还说什么呢！一切都在毁灭捐弃之中，人世既然是这样变的好玩，也只好睁着眼挺着腰一直向前去，到底看看最后的究竟是什么？一切的箭镞都承受，一切的苦恼都咽下，倒了，起来！倒了，起来！一直到血冷体僵不能挣扎为止。

走向前便向前走吧！前边不一定有桃红色的希望；然而人生只是走向前，虽崎岖荆棘明知险途，也只好走向前，渺茫的前途，归宿何处？这岂是我们所知道，也只好付之命运去主持。人生惟其善变，才有这离合悲欢，因之"生"才有意义，有兴趣；我祷告晶清在海上，落日红霞，冷月夜深时，进步觉悟了幻梦无凭，而另画一条战斗的阵线，奋发她厮杀的勇气！

我盼望她在今夜，把过去一切的梦都埋葬了，或者在爆竹声中毁灭焚碎不再遗存；从此用她的聪明才能，发挥到她愿意做的事业上，那能说她不是我们的英雄？！悲愁乞怜，呻吟求情，岂是我们知识阶级的女子所应为？我们只有焚毁着自己的身体，当后来者光明的火炬！如有一星火花能照耀一块天地时，我们也应努力去工作去寻觅！

黄昏时，我曾打开晶清留给我的小书箱，那一只箱子上剥蚀破碎的痕迹，和她心一样。我检点时忽然一阵心酸，禁不住的热泪滴在她的旧书上。我呆立在火炉畔，望着灰烬想到绿屋中那夜检收书箱时的她，其惨淡伤心，怕比我对着这寂寞的书箱落泪还要深刻吧！一直搁在我房里四五天了，我都不愿打开它，有时看见总觉刺心，拿到别的房里去我又不忍离它。晶清如果知道它们这样令我难处置时,她一定不愿给我了。

我看见时总想:这只破箱,剥蚀腐毁的和她心一样。在一个梦的惊醒后,我和她分手了;今夜,这爆竹声中,她在那里呢?命运真残酷,连我们牵携的弱腕,他都要强行分散,我只盼望我们的手在梦中还是牵携着。

夜已深了,爆竹声还不止。不宁静的心境,和爆竹一样飞起又落下,爆裂成一片一节僵卧在地上。

漱　玉

永不能忘记那一夜。

黄昏时候，我们由嚣扰的城市，走进了公园，过白玉牌坊时，似乎听见你由心灵深处发出的叹息，你抬头望着青天闲云，低吟着："望云惭高鸟，临水愧游鱼……"

你挽着我的手靠在一棵盘蜷虬曲的松根上，夕阳的余辉，照临在脸上，觉着疲倦极了，我的心忽然搏跳起来！沉默了几分钟，你深呼了一口气说，"波微！流水年华，春光又在含媚的微笑了，但是我只有新泪落在旧泪的帕上，新愁埋在旧愁的坟里。"我笑了笑，抬头忽见你淡红的眼圈内，流转着晶莹的清泪。我惊疑想要追问时，你已跑过松林，同一位梳着双髻的少女说话去了。

从此像微风吹经了一池春水，似深涧潜伏的蛟龙蠕动，那纤细的网，又紧缚住我。不知何时我们已坐在红泥炉畔，我伏在桌上，想静静我的心。你忽然狂笑摇着我的肩说："你又要自找苦恼了！今夜的月色如斯凄清，这园内又如斯寂静，那能让眼底的风景逝去不来享受呢？振起精神来，我们狂饮个醺醉，我不能骑长鲸，也想跨白云，由白云坠在人寰时，我想这活尸也可跌她个粉碎！"你又哈哈的笑起来了！

葡萄酒一口一口地啜着，冷月由交织的树纹里，偷觑着我们暮鸦栖在树阴深处，闭上眼睛听这凄楚的酸语。想来这静寂的园里，只有我们是明灯绿帏玛瑙杯映着葡荡酒，晶莹的泪映着桃红的腮。

沉寂中你忽然提高了玉琴般的声音，似乎要哭，但莫有哭；轻微的咽着悲酸说："朋友！我有八年埋葬在心头的隐恨！"经你明白的叙述之后，我怎能不哭，怎能不哭？我欣慰由深邃死静的古塔下，掘出了遍觅天涯找不到的同情！我这几滴滴在你手上的热泪，今夜才找到承受的玉盂。真未料到红泥炉畔，这不灿烂，不热烈的微光，能照透了你严密的心幕，揭露了这八年未示人的隐痛！上帝呵！你知道吗？虚渺高清的天空里，飘放着两颗永无归宿的小心。

在那夜以前，莫有想到地球上还有同我一样的一颗心，同我共溺的一个海，爱慰抚藉我的你！去年我在古庙的厢房卧病时，你坐在我病榻前讲了许多幼小时的过去，提到母亲死时，你也告过我关乎醒的故事。但是我那能想到，悲惨的命运，系着我同时；系着你呢？

漱玉！我在你面前流过不能在别人面前流的泪，叙述过不能在别人面前泄漏的事，因此，你成了比母亲有时还要亲切的朋友。母亲何曾知道她的女儿心头埋着紫兰的荒冢，母亲何曾知道她的女儿，怀抱着深沉在死湖的素心——惟有你是地球上握着我库门金钥的使者！我生时你知道我为了什么生，我死时你知道我是为了什么死；假如我一朝悄悄地曳着羽纱，踏着银浪在月光下舞蹈的时候，漱玉！惟有你了解，波微是只有海可以收容她的心。

那夜我们狂饮着醇醴，共流着酸泪，小小杯里盛着不知是酒，是泪？咽到心里去的，更不知是泪，是酒？

红泥炉中的火也熄了，杯中的酒也空了。月影娟娟地移到窗上；我推开门向外边看看，深暗的松林里，闪耀着星光似的小灯；我们紧紧依偎着，心里低唤着自己的名字，高一步，低一步地走到社稷坛上，一进了那圆形的宫门，顿觉心神清爽，明月吻着我焦炙的双腮，凉风吹乱了我额上的散发，我们都沉默地领略这刹那留在眼上的美景。

那时我想不管她是梦回，酒醒，总之：一个人来到世界的，还是一人离开世界；在这来去的中间，我们都是陷溺在酿中沉醉着，奔波在梦境中的游历者。明知世界无可爱恋，但是我们不能不在这月明星灿的林下痛哭！这时偌大的园儿，大约只剩我俩人；谁能同情我们？我们何必向冷酷的人间招揽同情，只愿你的泪流到我的心里，我的泪流到你的心里。

那夜是悱恻哀婉的一首诗，那夜是幽静孤凄的一幅画，是写不出的诗，是画不出的画；只有心可以印着她，念着她！归途上月儿由树纹内，微笑的送我们；那时踏着春神唤醒的草，死静卧在地上的斑驳花纹，冉冉地飘浮着一双瘦影，一片模糊中，辨不出什么是树影，什么是人影？

可怜我们都是在静寂的深夜，追逐着不能捉摸的黑影，而驰骋于荒冢古墓间的人！

宛如风波统治了的心海，忽然因一点外物的诱惑，转换成几于死寂的沉静；又猛然为了不经意的遭逢，又变成汹涌山立的波涛，簸动了整个的心神。我们不了解，海涛为什么忽起忽灭；但我们可以这样想，只是因那里有个心，只是因那里有个海罢！

我是卷入这样波涛中的人，未曾想到你也悄悄地沉溺了！因为有心，而且心中有罗曼舞踏着，这心就难以了解了吗？因为有海，而且海中有巨涛起伏着，这海就难以深测了吗？明知道我们是错误了，但我们的心情，何曾受了理智的警告而节制呢！既无力自由处置自己的命运，更何力逃避系缠如毒蟒般的烦闷？它是用一双冷冰的手腕，紧握住生命的火焰。

纵然有天辛飞溅着血泪，由病榻上跃起，想拯救我沉溺的心魂；哪知我潜伏着的旧影，常常没有现在，忆到过去的苦痛着！不过这个心的汹涌，她不久是要平静；你是知道的，自我去年一月十八日坚决地藏裹起一切之后，我的愿望既如虹桥的消失，因之灵感也似乎麻木，现在的急掠如燕影般的烦闷，是最容易令她更归死寂的。

我现在恨我自己，为什么去年不死，如今苦了自己，又陷溺了别人，使我更在隐恨之上建了隐痛；坐看着忠诚的朋友，反遭了我的摧残，使他幸福的鲜花，植在枯寂的沙漠，时时受着狂风飞沙的撼击！

漱玉！今天我看见你时，我不敢抬起头来；你双眉的郁结，面目的黄瘦，似乎告诉我你正在苦闷着呢！我应该用什么心情安慰你，我应该用什么言语劝慰你？

什么是痛苦和幸福呢？都是一个心的趋避，但是地球上谁又能了解我们？我常说："在可能范围内赐给我们的，我们同情地承受着；在不可能而不可希望的，我们不必违犯心志去破坏他。"现在我很平静，正为了枯骨的生命鼓舞愉乐！同时又觉着可以骄傲！

这几天我的生活很孤清，去了学校时，更感着淡漠的凄楚：今天接到 Celia 的信，说她这次病，几次很危险的要被死神接引了去，现在躺在床上，尚不敢转动；割的时候误伤了血管，所以时时头晕发烧。她写的信很长，在这草草的字迹里，我抖颤地感到过去的恐怖！我这不幸的人，她肯用爱的柔荑，捡起这荒草野冢间遗失的碎心，盛入她温馨美丽的花篮内休养着，我该如何地感谢她呢？上帝！祝福她健康！祝福她健康如往日一样！

这几夜月光真爱人，昨夜我很早就睡了，窗上的花影树影，混成一片；静极了，虽然在这雕梁画栋的朱门里，但是景致宛如在三号一样；只缺少那古苍的茅亭，和盘蜷的老松树。我看着月光由窗上移到案上，案上移到地上，地上移到床上，洒满在我的身上。那时我静静地想到故乡锁闭的栖云阁，门前环抱的桃花潭，和高冈上姐姐的孤坟。母亲上了栖云阁，望见桃花潭后姐姐的坟墓，一定要想到漂泊异乡的女儿。

这时月儿是照了我，照了母亲，照着一切异地而怀念的人。

素 心

  我从来不曾一个人走过远路，但是在几月前我就想尝试一下这踽踽独行的滋味；黑暗中消失了你们，开始这旅途后，我已经有点害怕了！我搏跃不宁的心，常问我"为什么硬要孤身回去呢"？因之，我蜷伏在车厢里，眼睛都不敢睁，睁开时似乎有许多恐怖的目光注视着我，不知他们是否想攫住我？是否想加害我？有时为避免他们的注视，我抬头向窗外望望，更冷森地可怕，平原里一堆一堆的黑影，明知道是垒垒荒冢，但是我总怕是埋伏着的劫车贼呢。这时候我真后悔，为甚要孤零零一个女子，在黑夜里同陌生的旅客们，走向不可知的地方去呢？因为我想着前途或者不是故乡不是母亲的乐园？

  天亮时忽然上来一个老婆婆，我让点座位给她，她似乎嘴里喃喃了几声，我未辨清是什么话；你是知道我的，我不高兴和生人谈话，所以我们只默默地坐着。

  我一点都不恐怖了，连他们惊讶的目光，都变成温和的注视，我才明白他们是绝无攫住加害于我的意思；所以注视我的，自然因为我是女子，是旅途独行无侣的女子。但是我为什么要这样呢？因为我身旁有了护卫——不认识的老婆婆；明知道她也是独行的妇女，在她心里，在别人眼里，不见得是负了护卫我的使命，不过我确是有了勇气而且放心了。

靠着窗子睡了三点钟，醒来时老婆婆早不在了；我身旁又换了一个小姑娘，手里提着一个篮子，似乎很沉重，但是她不知道把它放在车板上。后来我忍不住了说："小姑娘！你提着不重吗？为什么不放在车板上？"可笑她被我提醒后，她红着脸把它搁在我的脚底。

七月二号的正午，我换了正太车，踏入了我渴望着的故乡界域，车头像一条蜿蜒的游龙，有时飞腾在崇峻的高峰，有时潜伏在深邃的山洞。由晶莹小圆石堆集成的悬崖里，静听着水涧碎玉般的音乐；你知道吗？娘子关的裂帛溅珠，真有"苍崖中裂银河飞，空里万斛倾珠玑"的美观。

火车箭似的穿过夹道的绿林，牧童村女，都微笑点头，似乎望着缭绕来去的白烟欢呼着说："归来呵！漂泊的朋友！"想不到往返十几次的轨道旁，这次才感到故乡的可爱和布置雄壮的河山。旧日秃秃的太行山，而今都披了柔绿；细雨里行云过岫，宛似少女头上的小鬟，因为落雨多，瀑布是更壮观而清脆，经过时我不禁想到 Undine。下午三点钟，我站在桃花潭前的家门口了。一只我最爱的小狗，在门口卧着，看见我陌生的归客，它摆动着尾巴，挣直了耳朵，向我汪汪地狂叫。那时我家的老园丁，挑着一担水回来，看见我时他放下水担，颤巍巍向我深深地打了一躬，喊了声"小姐回来了！"

我急忙走进了大门，一直向后院去，喊着母亲。这时候我高兴之中夹着酸楚，看见母亲时，双膝跪在她面前，扑到她怀里，低了头抱着她的腿哭了！

母亲老了，我数不清她髻上的银丝又添几许？现在我确是一枝阳光下的蔷薇，在这温柔的母怀里又醉又懒。素心！你不要伤心你的漂泊，当我说到见了母亲的时候，你相信这刹那的快慰，已经是不可捉摸而消失的梦；有了团聚又衬出漂泊的可怜，但想到终不免要漂泊的时候，这团聚暂时的欢乐，岂不更增将来的怅惘？因之，我在笑语中低叹，沉默里饮泣。为什么呢？我怕将来的离别，我怕将来的漂泊。

只有母亲，她能知道我不敢告诉她的事！一天我早晨梳头，掉了好些头发，母亲忽然想起什么似的，问我这样一句说："你在外边莫有生病吗？为什么你脸色黄瘦而且又掉头发呢？"素心！母亲是照见我的肺腑了，我不敢回答她，装着叫嫂嫂梳头，跑在她房里去流泪。

这几天一到正午就下雨，鱼缸里的莲花特别鲜艳，碧绿的荷叶上，银珠一粒粒的乱滚；小侄女说那是些"大珠小珠落玉盘"。家庭自有家庭的乐趣，每到下午六七点钟，灿烂的夕阳，美丽的晚霞，挂照在罩着烟云的山峰时，我陪着父亲上楼了望这起伏高低的山城，在一片清翠的树林里掩映着天宁寺的双塔，阳春楼上的钟声，断断续续布满了全城；可惜我不是诗人，不是画家，在这处处都是自然，处处都寓天机的环境里，我惭愧了！

你问到我天辛的消息时，我心里似乎埋伏着将来不可深测的隐痛，这是一个厄运，常觉着我宛如一个狰狞的鬼灵，掏了一个人的心，偷偷地走了。素心！我那里能有勇气再说我们可怜的遭逢呵！十二日那晚上我接到天辛由上海寄我的信，长极了，整整的写了二十张白纸，他是双挂号寄来的。这封信里说他回了家的胜利，和已经粉碎了他的桎梏的好消息；他自然很欣慰地告诉我，但是我看到时，觉着他可怜得更厉害，从此后他真的孤身只影流落天涯，连这个礼教上应该敬爱的人都莫有了。他终久是空虚，他终久是失望，那富艳如春花的梦，只是心上的一刹那；素心！我眼睁睁看着他要朦胧中走入死湖，我怎不伤心？为了我忠诚的朋友。但是我绝无法挽救，在灿烂的繁星中，只有一颗星是他的生命，但是这颗星确是永久照耀着这沉寂的死湖。因此我朝夕绞思，虽在这温暖的母怀里有时感到世界的凄冷。自接了他这封长信后，更觉着这个厄运是绝不能幸免的；而深重的隐恨压伏在我心上一天比一天悲惨！但是素心呵！我绝无勇气揭破这轻翳的幕，使他知道他寻觅的世界是这样凄惨，淡粉的翼纱下，笼罩的不是美丽的蔷薇，确是一个早已腐枯了的少女尸骸！

　　有一夜母亲他们都睡了，我悄悄踱到前院的葡萄架下，那时天空辽阔清净像无波的海面，一轮明月晶莹地照着；我在这幸福的园里，幻想着一切未来的恶梦。后来我伏在一棵杨柳树上，觉着花影动了，轻轻地有脚步声走来，吓了我一跳。细看原来是嫂嫂，她伏着我的肩说："妹妹你不睡，在这里干吗？近来我觉着你似乎常在沉思，你到底为了什么呢？亲爱的妹妹！你告诉我？"禁不住的悲哀，像水龙一样喷发出来，索性抱着她哭起来；那夜我们莫有睡，两个人默默坐到天明。

　　家里的幸福有时也真有趣！告诉你一个笑话：家中有一个粗使的女仆，她五十多岁了！每当我们沉默或笑谈时，她总穿插其间，因之，嫂嫂送她绰号叫刘姥姥，昨天晚上母亲送她一件紫色芙蓉纱的裙子，是二十年前的古董货了。她马上穿上在院子里手舞足蹈的跳起来。我们都笑了，小侄女昆林，她抱住了我笑得流出泪来，母亲在房里也被我们笑出来了，后来父亲回来，她才跳到房里，但是父亲也禁不住笑了！在这样浓厚的欣慰中，有时我是可以忘掉一切的烦闷。

　　大概八月十号以前可以回京，我见你们时，我又要离开母亲了，素心！在这醺醉中的我，真不敢想到今天以后的事情！母亲今天去了外祖母家，清寂里我写这封长信给你，并祝福你！

露　沙

昨夜我不知为了什么，绕着回廊走来走去的踱着，云幕遮蔽了月儿的皎靥，就连小星的微笑也看不见，寂静中我只渺茫的瞻望着黑暗的远道，毫无意志地痴想着。算命的鼓儿，声声颤荡着，敲破了深巷的沉静。我靠着栏杆想到往事，想到一个充满诗香的黄昏，悲歌慷慨的我们。

记得，古苍的虬松，垂着长须，在晚风中；对对暮鸦从我们头上飞过，急箭般隐入了深林。在平坦的道上，你慢慢地走着，忽然停步握紧了我手说："波微！只有这层土上，这些落叶里，这个时候，一切是属于我们的。"

我没有说什么，捡了一片鲜红的枫叶，低头夹在书里。当我们默然穿过了深秋的松林时，我慢走了几步，留在后面，望着你双耸的瘦肩，急促的步履，似乎告诉我你肩上所负心里隐存的那些重压。

走到水榭荷花池畔，坐在一块青石上，抬头望着蔚蓝的天空；水榭红柱映在池中，蜿蜒着像几条飞舞的游龙。云雀在枝上叫着，将睡了的秋蝉，也引得啾啾起来。白鹅把血红的嘴，黑漆的眼珠，都曲颈藏在雪绒的翅底；鸳鸯激荡着水花，昂首游泳着。那翠绿色的木栏，是聪明的人类巧设下的藩篱。

这时我已有点醺醉，看你时，目注着石上的苍苔，眼里转动着一种神秘的讪笑，猜不透是诅咒，还是赞美！你慢慢由石上站起，我也跟着你毫无目的地走去。到了空旷的社稷坛，你比较有点勇气了，提着裙子昂然踏上那白玉台阶时，脸上轻浮着女王似的骄傲尊贵，晚风似侍女天鹅的羽扇，拂着温馨的和风，袅袅的圈绕着你。望西方荫深的森林，烟云冉冉，树叶交织间，露出一角静悄悄重锁的宫殿。

我们依偎着，天边的晚霞，似纱帷中掩映着少女的桃腮，又像爱人手里抱着的一束玫瑰。渐渐的淡了，渐渐的淡了，只现出几道青紫的卧虹，这一片模糊暮云中，有诗情也有画景。

远远的军乐，奏着郁回悲壮之曲，你轻踏着蛮靴，高唱起"古从军"曲来，我虽然想笑你的狂态浪漫，但一经沉思，顿觉一股冰天的寒风，吹散了我心头的余热。无聊中我绕着坛边，默数上边刊着的青石，你忽然转头向我说："人生聚散无常，转眼漂泊南北，回想到现在，真是千载难遇的良会，我们努力快乐现在吧！"

当时我凄楚的说不出什么；就是现在我也是同样的说不出什么，我想将来重翻起很厚的历史，大概也是说不出什么。

往事只堪追忆，一切固然是消失地逃逸了。但我们在这深夜想到时，过去总不是概归空寂的，你假如能想到今夜天涯沦落的波微，你就能想到往日浪漫的遗迹。但是有时我不敢想，不愿想，月月的花儿开满了我的园里，夜夜的银辉，照着我的窗帏，她们是那样万古不变。我呢！时时在上帝的机轮下回旋，令我留恋的不能驻停片刻，令我恐惧的又重重实现。露沙！从前我想着盼着的，现在都使我感到失望了！

自你走后，白屋的空气沉寂的像淡月凄风下的荒冢，我似暗谷深林里往来飘忽的幽灵；这时才感到从前认为凄绝冷落的谈话，放浪狂妄的举动，现在都化作了幸福的安慰，愉快的兴奋。在这长期的沉寂中，屡次我想去信问候你的近况，但慵懒的我，搁笔直到如今。上次在京汉路中读完《前尘》，想到你向我索感的信，就想写信，这次确是能在你盼望中递到你手里了。

读了最近写的信，知你柔情万缕中，依稀仍珍藏着一点不甘雌伏的雄心，果能如此，我觉十分欣喜！原知宇宙网罗，有时在无意中无端的受了系缚；云中翱翔的小鸟，猎人要射击时，谁能预防，谁能逃脱呢！爱情的陷入也是这样。你我无端邂逅，无端结交，上帝的安排，有时原觉多事，我于是常奢望着你，在锦帷绣帏中，较量柴米油盐之外，要承继着从前的希望，努力作未竟的事业；因之，不惮烦嚣在香梦朦胧时，我常督促你的警醒。不过，一个人由青山碧水到了崎岖荆棘的路上，由崎岖荆棘又进了柳暗花明的村庄，已感到人世的疲倦，在这期内，彻悟了的自然又是一种人生。

在学校时，我见你激昂慷慨的态度，我曾和婉说你是"女儿英雄"，有时我逢见你和宗莹在公园茅亭里大嚼时，我曾和婉说你是"名士风流"，想到扶桑余影，当你握着利如宝剑的笔锋，铺着云霞天样的素纸，立在万丈峰头，俯望着千仞飞瀑的华严泷，凝思神往的时候，原也曾独立苍茫，对着眼底河山，吹弹出雄壮的悲歌；曾几何时，栉风沐雨的苍松，化作了醉醺阳光的蔷薇。

但一想到中国妇女界的消沉，我们懦弱的肩上，不得不负一种先觉觉人的精神，指导奋斗的责任，那末，露沙呵！我愿你为了大多数的同胞努力创造未来的光荣，不要为了私情而抛弃一切。

我自然还是那样屏绝外缘，自谋清静，虽竭力规避尘世，但也不见得不坠落人间；将来我计划着有两条路走，现暂不告你，你猜想一下如何？

从前我常笑你那句"我一生游戏人间,想不到人间反游戏了我"。如今才领略了这种含满了血泪的诉述。我正在解脱着一种系缚,结果虽不可预知,但情景之悲惨,已揭露了大半,暗示了我悠远的恐惧。不过,露沙!我已经在心田上生根的信念,是此身虽朽,而此志不变的;我的血脉莫有停止,我和情感的决斗没有了结,自知误己误人,但愚顽的我,已对我灵魂宣誓过这样去做。

深夜絮语

凄怆的归途

一个阴黯惨淡的下午，我抱着一颗微颤的心，去叩正师的门。刚由寒冷的街道上忽然走到了室中，似乎觉得有点温意，但一到那里后这温意仍在寒冷中消逝了。我是去拿稿子的，不知为什么正师把那束稿交给我时，抬头我看见他阴影罩满的忧愁面容，我几乎把那束稿子坠在地上，几次想谈点别的话，但谁也说不出；我俯首看见了和珍两个字时，我头似乎有点晕眩，身上感到一阵比一阵的冷！

寒风中我离开骆驼书屋，一辆破的洋车载着我摇晃在扰攘的街市上，我闭着眼手里紧握着那束稿，这稿内是一个悲惨的追忆，而这追忆也正是往日历历的景象，仅是一年，但这景象已成了悲惨的追忆。不仅这些可追忆，就是去年那些哄动全城的大惨杀了后的大追悼会，在如今何尝不惊叹那时的狂热盛况呢！不知为什么这几天的天气，也似乎要增加人的忧愁，死城里的黯淡阴森，污秽恶浊，怕比追悼和珍还可哭！而风雪又似乎正在尽力的吹扫和遮蔽。

春雪还未消尽，墙根屋顶残雪犹存。我在车上想到去年"三一八"的翌晨去看医院负伤的朋友时，正是漫天漫地的白雪在遮掩鲜血的尸身。想到这里自然杨德群和刘和珍陈列在大礼堂上的尸体，枪弹洞穿的尸体，和那放在玻璃橱中的斑斑血衣，花圈挽联，含笑的遗像，围着尸体的恸哭！都涌现到脑海中，觉着那时兴奋的跃动的哀恸，比现在空寂冷淡的寂静是狂热多了。假如曾参与过去年那种盛典的人，一定也和我一样感到寂寞吧！然而似乎冬眠未醒的朋友们，自己就没有令这生命变成活跃的力量吗？我自己责问自己。

这时候我才看见拉我的车夫，他是个白发苍苍的老头，腿一拐一拐，似乎足上腿上还有点毛病，虽然挣扎着在寒风里向前去，不过那种蹒跚的景象，我觉由他一步一步的足踪里仿佛溢着人世苦痛生活压迫的眼泪！我何忍令这样龙钟蹒跚的老人，拉我这正欲求活跃生命的青年呢？我下了车，加倍的给他车价后，他苦痛的皱纹上泛出一缕惨笑！我望着他的背影龙钟瞒珊的去远了，我才进行我的路。当我在马路上独自徘徊时不知为什么，忽然想到我们中国来，我觉中国的现（实）像这老头子拉车，而多少公子小姐们偏不醒来睁眼看看这车夫能不能走路，只蜷伏在破车上闭着眼做那金迷纸醉的甜梦！

遗留在人间的哀恸

前些天，娜君由南昌来信说：她曾去看和珍的母亲，景象悲惨极了，她回来和瑛姊哭了一夜！听说和珍的母亲还是在病中，看见她们时只眼泪汪汪的呻吟着叫和珍！关乎这一幕访问，娜君本允许我写一篇东西赶"三一八"前寄来的，但如今还未寄来，因之我很怅惘！不过这也是可以意料到的，一个老年无依靠的寡母哭她惟一可爱而横遭惨杀的女儿，这是多么悲惨的事在这宇宙间。和珍有灵，她在异乡的古庙中，能瞑目吗？怕母亲的哭泣声呼唤声也许能令她尸体抖颤呢！

她的未婚夫方君回南昌看了和珍的母亲后，他已投笔从戎去了。此后我想他也许不再惊悸。不过有一天他战罢归来，站在和珍灵前，把那一束滴上仇人之血的鲜花献上时，他也要觉着世界上的静默了！

我不敢想到"三一八"那天烈士们远留在人间的哀恸，所以前一天我已写信给娜君，让她们那天多约上些女孩儿们去伴慰和珍的母亲，直到这时我也是怀念着这桩事。在战场上的方君，或者他在炮火流弹冲锋杀敌声中已忘了这一个悲惨的日子。不过我想他一定会忆起的，他在荒场上，骋驰时，也许暂羁辔头停骑向云霞落处而沉思，也许正在山坡下月光底做着刹那甜蜜的梦呢！

那能再想到我不知道的烈士们家人的哀恸，这一夜在枕上饮泣含恨的怕迷漫了中国全部都有这种哭声吧！在天津高楼上的段祺瑞还能继续他诗棋逸兴，而不为这种隐约的哭声震颤吗？

诸烈士！假如你们灵最好给你亲爱的人一个如意的梦，令你们老母弱弟，孀妻孤儿，在空寂中得到刹那的慰藉！离乡背井，惨死在异乡的孤魂呵！你们缘着那黑夜的松林，让寒风送你们归去吧！

笔端的惆怅

一堆稿子杂乱的放在桌上，仿佛你们的尸骸一样令我不敢迫视。如今已是午夜三钟了。我笔尖上不知凝结着什么，写下去的也不知是什么？我懦弱怯小的灵魂，在这深夜，执笔写出脑海中那些可怖的旧影时，准觉着毛骨寒栗心情凄怆！窗外一阵阵风过处，仿佛又听见你们的泣诉，和衣裙拂动之声。

和珍！这一年中环境毁灭的可怕，建设的可笑，从前的偕行诸友，如今都星散在东南一带去耕种。她们有一天归来，也许能献给你她们收获的丰富花果。说到你，你是在我们这些朋友中永远存在的灵魂。许多人现在都仿效你生前的美德嘉行，用一种温柔坚忍耐劳吃苦的精神去做她们的事业去了。你应该喜欢吧！你的不灭的精神是存在一切人们的心上。

在这样黯淡压迫的环境下，一切是充满了死静；许多人都从事着耕种的事，正是和风雨搏斗最猛烈的时候，所以今年此日还不能令你的灵魂和我们的精神暂时安息。自然有一日我们这般星散后的朋友又可聚拢到北京来，那时你的棺材可以正式的入葬，我们二万万觉醒解放的女子，都欢呼着追悼你们先导者的精神和热血，把鲜艳的花朵洒满你们的茔圹，把光荣胜利的旗帜插在你们的碑上。我想那时我的笔端纠结的惆怅，和胸中抑压的忧愁，也许会让惠和的春风吹掉的！

如今我在寒冷枯寂的冷室中，祷告着春风的来临和吹拂！在包裹了一切黑暗的深夜里，静待著晨曦的来临和曛照！

痛哭和珍

和珍！冷的我抖颤，冷的我两腿都抖颤！一只手擦着眼泪，一只手扶着被人踏伤的晶清，站在你灵前。抬起头，香烟缭绕中，你依然微笑的望着我们。

我永不能忘记你红面庞上深深地一双酒靥，也永不能忘记你模糊的血迹，心肺的洞穿！和珍，到底哪一个是你，是那微笑的遗影，是那遗影后黑漆的棺材！惨淡庄严的礼堂，供满了鲜花，挂满了素联，这里面也充满了冷森，充满了凄伤，充满了同情，充满了激昂！多少不相识的朋友们都掬着眼泪，来到这里吊你，哭你！看那渗透了鲜血的血衣。

多少红绿的花圈，多少赞扬你哀伤你的挽联，这不是你遗给我们的，最令我们触目惊心的便是你的血尸，你的血衣！你的血虽然冷了，温暖了的是我们的热血，你的尸虽然僵了，铸坚了的是我们的铁志。

最懦弱最可怜的是这些只能流泪，而不敢流血的人们。此后一定有许多人踏向革命的途程，预备好了一切去轰击敌人！指示我们吧，和珍，我也愿将这残余的生命，追随你的英魂！

四围都是哀声，似乎有万斤重闸压着不能呼吸，烛光照着你的遗容，使渺小的我不敢抬起头来。和珍！谁都称你作烈士，谁都赞扬你死的光荣，然而我只痛恨，只伤心，这黑暗崎岖的旅途谁来导领？多少伟大的工程凭谁来完成？况且家中尚有未终养的老母，未成年的弱弟，等你培植，待你孝养。

不幸，这些愿望都毁灭在砰然一声的卫士手中！当偕行社同学公祭你时，她们的哀号，更令我心碎！你怎忍便这样轻易撒手的离开了她们，在这虎威抖擞，豺狼得意的时候。自杨荫榆带军警入校，至章士钊雇老妈拖出，一直是同患难，同甘苦，同受惊恐，同遭摧残，同到宗帽胡同，同回石驸马大街。三月十八那天也是同去请愿，同在枪林弹雨中扎挣，同在血泊尸堆上逃命；然而她们都负伤生还，只有你，只有你是惨被屠杀！

她们跟着活泼微笑的你出校，她们迎着血迹模糊的你归来，她们怎能不痛哭战线上倒毙的勇士，她们怎能不痛哭战斗正殷中失去了首领！

一年来你们的毅力，你们的精神，你们的意志，一直是和恶势力奋斗抵抗，你们不仅和豺狼虎豹战，狗鼠虫豸战，还有绅士式的文妖作敌，贵族式的小姐忌恨。如今呢，可怜她们一方面要按着心灵的巨创，去吊死慰伤，一方面又恐慌着校长通缉，学校危险，似乎这艰难缔造的大厦，要快被敌人的铁骑蹂躏！

和珍！你一瞑目，一撒手，万事俱休。但是她们当这血迹未干，又准备流血的时候，能不为了你的惨死，瞻望前途的荆棘黑暗而自悲自伤吗？你们都是一条战线上的勇士，追悼你的，悲伤你的，谁能不回顾自己。

你看她们都哭倒在你灵前，她们是和你偕行去，偕行归来的朋友们，如今呢，她们日虎口余生的逃囚，而你便作了虎齿下的牺牲，此后你离开了她们永不能偕行。

和珍！我不愿意你想起我，我只是万千朋友中一个认识的朋友，然而我永远敬佩你作事的毅力，和任劳任怨的精神，尤其是你那微笑中给与我的热力和温情。前一星期我去看晶清，楼梯上逢见你，你握住我手微笑的静默了几分钟，半天你问了一句，"晶清在自治会你看见吗？"便下楼去了。这印象至如今都很真的映在我脑海。第二次见你便是的血尸，那血迹模糊，洞穿遍体的血尸！这次你不能微笑了，只怒目切齿的瞪视着我。

自从你血尸返校，我天天抽空去看你，看见你封棺，漆材，和今天万人同哀的追悼会。今天在你灵前，站了一天，但是和珍，我不敢想到明天！

现在夜已深了，你的灵前大概也绿灯惨惨，阴气沉沉的静寂无人，这是你的尸骸在女师大最后一夜的停留了，你安静的睡吧！不要再听了她们的哭声而伤心！明天她们送灵到善果寺时，我不去执绋了，我怕那悲凉的军乐，我怕那荒郊外的古刹，我更怕街市上，灰尘中，那些蠕动的东西。他们比什么都蠢，他们比什么都可怜，他们比什么都残，他们整个都充满了奴气。当你的棺材，你的血衣，经过他们面前，触入他们眼帘时，他们一面瞧着热闹，一面悄悄地低声咒骂你"活该"！他们说："本来女学生起什么哄，请什么愿，亡国有什么相干？"

虽然我们不要求人们的同情，不过这些寒心的冷骨的话，我终于不敢听，不敢闻。自你死后，自这大屠杀闭幕后，我早已失丢了，吓跑了，自己终于不知道究竟去了哪里？

和珍！你明天出了校门走到石驸马大街时，你记的不要回头。假如回头，一定不忍离开你自己纤手铁肩，惨淡缔造的女师大；假如回头，一定不忍舍弃同患难，同甘苦的偕行诸友；假如回头，你更何忍看见你亲爱的方其道，他是万分懊丧，万分惆怅，低头洒泪在你的棺后随着你！你一直向前去吧，披着你的散发，滴着你的鲜血，忍痛离开这充满残杀，充满恐怖，充满豺狼的人间吧！

沉默是最深的悲哀，此后你便赠给我永久的沉默。

我将等着，能偷生时我总等着，有一天黄土埋了你的黑棺，众人都离开你，忘记你，似乎一个火花爆裂，连最后的青烟都消灭了的时候，风晨雨夕，日落乌啼时，我独自来到你孤冢前慰问你黄泉下的寂寞。

和珍，梦！噩梦！想不到最短时期中，匆匆草草了结了你的一生！然而我们不幸的生存者，连这都不能得到，依然供豺狼虫豸的残杀，还不知死在何日？又有谁来痛哭凭吊齿残下的我们？

冷风一阵阵侵来，我倒卧在床上战栗！

梅花小鹿——寄晶清

我是很欣慰的正在歌舞：无意中找到几枝苍翠的松枝，和红艳如火的玫瑰；我在生命的花篮内，已替他们永久在神前赞祝且祈祷：

当云帷深处，悄悄地推出了皎洁的明月；汩汩地溪水，飘着落花东去的时候：我也很希望遥远的深林中，燃着光明的火把，引导我偷偷踱过了这荒芜枯寂的墓道。虽是很理想的实现，但在个朦胧梦里，我依稀坐着神女的皇辇，斑驳可爱的梅花小鹿驾驰在白云迷漫途中。愿永远作朋友们的疑问？晶清！在你或须不诅咒我的狂妄吧？

绮丽的故事，又由我碎如落花般的心思，默默地浮动着。朋友，假如你能得件宝贵而可以骄傲的礼赠时；或者有兴迫你由陈旧的字笼里，重读这封神秘不惊奇而平淡的信。

我隔绝了那银采的障幕，已经两个月了：我的心火燃成了毒焰的火龙，在夜的舞宴上曾惊死了青春的少女！在浓绿的深林里，曾误伤了Cupid的翅膀！当我的心坠在荆棘丛生的山涧下时，我的血染成了极美丽的杜鹃花！但我在银幕的后面，常依稀听到遥远的旅客。由命运的铁练下，发出那惨切恐怖的悲调！虽然这不过仅是海面吹激的浪花，在人间的历程上，轻轻地只拨弹了几丝同情的反应的心弦！谁能想到痛苦的情感所趋，挂在颊上的泪珠，就是这充满了交流的结果呵！确是应该诅咒的，也是应该祝福的，在我将这颗血心掷在山涧下的时候：原未料到她肯揭起了隔幕，伸出她那洁白的玉臂，环抱着我这烦闷的苦痛的身躯，呵！朋友，我太懦弱了！写到这里竟未免落泪……或须这是生命中的创伤？或须这是命运的末日？当这种同情颁赐我的时候，也同是苦恼缠绕的机会吧？

晶清：我很侥幸我能够在悲哀中，得到种比悲哀还要沉痛的安慰，我是欣喜的在漠漠的沙粒中，择出了血斑似的珍珠！这样梦境实现后，宇宙的一切，在我眼底蓦然间缩小，或须我能藏它在我生命的一页上。

生命虽然是倏忽的，但我已得到生命的一瞥灵光，人世纵然是虚幻的，但我已找到永存的不灭之花！

人间的事，每每是起因和结果，适得其反比，惟其我能盛气庄容的误会我的朋友，才可由薄幕下渗透那藏在深处，不易揭示的血心！以后命运决定了：历史上的残痕，和这颗破缺的碎心！

三年前的一个夏天，我和梅影同坐在葡萄架下，望那白云的飘浮，听着溪流的音韵：当时的风景是极令人爱慕的。他提出个问题，让我猜他隐伏在深心内的希望和志愿；我不幸——都猜中之后，他不禁伏在案上啜泣了！在这样同心感动之下，他曾说过几句耐人思索的话：

> 敬爱的上帝！将神经的两端，一头给我，一头付你：纵然我们是被银幕隔绝了的朋友，永远是保持着这淡似水的友情，但我们在这宇宙中，你是金弦，我是玉琴，心波协和着波动，把人类都沉醉在这凄伤的音韵里。

是的，我们是解脱了上帝所赐给一般庸众的圈套，我们只弹着这协和的音韵，在云头浮飘！但晶清：除了少数能了解的朋友外，谁能不为了银幕的制度命运而诅咒呢？

朋友：在这样人间，最能安慰人的，只有空泛的幻想，原知道浓雾中看花是极模糊的迹象；但比较连花影都莫有的沙漠，似乎已可少慰远途旅客的孤寂。人类原是占有性最发达的动物，假如把只心燕由温暖的心窠，捉入别个银丝的鸟笼，这也是很难实现的事。晶清！我一生的性情执拗处最多，所以我这志愿恐将笼罩了这遥远的生之途程：或者这是你极怀疑的事？

三点钟快到了：我只好抛弃了这神经的索想，去那游戏场上，和一般天真可爱的少女，捉那生之谜去。好友！当你香云拖地，睡眼朦胧的时候；或能用欣喜而抖颤的手，接受这香艳似碧桃一般的心花！

玉　薇

久已平静的心波，又被这阵风雨，吹皱了几圈纤细的银浪，觉着窒息重压的都是乡愁。谁能毅然决然用轻快的剪刀，挥断这自吐自缚的罗网呵！

昨天你曾倚着窗默望着街上往来的车马，有意无意地问我："波微！前些天你寄我那封信含蓄着什么意思？"我当时只笑了笑，你说了几声"神秘"就走了。今天我忽然想告你一切，大胆揭起这一角心幕给你看：只盼你不要讥笑，也不要惊奇。

在我未说到正文以前，先介绍你看一封信，这封信是节录地抄给你：

飞蛾扑火而杀身，青蚕作茧以自缚，此种现象，岂彼虫物之灵知不足以见及危害？要亦造物网罗有一定不可冲破之数耳。物在此网罗之中，人亦在此网罗之中，虽大力挣扎亦不能脱。君谓"人之所幸幸而希望者，亦即我惝惝然而走避者"，实告君，我数年前即为坚抱此趋向之一人，然而信念自信念，事实则自循其道路，绝不与之相伴；结果，我所讪笑为追求者固溺矣，即我走避者，又何曾逃此藩篱？

　　世界以有生命而存在，我在其狂涡吒梦之中，君亦在其狂涡吒梦之中；吾人虽有时认得狂涡吒梦，然所能者仅不过认识，实际命运则随此轮机之旋转，直至生命静寂而后已。吾人自有其意志，然此意志，乃绝无权处置其命运，宰制之者乃一物的世界。人苟劝我以憬悟，勿以世为有可爱溺之者；我则愿举我之经验以相告，须知世界绝不许吾人自由信奉其意志也。我乃希望世人有超人，但却绝不信世上会有超人，世上只充满庸众。吾人虽或较认识宇宙；但终不脱此庸众之范围，又何必坚持违生命法则之独见，以与宇宙抗？

　　看完这封信，你不必追究内容是什么？相信我是已经承认了这些话是经验的事实的。

　　近来，大概只有两个月吧！忽然觉得我自己的兴趣改变了，经过许多的推测，我才敢断定我，原来在不知什么时候，我忽然爱恋着一个十七八岁的少女，她是我的学生。

　　这自然是一种束缚，我们为了名分地位的隔绝，我们的心情是愈压伏愈兴奋，愈冷淡愈热烈；直到如今我都是在心幕底潜隐着，神魂里系念着。她栖息的园林，就是我徘徊萦绕的意境，也就是命运安排好的囚笼。两月来我是这样沉默着抱了这颗迂回的心，求她的收容。在理我应该反抗，但我决不去反抗，纵然我有力毁碎，有一切的勇力去搏斗，我也不去那样做。假如这意境是个乐园，我愿作个幸福的主人，假如这意境是囚笼，我愿作那可怜的俘虏。

　　我确是感到一种意念的疲倦了。当桂花的黄金小瓣落满了雪白的桌布，四散着清澈的浓香，窗外横抹着半天红霞时；我每每沉思到她那冷静高洁的丰韵。朋友！我心是这样痴，当秋风吹着枯黄的落叶在地上旋舞，枝上的小鸟悼伤失去的绿荫时，我心凄酸的欲流下泪来；但这时偶然听见她一声笑语，我的神经像在荒沙绝漠寻见绿洲一样的欣慰！

我们中间的隔膜，像竹篱掩映着深密芬馥的花朵，像浮云遮蔽着幽静皎洁的月光，像坐在山崖上默望着灿烂的星辉，听深涧流水，疑惑是月娥环佩声似的那样令人神思而梦游。这都是她赐给我的，惟其是说不出，写不出的情境，才是人生的甜蜜，艺术的精深呢！

我们天天见面，然而我们都不说什么话，只彼此默默地望一望，尝试了这种神秘隐约的力的驱使，我可以告诉你，似在月下轻弹琵琶的少女般那样幽静，似深夜含枚急驱的战士般那样渺茫，似月下踏着红叶，轻叩寺门的老僧那样神远而深沉。但是除了我自己，绝莫有人相信我这毁情绝义的人，会为了她使我像星星火焰，烧遍了原野似的不可扑灭。

有一天下午，她轻轻推开门站在我的身后，低了头编织她手中的绒绳，一点都没有惊动我；我正在低头写我的日记，恰巧我正写着她的名字。她轻轻地叫了一声，我抬起头来从镜子里看见她，那时我的脸红了！半晌才说了一句不干紧要的话敷衍下去；坦白天真的她，何曾知道我这样局促可怜。

我只好保留着心中的神秘，不问它银涛雪浪怎样淹没我，相信那里准有个心在——那里准有个海在。

写到这里我上课去了。吃完饭娜君送来你的信，我钦佩你那超越世界系缚的孤渺心怀，更现出你是如何的高洁伟大，我是如何的沉恋渺小呵！最后你因为朋友病了，战争阻了你的归途，你万分诅恨和惆怅！诚然，因为人类才踏坏了晶洁神秘的原始大地，留下这疏散的鸿爪；因为人类才废墟变成宫殿，宫殿又变成丘陵；因为人类才竭血枯骨，攫去大部分的生命，装潢一部分的光荣。

我们只爱着这世界，并不愿把整个世界供我支配与践踏。我们也愿意戴上银盔，骑上骏马，驰骋于高爽的秋郊，马前有献花的村女，四周有致敬的农夫；但是何忍白玉杯里酌满了鲜血，旗麾下支满了枯骨呢？自然，我们永远是柔弱的女孩，不是勇武的英雄。

这几夜月儿皎莹，心情也异常平静。心幕上掩映着的是秋月，沙场，凝血，尸骸；要不然就是明灯绿帏下一个琴台上沉思的倩影。玉薇！前者何悲壮，后者何清怨？

寄山中的玉薇

夜已深了,我展着书坐在窗前案旁。月儿把我的影映在墙上,那想到你在深山明月之夜,会记起漂泊在尘沙之梦中的我,远远由电话铃中传来你关怀的问讯时,我该怎样感谢呢,对于你这一番抚慰念注的深情。

你已惊破了我的沉寂,我不能令这心海归于死静;而且当这种骤获宠幸的欣喜中,也难于令我漠然冷然的不起感应;因之,我挂了电话后又想给你写信。

你现在是在松下望月沉思着你凄凉的倦旅之梦吗?是伫立在溪水前,端详那冷静空幻的月影?也许是正站在万峰之巅了望灯火莹莹的北京城,在许多黑影下想找我渺小的灵魂?也许你睡在床上静听着松涛水声,回想着故乡往日繁盛的家庭,和如今被冷寂凄凉包围着的母亲?

玉薇!自从那一夜你掬诚告我你的身世后,我才知道世界上有不少这样苦痛可怜而又要扎挣奋斗的我们。更有许多无力挣扎,无力奋斗,屈伏在铁蹄下受践踏受凌辱,受人间万般苦痛,而不敢反抗,不敢诅咒的母亲。

我们终于无力不能拯救母亲脱离痛苦，也无力超拔自己免于痛苦，然而我们不能不去挣扎奋斗而思愿望之实现，和一种比较进步的效果之获得。不仅你我吧！在相识的朋友中，处这种环境的似乎很多。每人都系恋着一个孤苦可怜的母亲，她们慈祥温和的微笑中，蕴藏着人间最深最深的忧愁，她们枯老皱纹的面靥上，刻划着人间最苦最苦的残痕。然而她们含辛茹苦柔顺忍耐的精神，绝不是我们这般浅薄颓唐，善于呻吟，善于诅咒，不能吃一点苦，不能受一点屈的女孩儿们所能有。所以我常想：我们固然应该反抗毁灭母亲们所居处的那种恶劣的环境，然而却应师法母亲那种忍耐坚苦的精神，不然，我们的痛苦是愈沦愈深的！

你问我现时在做什么？你问我能不能拟想到你在山中此夜的情况？你问我在这种夜色苍茫，月光皎洁，繁星闪烁的时候我感到什么？最后你是希望得到我的长信，你愿意在我的信中看见人生真实的眼泪。我已猜到了，玉薇！你现时心情一定很纷乱很汹涌，也许是很冷静很凄凉！你想到了我，而且这样的关怀我，我知道你是想在空寂的深山外，得点人间同情的安慰和消息呢！

这时窗角上有一弯明月，几点疏星，人们都转侧在疲倦的梦中去了；只有你醒着，也只有我醒着，虽然你在空寂的深山，我在繁华的城市。这一刹那我并不觉寂寞，虽然我们距离是这样远。

我的心情矛盾极了。有时平静得像古佛旁打坐的老僧，有时奔腾涌动如驰骋沙场的战马，有时是一道流泉，有时是一池冰湖；所以我有时虽然在深山也会感到一种类似城市的嚣杂，在城市又会如在深山一般寂寞呢！我总觉人间物质的环境，同我幻想精神的世界，是两道深固的堑壁。

为了你如今在山里，令我想起西山的夜景。去年暑假我在卧佛寺住了三天，真是浪漫的生活，不论日夜的在碧峦翠峰之中，看明月看繁星，听松涛，听泉声，镇日夜沉醉在自然环境的摇篮里。

同我去的是梅隐、揆哥，住在那里招待我的是几个最好的朋友，其中一个是和我命运仿佛，似乎也被一种幻想牵系而感到失望的惆怅，但又要隐藏这种惆怅在心底去咀嚼失恋的云弟。

第一夜我和他去玉皇顶，我们睡在柔嫩的草地上等待月亮。远远黑压压一片松林，我们足底山峰下便是一道清泉，因为岩石的冲击，所以泉水激荡出碎玉般的声音。那真是令人忘忧沉醉的调子。我和他静静地等候着月亮，不说一句话，心里都在想着各人的旧梦，其初我们的泪都避讳不让它流下来。过一会半弯的明月，姗姗地由淡青的幕中出来，照的一切都现着冷淡凄凉。夜深了，风涛声，流水声，回应在山谷里发出巨大的声音；这时候我和云弟都忍不住了，伏在草里偷偷地咽着泪！我们是被幸福快乐的世界摒弃了的青年，当人们在浓梦中沉睡时候，我们是被抛弃到一个山峰的草地上痛哭！谁知道呢？除了天上的明月和星星。涧下的泉声，和山谷中卷来的风声。

一个黑影摇晃晃的来了，我们以为是惊动了山灵，吓的伏在草里不敢再哭。走近了，喊着我的名字才知道是揆哥，他笑着说："让我把山都找遍了，我以为狼衔了你们去。"

他真像个大人，一只手牵了一个下山来，云弟回了百姓村，我和揆哥回到龙王庙，梅隐见我这样，她叹了口气说："让你出来玩，你也要伤心！"那夜我未曾睡，想了许多许多的往事。

第二夜在香山顶上"看日出"的亭上看月亮，因为有许多人，心情调剂的不能哭了，只觉着热血中有些儿凉意。上了夹道绿荫的长坡，夜中看去除了斑驳的树影外，从树叶中透露下一丝一丝的银光；左右顾盼时，又感到苍黑的深林里，有极深极静的神秘隐藏着。我走的最慢，留在后面看他们向前走的姿势，像追逐捕获什么似的，我笑了！云弟回过头来问我："你为什么笑呢？又走这样慢。"

"我没有什么追求，所以走慢点。"我有意逗他的这样说。我们走到了亭前，晚风由四面山谷中吹来，舒畅极了！不仅把我的炎热吹去，连我心底的忧愁，也似乎都变成蝴蝶飞向远处去了。可以看见灯光闪铄的北京，可以看见碧云寺尖塔上中山灵前的红旗，更能看见你现在栖息的静宜园。

第三夜我去碧云寺看一个病的朋友。我在寺院中月光下看见了那棵柿树，叶子尚未全红，我在这里徘徊了许久，想无知的柿树不知我留恋凭吊什么吧？这棵树在不同的时间里，不同的人心中，结下相同的因缘。留下一样的足痕和手泽。这真不能不令我赞叹命运安排得奇巧了。

有这三天三夜的浪游，我一想到西山便觉着可爱恋。玉薇！你呢？也许你虽然住在山中，不能像我这样尽兴的游玩吧？山中古庙钟音，松林残月，涧石泉声，处处都令人神思飞越而超脱，轻飘飘灵魂感到了自由；不像城市生活处处是虚伪，处处是桎梏，灵魂踡伏于黑暗的囚狱不能解脱。

夜已深了，我神思倦极，搁笔了吧！我要求有一个如意的梦。

寄海滨故人

一

这时候我的心流沸腾的像红炉里的红焰,一支一支怒射着,我仿佛要烧毁了这宇宙似的;推门站在寒风里吹了一会,抬头看见冷月畔的孤星,我忽然想到给你写这封信。

露沙!你听见我这样喊你时,不知你是惊奇还是抖颤!假如你在我面前,听了我这样喊你的声音,你一定要扑到我怀中痛哭的。世界上爱你的母亲和涵都死了,知道你同情你可怜你,看你由畸零而走到幸福,由幸福又走到畸零的却是我。露沙!我是盼望着我们最近能见面,我握住你的手,由你饱经忧患的面容上,细认你逝去的生命和啼痕呢!

半年来,我们音信的沉寂,是我有意的隔绝,在这狂风恶浪中挣扎的你,在这痛哭哀泣中辗转的你,我是希望这时你不要想到我,我也勉强要忘记你的。我愿你掩着泪痕望着你这一段生命火焰,由残余而化为灰烬，再从凭吊悼亡这灰烬的哀思里，埋伏另一火种，爆发你将来生命的火焰。这工作不是我能帮助你，也不是一切人所能帮助你，是要你自己在深更闭门暗自呜咽时去沉思，是要你自己在人情炎凉世事幻变中去觉醒，是要你自己披刈荆棘跋涉山川时去寻觅。如今，谢谢上帝，你已经有了新的信念，你已经有了新的生命的火焰，你已经有了新的发现；我除了为你庆慰外，便是一种自私的欣喜，我总觉如今的你可以和我携手了，我们偕行着去走完这生的路程，希望在沿途把我们心胸中的热血烈火尽量的挥洒，尽量的燃烧，"焚毁世界一切不幸者的手铐足镣，扫尽人间一切愁惨的阴霾"；假使不能如意，也愿让热血烈火淹沉烧枯了我们自己。这才不辜负我们认识一场，和这几年我所鼓励你希望你的心，两年前我寄给你信里曾这样说过：

你我无端邂逅，无端缔交，上帝的安排，有时原觉多事；我于是常奢望你在锦帷绣幕之中，较量柴米油盐之外，要承继着你从前的希望，努力去作未竟的事业，因之不惮烦厌，在你香梦正酣时，我常督促你的惊醒。不过相信一个人，由青山碧水，到了崎岖荆棘的山路，由崎岖荆棘中又到了柳暗花明的村庄，已感到人世的疲倦，在这期内彻悟了的自然又是一种人生。

在学校时我看见你激昂慷慨的态度，我曾和婉说你是女儿英雄，有时我逢见你和莹坐在公园茅亭中大嚼时，我曾和婉说你是名士风流。想到《扶桑余影》，当你握着利如宝剑的笔锋，铺着云霞天样的素纸，立在万崖峰头；俯望着千仞飞瀑的华严泷，凝视神往时，原也曾独立苍茫，对着眼底的河山，吹弹出雄壮的悲歌；曾几何时，栉风沐雨的苍松，化作了醺醉阳光的蔷薇。

原谅我，露沙！那时我真不满意你，所以我常要劝你不要消沉，湮灭了你文学的天才和神妙的灵思。不过，你那时不甘雌伏的雄志，已被柔情万缕来纠结，我也常叹息你实有不得已的苦衷。涵的噩耗传来时，我自然为了你可怜的遭遇而痛心，对你此后畸零漂泊的身世更同情，想你经此重创一定能造成一个不可限量的女作家，只要你自己肯努力；但是这仅仅是远方故人对你在心头未灰的一星火烬，奢望你能由悲痛颓丧中自拔超脱，以你自己所受的创痛，所体验的人生，替多少有苦说不出来的朋友们泄泄怨恨，也是我们自己借此忏悔借此寄托的一件善事。万想不到露沙，你已经驰驱赴敌，荷枪实弹地立在阵前了。我真喜欢，你说：

> 朋友，我现在已另找到途径了，我要收纳宇宙间所有的悲哀之泪来，使注入我的灵海，方能兴风作浪；并且以我灵海中深渊不尽的百流填满这宇宙无底的缺陷。吾友！我所望的太奢吗？但是我绝不以此灰心，只要我能作的时候，总要这样作，就是我的躯壳成灰，倘我的一灵不泯，必不停止的继续我的工作。

我不知你现在心情到底怎样？不过，我相信你心是冷寂宁静的，况且上帝又特赐你那样幽雅辽阔的境地，正宜于一个饱经征战的勇士，退休隐息。你仔细去追忆那似真似梦的人生吧，你沉思也好，你低泣也好，你对着睡了的萱儿微笑也好，我想这样美妙的缺陷，未尝不是宇宙间一种艺术。露沙！原谅我这话说得过分的残忍冷酷吧！暑假前我和俊因、文菊常常念着你，为了减少你的悲绪，我们都盼望你能北来；不过露沙！那时候的北京和现在一样，是一座伟大的死城，里边乌烟瘴气，呼吸紧促，一点生气都没有，街市上只看见些活骷髅和迷人眉目的沙尘。教育界更穷苦，更无耻，说起来都令人掩鼻。在现在我们无力建设合理的新社会新环境之前，只好退一步求暂时的维持，你既觉在沪尚好，那你不来这死城里呼吸自然是我最庆欣的事。

这两年来，我在北京看见不少惊心动魄的事，我才知道世界原来是罪恶之薮，置身此中，常常恍非人间，咽下去的眼泪和愤慨不知有多少了，我自然不能具体的告诉你：不过你也许可以体会到罢，这人为刀俎，我为鱼肉的生活。

二

如今，说到我自己了。说到我自己时，真觉羞愧，也觉悲凄；除了日浸于愁城恨海之外，我依然故我，毫无寸进可述。对家庭对社会，我都是个流浪漂泊的闲人。读了《蔷薇》中《涛语》，你已经知道了。值得令你释念的，便是我已经由积沙岩石的旋涡中，流入了坦平的海道，我只是这样寂然无语的从生之泉流到了死之海；我已不是先前那样呜咽哀号，颓丧沉沦，我如今是沉默深刻，容忍含蓄人间一切的哀痛，努力去寻求真实生命的战士。对于一切的过去，我仍不愿抛弃，不能忘记，我仍想在波涛落处，沙痕灭处，我独自踟蹰徘徊凭吊那逝去的生命，像一个受伤的战士，在月下醒来，望着零乱烬余，人马倒毙的战场而沉思一样。

玉薇说她常愿读到我的信，因为我信中有"人生真实的眼泪"，其实，我是一个不幸的使者，我是一个死的石像，一手执着红泄的酒杯，一手执着锐利的宝剑，这酒杯沉醉了自己又沉醉了别人，这宝剑刺伤了自己又刺伤了别人。这双锋的剑永远插在我心上，鲜血也永远是流在我身边；不过，露沙！有时我卧在血泊中抚着插在心上的剑柄会微笑的，因为我似乎觉得骄傲！

露沙！让我再说说我们过去的梦吧！

入你心海最深的大概是梅窠吧，那时是柴门半掩，茅草满屋顶的一间荒斋。那里有我们不少浪漫的遗痕，狂笑，高歌，长啸低泣，酒杯伴着诗集。想起来真不像个女孩儿家的行径。你呢，还可加个名士文人自来放浪不羁的头衔；我呢，本来就没有那种豪爽的气魄，但是我随着你亦步亦趋的也学着喝酒吟诗。有一次秋天，我们在白屋中约好去梅窠吃菊花面，你和晶清两个人，吃了我四盆白菊花。她的冷香洁质都由你们的樱唇咽到心底，我私自为伴我一月的白菊庆欣，她能不受风霜的欺凌摧残，而以你们温暖的心房，作埋香殡骨之地。露沙！那时距今已有两年余，不知你心深处的冷香洁质是否还依然存在？

自从搬出梅窠后，我连那条胡同都未敢进去过，听人说已不是往年残颓凄凉的荒斋，如今是朱漆门金扣环的高楼大厦了。从前我们的遗痕豪兴都被压埋在土底，像一个古旧无人知的僵尸或骨殖一样。只有我们在天涯一样漂泊，一样畸零的三个女孩儿，偶然间还可忆起那幅残颓凄凉的旧景，而惊叹已经葬送了的幻梦之无凭。

前几天飞雪中，我在公园社稷台上想起海滨故人中，你们有一次在月光下跳舞的记述。你想我想到什么呢？我忽然想到由美国归来，在中途卧病，沉尸在大海中的瑜，她不是也曾在海滨故人中当过一角吗？这消息传到北京许久了，你大概早已在一星那里知道这件惨剧了。她是多么聪慧伶俐可爱的女郎，然而上帝不愿她在这污浊的人间久滞留，把她由苍碧的海中接引了去。露沙！我不知你如今有没有勇气再读海滨故人？真怅惘，那里边多是些不堪回首的往事。

有时我很盼能忘记了这些系人心魂的往事，不过我为了生活，还不能抛弃了我每天驻息的白屋，不能抛弃，自然便有许多触目伤心的事来袭击我，尤其是你那瘦肩双耸，愁眉深锁的印影，常常在我凝神沉思时涌现到我的眼底。自从得到涵的噩耗后，每次我在深夜醒来，便想到抱着萱儿偷偷流泪的你,也许你的泪都流到萱儿可爱的玫瑰小脸上。可怜她,她不知道在母亲怀里睡眠时,母亲是如何的悲苦凄伤,在她柔嫩的桃腮上便沾染了母亲心碎的泪痕!露沙!我常常这样想到你,也想到如今惟一能寄托你母爱的薇萱。

如今,多少朋友都沉尸海底,埋骨荒丘!他们遗留在人间的不知是什么?他们由人间带走的也不知是什么?只要我们尚有灵思,还能忆起梅窠旧梦;你能远道寄来海滨的消息,安慰我这"踞石崖而参禅"的老僧,我该如何的感谢呢!

三

《寄天涯一孤鸿》我已读过了。你是成功了,"读后竟为之流泪,而至于痛哭!"那天是很黯淡的阴天,我在灰尘的十字街头逢见女师大的仪君,她告我《小说月报》最近期有你寄给我的一封信,我问什么题目,她告诉我后我已知道内容了。我心海深处忽然汹涌起惊涛骇浪,令我整个的心身受其播动而晕绝!那时已近黄昏,雇了车在一种恍惚迷惘中到了商务印书馆。一只手我按着搏跳的心,一只手抖颤着接过那本书,我翻见了寄天涯一孤鸿六字后,才抱着怆痛的心走出来。这时天幕上罩了黑的影,一重一重的迫近像一个黑色的巨兽;我不能在车上读,只好把你这纸上的心情,握在我抖颤的手中温存着。车过顺治门桥梁时,我看着护城河两堤的枯柳,一口一口把我的凄哀咽下去。到了家在灯光下含着泪看完,我又欣慰又伤感,欣慰的是我在这冷酷的人间居然能找到这样热烈的同情,伤感的是我不幸我何幸也能劳你濡泪滴血的笔锋,来替我宣泄积闷。

那一夜我是又回复到去年此日的心境。我在灯光下把你寄我的信反复再读,我真不知泪从何来,把你那四页纸都染遍了湿痕,露沙!

露沙！你一个字一个字上边都有我碎心落泪的遗迹。你该胜利的一笑吧！为了你这封在别人视为平淡在我视为箭镞的信，我一年来勉强扎挣起来的心灵身躯，都被你一字一字打倒，我又躺在床上掩被痛哭！一直哭到窗外风停云霁，朝霞照临，我才换上笑靥走出这冷森的小屋，又混入那可怕的人间。露沙！从那天直到如今，我心里总是深画着怆痛，我愿把这凄痛寄在这封信里，愿你接受了去，伴你孤清时的怀忆。

许久未痛哭了，今年暑假由山城离开母亲重登漂泊之途时，我在石家庄正太饭店曾睡在梅隐的怀里痛哭了一场。因为我不能而且不忍把我的悲哀露了，重伤我年高双亲的心；所以我不能把眼泪流在他们面前，我走到中途停息时才能尽量的大哭。梅隐她也是漂泊归来又去漂泊的人，自然也尝了不少的人世滋味，那夜我俩相伴着哭到天明。不幸到北京时，我就病了。半年来我这是第二次痛哭，读完你寄天涯一孤鸿的信。

我总想这一瞥如梦的人生，能笑时便笑，想哭时便哭；我们在坎坷的人生道上，大概可哭的事比可笑的事多，所以我们的泪泉不会枯干。你来信说自涵死你痛哭后，未曾再哭，我不知怎样有这个奢望，我觉你读了我这封信时你不能全忘情罢！？

这些话可以说都是前尘了，现在我心又回到死寂冷静，对一切不易兴感；很想合着眼摸索一条坦平大道，卜卜我将来的命运呢！你释念吧，露沙！我如今不令过分的凄哀伤及我身体的。

晶清或将在最近期内赴沪，我告她到沪时去看你，你见了她梅棻中相逢的故人，也和见了我一样；而且她的受伤，她的畸零，也同我们一样。请你好好抚慰她那跋涉崎岖惊颤之心，我在京漂泊详状她可告你。这或者是你欢迎的好消息罢！？

这又是一个冬夜，狂风在窗外怒吼，卷着尘沙扑着我的窗纱像一个猛兽的来袭，我惊惧着执了破笔写这沥血滴泪的心痕给你。露沙！你呢？也许是在睁着枯眼遥望银河畔的孤星而咽泪，也许是拥抱着可爱的萱儿在沉睡。这时候呵！露沙！是我写信的时候。

梅　隐

　　五年前冬天的一个黄昏，我和你联步徘徊于暮云苍茫的北河沿，拂着败柳，踏着枯叶，寻觅梅园。那时群英宴间，曾和你共沐着光明的余辉，静听些大英雄好男儿的伟论。昨天我由医院出来，绕道去孔德学校看朋友，北河沿败柳依然，梅园主人固然颠沛在东南当革命健儿，但是我们当时那些大英雄好男儿却有多半是流离漂泊，志气颓丧，事业无成呢！

　　谁也想不到五年后，我由烦杂的心境中，检寻出这样一段回忆，时间一天一天地飞掠，童年的兴趣，都在朝霞暮云中慢慢地消失，只剩有青年皎月是照了过去，又照现在，照着海外的你，也照着祖国的我。

　　今晨睡眼朦胧中，你廿六号的信递到我病榻上来了。拆开时，粉色的纸包掉下来，展开温香扑鼻，淡绿的水仙瓣上，传来了你一缕缕远道的爱意。梅隐！我欣喜中，含泪微笑轻轻吻着她，闭目凝思五年未见，海外漂泊的你。你真的决定明春归来吗？我应用什么表示我的欢迎呢？别时同流的酸泪，归来化作了冷漠的微笑；别时清碧的心泉，归来变成了枯竭的沙滩；别时鲜艳的花蕾，归来是落花般迎风撕碎！何处重撷童年红花，何时重摄青春皎颜？挥泪向那太虚，嘘气望着碧空，朋友！什么都逝去了，只有生之轮默默地转着衰老，转着死亡而已。前几天皇姊由 Sumatra 来信，她对我上次劝她归国的意见有点容纳了，你明春可以绕道去接她回来，省的叫许多朋友都念着她的孤单。她说：

　　在我决志漂泊的长途，现在确乎感到疲倦，在一切异样的习惯情状下，我常想着中华；但是破碎河山，糜烂故乡，归来后又何忍重来凭吊，重来抚慰呢？我漂泊的途程中，有青山也有绿水，有明月也有晚霞，波妹！我不留恋这刹那寄驻的漂泪之异乡，也不留恋我童年嬉游的故国；何处也是漂泊，何时也是漂泊，管什么故国异地呢？除了死，哪里都不是我灵魂的故乡。

有时我看见你壮游的豪兴，也想远航重洋，将这一腔烦闷，投向海心，浮在天心；只是母亲系缚着我，她时时怕我由她怀抱中逸去，又在我心头打了个紧结；因此，我不能离开她比现在还远一点。许多朋友，看不过我这颓丧，常写信来勉策我的前途，但是我总默默地不敢答复他们，因为他们厚望于我的，确是完全失望了。

　　近来更不幸了，病神常常用她的玉臂怀抱着我；为了病更使我对于宇宙的不满和怀疑坚信些。朋友！何曾仅仅是你，仅仅是我，谁也不是生命之网的漏鱼，病精神的或者不感受身体的痛苦，病身体的或者不感受精神的斧柯；我呢！精神上受了无形的腐蚀，身体上又受着迟缓而不能致命的痛苦。

　　你一定要问我到底为了什么？但是我怎样告诉你呢，我是没有为了什么的。

病中有一次见案头一盆红梅，零落得可怜，还有许多娇红的花瓣在枝上，我不忍再看她萎落尘土，遂乘她开时采下来，封了许多包，分寄给我的朋友，你也有一包，在这信前许接到了。玉薇在前天寄给我一首诗，谢我赠她的梅花，诗是：

话到飘零感苦辛，月明何处问前身？
甘将疏影酬知己，好把离魂吊故人；
玉碎香消春有恨，风流云散梦无尘，
多情且为留鸿爪，他日芸窗证旧因。

同时又接到天辛寄我的两张画片：一张是一片垂柳碧桃交萦的树林下，立着个绯衣女郎，她的左臂绊攀着杨柳枝，低着头望着满地的落花凝思。一张是个很黯淡苍灰的背景，上边有几点疏散的小星，一个黑衣女郎伏在一个大理石的墓碑旁跪着，仰着头望着星光祈祷——你想她是谁？

梅隐！不知道那个是象征着我将来的命运？

你给我寄的书怎么还不寄来呢？揆哥给你有信吗？我们整整一年的隔绝了，想不到在圣诞节的前一天，他寄来一张卡片，上边写着：

愿圣诞节的仁风，吹散了人间的隔膜，
愿伯利恒的光亮，烛破了疑虑的悲哀。

其实，我和他何尝有悲哀，何尝有隔膜，所谓悲哀隔膜，都是环境众人造成的，在我们天真洁白的心版上，有什么值得起隔膜和悲哀的事。现在环境既建筑了隔膜的幕壁，何必求仁风吹散，环境既造成了悲哀，又何必硬求烛破？

只要年年圣诞节，有这个机会纪念着想到我们童年的友谊，那我们的友谊已是和天地永存了。揆哥总以为我不原谅他，其实我已替他想得极周到，而且深深了解他的；在这"隔膜""悲哀"之中，他才可寻觅着现在人间的幸福；而踢给人间幸福的固然是上帝；但帮助他寻求的，确是他以为不谅解他的波微。

我一生只是为了别人而生存，只要别人幸福，我是牺牲了自己也乐于去帮助旁人得到幸福的；过去是这样，现在也是这样，不过我也只是这样希望着，有时不但人们认为这是一种罪恶，而且是一种罪恶的玩弄呢！虽然我不辩，我又何须辩，水枯了鱼儿的死，自然都要陈列在眼前，现在何必望着深渊徘徊而疑虑呢！梅隐！我过去你是比较知道的，和揆哥隔绝是为了他的幸福，和梅影隔绝也是为了他的幸福……因为我这样命运不幸的人，对朋友最终的披肝沥胆，表明心迹的，大概只有含泪忍痛的隔绝吧？

母亲很念你，每次来信都问我你的近况。假如你有余暇时你可否寄一封信到山城，安慰安慰我的母亲，也可算是梅隐的母亲。我的病，医生说是肺管炎，要紧大概是不要紧，不过长此拖延，精神上觉着苦痛；这一星期又添上失眠，每夜银彩照着紫蓝绒毡时，我常觉腐尸般活着无味；但一经我抬起头望着母亲的像片时，神秘的系恋，又令我含泪无语。梅隐！我应该怎样，对于我的生，我的死？

给庐隐

《灵海潮汐致梅姊》和《寄燕北诸故人》我都读过了。读过后感觉到你就是我自己，多少难以描画笔述的心境你都替我说了，我不能再说什么了。一个人感到别人是自己的时候，这是多么不易得的而值得欣慰的事，然而，庐隐，我已经得到了。假使我们的世界能这样常此空寂，冷寂中我们又这样彼此透彻的看见了自己，人世虽冷酷无情，我只愿恋这一点灵海深处的认识，不再希冀追求什么了。

在你这几封信中，我才得到了人间所谓的同情，这同情是极其圣洁纯真，并不是有所希冀有所猎获才施与的同情，廿余年来在人间受尽了畸零，忍痛含泪扎挣着，虽弄得遍体鳞伤，鲜血淋淋，仍紧嚼着牙齿作勉强的微笑！我希望在颠沛流离中求一星星同情和安慰以鼓舞我在这人世战斗的勇气；然而得到的只是些冷讽热笑，每次都跌落在人心的冷森阴险中而饮泣！此后我禁受不住这无情的箭镞，才想逃避远离开这冷酷的世界和人类；因之我脱离了学校生活，踏入了世界的黑洞后，我往昔天真烂漫的童心，都改换成冷枯孤傲的性情。一年一年送去可爱的青春，一步一步陷落在满是荆棘的深洞，嘲笑讪讽包围了我，同情安慰远离着我，我才诅咒世界，厌恶人类，怨我的希望欺骗了自己。想不到遥远的海滨，扰攘的人群中，你寄来这深厚的安慰和同情，我是如何的欣喜呵！惊颤地揭起了心幕收容她，收容她在我心的深处；我怕她也许不久会消失或者飞去！这并不是我神经过敏，朋友！我也曾几度发现过这样的同情，结果不是赝鼎便是雪杯，不久便认识了真伪而消灭。这种同情便是我上边所说有所希冀猎获而施与的，自然我不能与人以希冀猎获时，同情安慰也是终于要遗弃我的。朋友！写到这里我不能再写下去了，你百战的勇士，也许曾经有过这样的创伤！

　　自从得到了你充满热诚和同情的信后，我每每在静寂的冷月寒林下徘徊，虽然我只看见是枯干的枝丫，但是也能看见她含苞的嫩芽，和春来时碧意迷漫的天地。我知所忏悔了，朋友！以后我不再因自己的失意而诅咒世界的得意，因为自己未曾得到而怨恨人间未曾有了；如今漠漠干枯的寒林，安知不是将来如云如盖的绿荫呢！人生是时时在追求挣扎中，虽明知是幻象虚影，然终于不能不前去追求，明知是深洞悬崖，然终于不能不勉强挣扎；你我是这样，许多众生也是这样，然而谁也不能逃此网罗以自救拔。大概也是因此吧！才有许多伟大反抗的志士英雄，在辗转颠沛中，演出些惊人心魂的悲剧，在一套陈古的历史上，滴着鲜明的血痕和泪迹。朋友！追求挣扎着向前去吧！我们生命之痕用我们的血泪画写在历史之一页上，我们弱小的灵魂，所滴沥下的血泪何尝不能惊人心魂，这惊人心魂的血泪之痕又何尝不能得到人类伟大的同情。命运是我们手中的泥，一切生命的铸塑也如手中的泥，朋友！我们怎样把我们自己铸塑呢？只在乎我们自己。

　　说得太乐观了，你要笑我吧？怕我们才是命运手中的泥呢！我也觉这许多年中只是命运铸塑了我，我何尝敢铸塑命运。真是梦呓，你也许要讥我是放荡不羁的天马了。其实我真愿做个奔逸如狂飙似的骏马，把我的生命都载在小小鞍上，去践踏翻这世界的地轴，去飞扬起这宇宙的尘沙，使整个世界在我的足下动摇，整个宇宙在我铁蹄下毁灭！然而朋友！我终于是不能真的做天马，大概也是因为我终于不是天马，每当我束装备鞍，驰驱赴敌时，总有人间的牵系束缚我，令我毁装长叹！至如今依然蜷伏槽下咀嚼这食厌了的草芥，仍然整天回旋在这死城而不能走出一步；不知是环境制止我，还是自己的不长进，我终于是四年如一日的过去。朋友！你也许为我的抑郁而太息，我不仅不能做一件痛快点不管毁灭不管建设的事业，怕连个直捷了当极迅速极痛快的死也不能，唉！谁使我这样抑郁而生抑郁而死呢！是社会，还是我自己？我不能解答，怕你也不能解答吧！因之，我有许多事要告诉你，结果却只是默无一语，"多少事欲说还休"，所以我望着"征鸿过尽，万千心事难寄"！

　　我默无一语的，总是背着行囊，整天整夜的向前走，也不知何处是我的归处？是我走到的地方？只是每天从日升直到日落，走着，走着，无论怎样风雨疾病，艰险困难，未曾停息过；自然，也不允许我停息，假使我未走到我要去地方，那永远停息之处。我每天每夜足迹踏过的地方，虽然都让尘沙掩埋，或者被别人的足踪踏乱已找不到痕迹，然而心中恍惚的追忆是和生命永存的，而我的生命之痕便是这些足迹。朋友！谁也是这样，想不到我们来到世界只是为了踏几个足印，我们留给世界的也是几个模糊零碎不可辨的足印。

　　我们如今是走着走着，同时还留心足底下践踏下的痕迹，欣慰因此，悲愁因此；假使我们如庸愚人们的走路，一直走去，遇见歧路不彷徨，逢见艰险不惊悸，过去了不回顾，踏下去不踟躇；那我们一样也是浑浑噩噩从生到死，绝没有像我们这样容易动感，践了一只蚂蚁也会流泪的。朋友！太脆弱了，太聪明了，太顾忌了，太徘徊了，才使我们有今日，这也欣慰也悲凄的今日。

　　庐隐！我满贮着一腔有情的热血，我是愿意把冷酷无情的世界，浸在我热血中；知道终于无力时，才抱着这怆痛之心归来，经过几次后，不仅不能温暖了世界，连自己都冷凝了。我今年日记里有这样一段记述：

> 我只是在空寂中生活着，我一腔热血，四周环以泥泽的冰块，使我的心感到凄寒，感到无情。我的心哀哀地哭了！我为了寒冷之气候也病了。
>
> 这几天离开了纷扰的环境，独自睡在这静寂的斗室中，默望着窗外的积雪，忽然想到人生的究竟，我真不能解答，除了死。火炉中熊熊发光的火花，我看着它烧成一堆灰烬，它曾给与我的温热是和灰烬一样逝去；朝阳照上窗纱，我看着西沉到夜幕下，它曾给与我的光明是和落日一样逝去。人们呢，劳动着，奔忙着，从起来一直睡下，由梦中醒来又入了梦中，由少年到老年，由生到死……人生的究竟不知是什么？我病了，病中觉的什么都令人起了怀疑。
>
> 青年人的养料惟一是爱，然而我第一便怀疑爱，我更讪笑人们口头笔尖那些诱人昏醉的麻剂。我都见过了，甜蜜，失恋。海誓山盟，生死同命；怀疑的结果，我觉得这一套都是骗，自然不仅骗别人连自己的灵魂也在内。宇宙一大骗局。或者也许是为了骗吧，人间才有一时的幸福和刹那的欣欢，而不是永久悲苦和悲惨！我的心应该信仰什么呢？宇宙没有一件永久不变的东西。我只好求之于空寂。因为空寂是永久不变的，永久可以在幻望中安慰你自己的。

我是在空寂中生活着，我的心付给了空寂。庐隐！怔神在悲风惨日的新坟之旁，含泪仰视着碧澄的天空，即人人有此境，而人人未必有此心；然而朋友呵！我不是为了倚坟而空寂，我是为了空寂而倚坟；知此，即我心自可喻于不言中。我更相信只有空寂能给与我安慰和同情，和人生战斗的勇气！黄昏时候，新月初升，我常向残阳落处而挥泪！"望断斜阳人不见，满袖啼红。"这时凄怆悲绪，怕天涯只有君知！

  北京落了三尺深的大雪，我喜欢极了，不论日晚地在雪里跑，雪里玩，连灵魂都涤洗得像雪一样清冷洁白了。朋友！假使你要在北京，不知将怎样的欣慰呢！当一座灰城化成了白玉宫殿水晶楼台的时候，一切都遮掩涤洗尽了的时候。到如今雪尚未消，真是冰天雪地，北地苦寒；尖利的朔风彻骨刺心一般吹到脸上时，我咽着泪在挣扎抖颤。这几夜月色和雪光辉映着，美丽凄凉中我似乎可以得不少的安慰，似乎可以听见你的心音的哀唱。

  间接的听人说你快来京了。我有点愁呢，不知去车站接你好呢，还是躲起来不见你好，我真的听见你来了我反而怕见你，怕见了你我那不堪描画的心境要向你面前粉碎！你呢，一天一天，一步一步走近了这灰城时，你心抖颤吗？哀泣吗？我不敢想下去了。好吧！我静等着见你。

寄到狱里去——给萍弟

这正是伟大的死城里,秋风秋雨之夜。什么都沉寂,什么都闭幕了,只有雨声和风声绞着,人们正在做恐怖的梦吧!一切都冷静,一切都阴森,只有我这小屋里露着一盏暗淡的灯光,照着我这不知是幽灵还是鬼魂的影子在摇曳着,天上没有月,也没有星。

我不敢想到你,想到你时,我便依稀看见你蓬首垢面,憔悴枯瘠,被黑暗的罗网,惨苦的囚院,捉攫去你的幸福自由的可怜情形。这时你是在啮着牙关,握着双拳,向黑暗的,坚固的铁栏冲击呢?还是低着头,扶着肩,向铁栏畔滴洒你英雄失意的眼泪?我想你也许在抬起你的光亮双睛,向天涯,天涯,遥望着你遗留在这里的那颗心!也许你已经哭号无力,饥寒交逼,只蜷伏在黑暗污秽的墙角,喘着生之最后的声息!也许你已经到了荒郊高原,也许你已经……我不敢想到你,想到你,我便觉着战栗抖颤,人世如地狱般可怕可叹!然而萍弟呵!我又怎能那样毫不关心的不记念你?

关山阻隔,除了神驰焦急外,懦弱无力的我们,又那能拯救你,安慰你。然而我盼望你珍重，盼望你含忍；禁锢封锁了我们的身体的，万不能禁锢封锁我们的灵魂。为了准备将来伟大更坚固更有力的工作，你应该保重，你应该容忍。这是你生命火焰在黑暗中冲击出的星花，囚牢中便是你励志努力潜修默会的书房，这短期内的痛苦，正是造成一个改革精进的青年英雄的机会。望你勿灰心丧志，过份悲愤才好。

萍弟！你是聪明人，你虽然尽忠于你的事业，也应顾及到异乡外系怀你的清。你不是也和天辛一样，有两个生命：一个是革命，一个是爱情；你应该为了他们去努力求成全求圆满。这暂时的厄运，这身体的苦痛，千万不要令你心魂上受很大的创伤，目下先宜平静，冷寂你热血沸腾的心。

说到我们，大概更令你伤心，上帝给与了我们异地同样的命运。假如这信真能入你目，你也许以为我这些话都是梦境。你不要焦急，慢慢地我告诉你清的近况。你离开这庄严的，古旧的，伟大的，灰尘的北京之后，我曾寄过你三封信。一封是在上海，一封是在广东，一封便是你被捕的地方，不知你曾否收到？清从沪归之翌晨，我返山城。这一月中她是默咽离愁，乍尝别恨；我是返故乡见母亲，镇天在山水间领略自然，和母亲给与我的慈爱。一月之后我重返北京，清已不是我走时的清，她的命运日陷悲愁　更加你消息沉沉，一去无音信；几次都令我们感到了恐怖——这恐怖是心坎里久已料到惟恐实现的。但是我总是劝慰清，默默祷告给平安与萍。

这样一天一天过去了。

等到了夏尽秋来，秋去冬临，清镇日辗转寸心于焦急愁闷怨恨恐惧之中。这时外面又侵袭来多少意外的阴霾包裹了她，她忍受着一切的谣诼，接收着一切的诽谤。怪谁？只因为你们轻别离。只抱憾人心上永远有填不满的深沟，人心上永远有不穿的隔膜。

这样一天一天过去了。你的消息依然是石沉大海。红楼再劫，我们的希望完全粉碎！研究科取消后，清又被驱逐，不仅无书可读，而且连一枝之栖都无处寻觅。谁也知道她是无父无母，以异乡作故乡的飘零游子；然而她被驱逐后，离开了四年如母亲怀抱，如婴儿摇篮的红楼，终于无处寄栖她弱小的身躯。

她孤零零万里一身，从此后遂彷徨踟蹰于长安道上，渡这飘泊流落的生涯。谁管？只她悄悄地挣扎着，领受着，看着这人情世事的转换幻变；一步一走，她已走到峭壁在前，深涧在后的悬崖上来了。如今，沉下去，沉下去，一直沉到深处去了。

我是她四年来唯一的友伴，又是曾负了萍弟的重托，这时才感到自己的浅薄，懦弱，庸愚无能。虽然我能将整个灵魂替她擘画，全部心思供她驱使，然而我无力阻挡这噩运的频频来临。

我们都是弱者，如今只是在屠夫的利刃下喘息着，陈列在案上的俘虏，还用什么抵抗挣扎的力量。所以我们目前的生活之苦痛，不是悲愁，却是怒愤！我们如今看那些盘据者胜利的面孔，他们用心底的狭隘，封锁了我们欲进的门，并且将清关在大门以外刻不容留的驱逐出。后来才知道取消研究科是因为弥祸于未形，先事绸缪的办法；他们红楼新主，错认我们作意图捣乱的先锋。一切都完了，公园松林里你的预祝，我们约好二年之后再见时，我们自己展览收获，陈列胜利，骄傲光荣；如今都归湮灭无存。我和清这时正在崎岖的，凄寒的，寂寞的道途中，摸索着践踏我们要走的一条路径。几次我们遇到危险，几次我们受了创伤，我们依然毫不畏缩毫不却步的走向前去，如今，直到如今，我们还是这样进行；我想此后，从此以后，人生的道路也是这样罢！只有辛苦血汗的挣扎着奔波，没有顺适，困散的幸福来赐。深一层看见了社会的真象，才知道建设既不易，毁灭也很难。我们的生命力是无限，他们的阻障力也是无限；世界永久是搏战，是难分胜负的苦战！

接到琼妹传来你被捕的消息时，正是我去红楼替清搬出东西的那天。

你想清如何承受这再三的刺激,她未读完,信落在地上,她望天微微的冷笑!这可怕的微笑,至如今犹深印在我脑海中。记得那是个阴森黯淡的黄昏,在北馆凄凉冷寒的客厅下我和清作长时间的沉默!

我真不能再写下去了,为什么四个月的离别,会有这么多的事变丛生。清告诉我,在上海时你们都去看"难为了妹妹"的电影,你特别多去几次,而且每次看过后都很兴奋!这次琼妹来信便是打这谜语,她写着是:"三哥回来了三礼拜,便作'难为了妹妹'中的何大虎。"我们知道她所指是象征着你的被捕,坐监。萍弟!你知道吗?

"难为了妹妹"如今正在北京明星映演,然而我莫有勇气去看,每次在街上电车上看见了广告,都好像特别刺心。真想不到,我能看"难为了妹妹"时,你已不幸罹了何大虎一样的命运。

我们都盼望你归去后的消息,不幸第一个消息便是这惊人的噩耗。前几天接到美弟信知你生命可无虞,不久即可保释出狱。我希望美弟这信不是为了安慰他万里外的姊姊而写的。真能这样才是我们遥远处记念你的朋友们所盼祷。

清现住北馆,我是天天伴着她,竭尽我的可能去安慰她。冷落凄寒的深秋,我们都是咽着悲愁强作欢颜的人。愿萍弟释念。闲谈中,清曾告我萍弟为了谣琢,曾移罪到我,我只一笑置之。将来清白的光彩冲散了阴霾,那时你或者可以知道我是怎样爱护清,同时也不曾辜负了萍弟给我的使命和重托。我希望你用上帝的心相信清,也相信你一切的朋友们!

夜已将尽,远处已闻见鸡鸣!雨停风止,晨曦已快到临,黑暗只留了景后一瞬;萍弟!我们光明的世界已展开在眼前,一切你勿太悲观。

在朝霞未到之前,我把这信封寄远道给你。愿你开缄时,太阳已扫净了阴霾!

低头怅望水中月

　　开完会已六时余，归路上已是万盏灯火，如昨夜一样。我的心的落漠也如昨夜一样；然而有的是变了，你猜是什么呢！吃完饭我才拆开你信，我吃饭时是默会你信中的句子。读时已和默会的差不多。我已想到你要说的话了，你看我多么聪明！

　　我最忘记不了昨夜月下的诸景。尤其是我们三人坐在椅上看水中的月亮，你低头微笑听我振动的心音；你又忽然告清我被犀拖去的梦。那时我真是破涕为笑了！朋友！你真是天真烂漫的好玩。你的洁白光明，是和高悬天边的月一样。我愿祝你，朋友，永远保有你这可爱的童性。一度一度生日这夜都记着我们这偶然的聚会，偶然的留迹。

　　朋友！你热诚的希望和劝导，我只咽泪感谢！同时我要掏出碎心向你请求，愿你不要介意我的追忆和心底的悲哀，那是出自一个深长的惨痛的梦里，我不能忘这梦，和我不能忘掉生命一样。我在北京城里，处处都有我们的痕迹，因之我处处都用泪眼来凭吊，碎心来抚摩。这在我是一种最可爱可傲又艳又哀的回忆，在别人，如你的心中或者感受到这是我绝大的痛苦吧！其实我并不痛苦，痛苦的或者还是你们这些正在作爱或已尝爱味的少爷小姐，如清如你。我再虔诚向你朋友请求，你不要为了我的伤痕，你因之也感到悲哀！

朋友！我过去我抱吻着旧梦，我未来我寻求生命的真实和安定，我是人间最幸福的人。朋友！你应该放心，你应该放心。

你所指示的例子，确是应该如斯释注。不过，我告诉你朋友，理智有时是不能支配感情。不信，留你自己体验吧！

我如今，还羡慕你的生日是这样美丽，神秘，幽雅，甜蜜。假使明年那天我已不能共你度此一日，愿你，愿你，记得依你肩头怅望水中月的姊姊。愿你，愿你，记得影双履齐，归途上默咽酸泪的姊姊。愿你，愿你，记得松林下并立远望午门黑影的姊姊。

我过去有多少可念可爱的梦，而昨在是新刊下的印痕，我是为了追求这些梦生，为了追求这些梦死的人，我自然永忆此梦而终。

今天我说错了一句话，你马上的脸色变成那样苍白，我真惊，不过我也不便声张；所以我一直咽下去。后来你二次回来时，已好些了，不过我已看出你，今天居然仍会咽下悲切假装笑脸的本事了！我们认识后，我是得了你不少的笑和喜欢。我也愿我不要给忧愁与你；你不要为了清知道人生，为了我识得愁。此后再不准那样难过才好，允许了我，朋友！

清那样难过，我真无法想。我还是懦弱不能在她所需要的事上帮助她。因为我为她哭，我为了恨萍哭！写的多了，再谈吧。

绿　屋

我要谢谢上帝呢我们能有宁静的今日。这时我正和清坐在菊花堆满的碧纱窗下，品着淡淡的清茶，焚着浓浓的檀香。我们傲然的感到自己用心血构成小屋的舒适，这足以抵过我们逢到的耻辱和愤怒了。我默望着纱窗外血红的爬山虎叶子沉思着。我忆起替清搬东西来绿屋的那个黄昏。许多天的黄昏都一样吧，然而这个黄昏特别深画着悲怆之痕。当我负了清的使命坐车去学校时的路上，我便感到异样，因为我是去欢迎空寂，我是去接见许多不敢想象的森严面孔，又担心着怕林素园误会了我，硬叫校警抓出去时的气愤和羞愧。我七年未忘，常在她温暖的怀中蜷伏着的红楼，这次分外的冷酷无情。

我抱着这样的心情走进校门，我站在她寝室门前踟蹰了，我不推门进去，我怕惊醒了那凄静的沉寂。我又怕壁姊和秀姊在里边，我不愿逢见她们，见了她们我脆弱的心要抖战的流下泪来，我怎忍独自来拣收这人去后的什物呢！本来清还健在，只不过受林素园的一封"函该生知悉"的信，而驱逐出。不过我来收东西时忽然觉着似乎她是死了的情形。

在门外立了半天，终于鼓着勇气推开了门，幸而好她们都不在，给与我这整个的空寂。三支帐低赤裸，窗外的淡淡的阳光射壁姊的床缘上。清赤裸的木板上堆着她四年在红楼集聚下的物事，它们静静放在那里，我感到和几付僵尸卧着一样。收拾清楚后在这寂静的屋内环视一周，我替清投射这最后留恋的心情。我终于大胆地去办公处见她向她们拿出箱笼去的通行证。

　　允许我忏悔吧！我那时心情太汹涌了，曾将我在心里的怨愤泄露给我们的朋友叔举君。她默默承受了之后，我悔了，我觉不应错怪她。拿了通行证后，我又给壁姊写了个纸条，告诉她，清的东西我已搬去了，有拿错的请她再同清去换，末了我写了"再见"，这"再见"两字那时和针一样刺着我。

　　莫有人知道，我悄悄独自提着清的小箱走出了校门。是这样走的，极静极静，无人注意的时候我逃出了这昔日令我眷恋，今日令我悲戚的红楼。

　　记得我没有回顾，车到了顺治门铁栏时，我忽然想起四年前我由红楼搬到寄宿校舍的情形，不过那时我是眷恋，如今我是愤恨。

　　进了校场头条北口，便看见弱小的清站在红漆的朱门前，她正在拿着车钱等着我。这次看见她似乎久别乍逢，又似乎噩梦初醒，说不出的一种凄酸压在我的胸上喉头。她也凝视着她那些四年来在红楼伴她书箱而兴起一缕哀感！

　　这夜我十点钟才回来，我和她默默地整理床褥，整理书箱，整理这久已被人欺凌，久已被人践踏，久已无门归处而徘徊于十字街头的心。

　　月色凄寒如水，令我在静冷的归路上，更感到人心上的冰块，或者不是我们的热泪所能融化！人面上的虚伪，或者不是我们的赤心所能转换。我们的世界假如终于是理想的梦，那么这现世终于要遗弃我们的，我们又不能不蹰蹰的追寻着这不可期待的梦境，这或许是我们心中永远的恶伦之痕吧!

这一夜我不知她怎样过去的,在漂泊的枕上,在一个孤清生疏的枕上。

如今,她沉默的焚着香,在忏悔祈祷什么我不知道。不过她是应该感谢上帝的,她如今有了这富有诗情富有画意的绿屋,来养息她受创的小灵魂。

沄　沁

　　灰城里入春以来，十天有九天是阴霾四布见不着太阳光，有时从云缝里露出半面，但不到一会又飘浮过一朵墨云来掩盖上了。本来多愁善感的我，在团花如锦，光华灿烂的天地中，我的心的周围已是环抱着阴霾重重，怎禁住这样天气又压迫在我忧郁的心头呢？

　　昨夜忽然晴了。点点疏星，弯弯明月，令我感到静默的幽光下，有万种难以叙述的心情纠结着。在院里望了望满天星月，我想到数月前往事，觉人生聚散离合，恍如一梦。这时幻想到你们时，你们一定都是沉醉在胜利的金觥里，或者也许卧在碧血沙场做着故园千里的归梦。夜寒了，我走到房里，由书架上，拿了一本小檀栾室闺秀词，在灯下读着，以解散我寂寞的心怀。

　　这时门铃响了，绿衣使者把你的信递到我案头来了，你想我是多么高兴？多么欣慰呢？

　　你念着白发无依的老母，和临行时才开未残的腊梅；证明你漂泊中还忆到软红十丈的燕京，沄沁！

前三天我去看母亲，到了院里，母亲很喜欢的迎我进了房，一切陈设和你在时一样，只是腊梅残了，案头新换上了红绣球和千叶莲。那些花是不认识你的。不属于你的。是母亲的。在她们嫣红微笑中，知道母亲已将忆念你的爱心分注一点在她们身上了，她们现在代你伴着寂寞的父亲，你该谢谢这些不相识的花草呢！你的床上现在不是空的，是一位田小姐住在那里，夜夜陪着母亲的。黄小姐是隔一两天就去一次，还有许多朋友们也常去。母亲那天告我时她像傲然的样子，我笑着道："这是伯母的福气，走了一个女儿，来了许多女儿"，她笑着：我在这微笑中看出了母亲们慈爱之伟大和庄严。我想到了我故乡山城的母亲，她是没有你的母亲这样旷达的胸怀，也无这些可爱的女孩儿围绕着她。她看见的只是银须飘拂的老父，和些毫无情感的亲友们，像石像冰一样冷硬的人心侵凌着她，令她终身生活陷于愁病之中，而我又是这样忤逆，远离开她不能问暖嘘寒。后来和亲谈了许多关乎你漂泊行踪的事，母亲很豪爽的评论现状，不带半点儿女缠绵之态，我心中暗暗佩服，自然因为有这样豪爽的母亲，才有你这样英武的女儿，我自愧不如。

虽然母亲是这样能自己挣扎，让你去投奔在战线上毫不恋恋。但是眉峰间隐约有些寂寞的皱纹，是为了忆念你新添的。

我和母亲谈着时，门环响了，一会女仆引进一位三十多岁的妇"黄瘦惟悴中还保留着少年时的幽美丰韵；只是眼光神情中，满溢着无限的忧愁，令人乍看便知是个可怜人，伤心人。你猜是谁呢，原来是你中学的朋友——陈君。她来请母亲介绍她一个医生，医治她的肝气症。她说到了身体上的病症时，同时也告诉我们她精神上的痛苦。你是知道的，她结婚的一切经过都是她哥哥包揽，事前并未得她同意，更不必说到愿意不愿意。结婚后数年还和好相安，共有子女六人，因为小孩多，她在四年前买了一个十四岁的丫头叫秋香，初来还听话做事也勤敏，慢慢就爱吃懒动，偷东西偷银钱，后来更坏的不堪，连老妈都雇不住，来一个好的，几天就被她引坏了。这一两年内更骄纵的不成样子，她的张老爷帮着秋香欺凌她，其初是骂，后来足拳交加慢慢也挨打了。家中的银钱都交给秋香去管，得罪了秋香时，比得罪了老爷还利害。有一次秋香伴着三少爷玩，用卵子大的石头，击破了三少爷的鼻梁，血流了满脸，险一些打坏了眼睛。她忍不住了，叫来秋香骂了几句，秋香可受不了她的气，当时把被褥卷好放在大门口，等老爷回来她哭着向他说太太赶她走，老爷听见后亲自把大门口的被褥拿到下房里，向秋香赔礼。那夜她的张老爷又把她打骂了一顿，儿子脸上的血窟他连睬都不睬。她说，秋香现在是赶不走，她正托人给她张老爷找姨太太，她奢望有个好姨太太时，秋香或可让她走。当时陈君说着流下泪来！家庭像一座焦煎的油锅，她的丈夫便是狞恶的魔鬼，她不知这罪受到何时才完？因为有六个小孩子，她不忍舍弃了他们和她丈夫离婚，带上子女去呢，她丈夫也不肯，即是肯，她又如何能够养活了他们。这苦诉向谁呢？中国法律本来不是为女子定的，是为了保障男子的强暴兽行而规定的，她只有被宠幸的丫头欺凌她，被兽性冲动的丈夫践踏她至于忍气吞声忧愤成病，病深至于死，大概才会逃脱这火坑吧！沄沁，你是以改革一切旧社会制度，和保障女权的运动者，你怎样能够救这位可怜的妇人。

　　我们不知道的沦陷于此种痛苦下的女人自然很多，因之我们不能不为她们去要求社会、改革，和毁灭那些保障恶魔的铁栏而努力的我们不努力，她们更深落到十八层地狱下永不能再睹天日了。像这些强暴的男子也多极了，我不知他们怎样披着那张人皮，在光天化日之下鬼混？漱玉来信告我说，那位遗弃她和另人恋爱去的情人，现在又掉过头来，隔山渡海的，向她频送秋波，说许多"薄情也许是多情，害你也许是爱你"的话来引诱她，希望破镜重圆，再收覆水。你想玩一个娼妓，也不能这样随便由男人的爱憎，况且漱玉如今是努力于妇女解放运动的人。漂泊的生活自然不是安适幸福的生活，你所说"见了多少未曾见到的事，受了多少"未曾受过的苦"，这便是你求生的成绩了，你还追求什么呢？这值的向人骄傲的丰富经验，和人生阅历，已由你眼底收集在你心海中了，如果有一日能闲散度着山林生活时，你把你的收获写出来，也许是一本纸贵洛阳的珍册吧！

　　夜将尽，天空有孤雁长唳的哀声泛沁，我执笔向你致一个文学的敬礼吧！

花神殿的一夜

这时候：北京城正在沉默中隐伏着恐怖和危机，谁也料不到将来要发生怎样的悲剧，在这充满神秘黑暗的夜里。寄宿的学生都纷纷向亲友家避难去了，剩下这寂寞空旷的院落，花草似乎也知人意，现露一种说不出来的冷静和战栗。夜深了。淡淡的月光照在屋檐上，树梢头，细碎的花影下掩映着异样的惨淡。仰头见灰暗的天空镶着三五小星，模糊微耀的光辉，像一双双含涕的泪眼。

静悄悄没有一点儿人声，只听见中海连续不断的蛙声，和惊人的汽车笛鸣，远远依稀隐约有深巷野犬的吠声。平常不注意的声音，如今都分明呈于耳底。轻轻揭帘走到院里，月光下只看见静悄悄竹帘低垂，树影荫翳，清风徐来，花枝散乱。缘廊走到梦苏的窗下，隔着玻璃映着灯光，她正在案上写信。我偷眼看她，冷静庄严，凛然坦然，一点儿也不露惊惶疑虑；真帮助鼓舞我不少勇气，在这般恐怖空寂的深夜里。

顺着花畦，绕过了竹篱，由一个小月亮门，来到了花神殿前。巍然庄严的大殿；荫深如云的古松，屹立的大理石日规，和那风风雨雨剥蚀已久的铁香炉，都在淡淡月光下笼罩着，不禁脱口赞道："真美妙的夜景呵！"

倚着老槐树呆望了一会，走到井口旁边的木栏上坐下，仔细欣赏这古殿荒园，凄凉月色下，零乱阑珊的春景。

如此佳境，美妙如画，恍惚若梦，偏是在这鼙鼓惊人，战氛弥漫，荒凉冷静的深夜里发现；我不知道该赞成美欣赏呢！还是诅恨这危殆的命运？

来到这里已经三月了。为了奔波促忙，早晨出去，傍晚回来，简直没有一个闲暇时候令我鉴赏这古殿花窖的风景。只在初搬来的一夜，风声中摇撼着陌生斗室，像瀚海烟艇时：依稀想到仿佛"梅棄"。

有时归来，不是事务羁身，就是精神疲倦；夜间自己不曾出来过一次。白天呢！这不是我的世界。被一般青春活泼的少女占领着，花荫树底，莺声燕语，嫣然巧笑，翩跹如仙。我常和慧泉说："这是现实世界中的花神呢！"

因此，我似乎不愿去杂人问津，分她们的享受，身体虽在此停栖了三月之久，而认识花神殿，令我精神上感到快慰的，还是这沉默恐怖的今夜。

不过，我很悔，今夜的发现太晚了，明夜我将离开这里。

对着这神妙幽美的花神殿，我心觉着万分伤感。回想这几年漂泊生涯，懊恼心情，永远在我生命史上深映着。谁能料到呢！我依然奔走于长安道上，在这红尘人寰，金迷纸醉的繁华场所，扮演着我心认为最难受最悲惨的滑稽趣剧。忘记了过去，毁灭了前尘，固然是件痛快的事；不过连自己的努力，生活的进程都漠然不顾问时，这也是生的颓废的苦痛呢！那敢说是游嬉人间。

呵！让我低低喊一声母亲吧！我的足迹下浸着泪痕。三月前我由荫护五年的穆宅搬出来，默咽了多少感激致谢的热泪。五年中待遇我的高义厚恩，想此生已不能图报万一，我常为这件事难受。假使我还是栖息在这高义厚恩之中时，恐怕我的不安，作愧，更是加增无已。因此才含涕拜别，像一个无家而不得不归去的小燕子，飞到这荒凉芜废的花神殿。我在不介意的忙碌中，看着葱茏的树枝发了芽，鲜艳的红花含着苞蕾；如今眼前这些姹紫嫣红，翠碧青森，都是一个冬梦后的觉醒，刹那间的繁华！往日荒凉固堪悲，但此后零落又那能设想呢！

我偶然来到这里的，我将偶然而去；可笑的是漂零身世，又遇着幻变难测的时局，倏忽转换的人事；行装甫卸，又须结束；伴我流浪半生的这几本破书残简，也许有怨意罢！对于这不安定的生活。

我常想到海角天涯去，寻访古刹松林，清泉幽岩，和些渔父牧童谈谈心；我不需要人间充塞满的这些物质供养我的心身。不过总是挣脱不出这尘网，辗转因人，颦笑皆难。咳！人生真是万劫的苦海呵！谁能拯我出此呢？

忽然一阵狂风飞沙走石，满天星月也被黑云遮翳；不能久留了，我心想明日此后茫茫前途，其黑暗惊怖也许就是此时象征吧！人生如果真是这样幻变不测的活动着，有时也觉有趣呢！我只好振作起来向前摸索，看着荆棘山石刺破了自己的皮肤，血淋淋下滴时虽然痛苦，不过也有一种新经验能令我兴奋。走吧！留恋的地方固多，然留恋又何能禁止人生活动的进展呢！

走到房里灯光下堆集着零乱的衣服和书籍，表现出多少颠顿狼狈的样子；我没奈何的去整理它们。在一本书内，忽然飘落下一片枫叶，上面写着：

"风中柳絮水中萍，飘泊两无情。"

心情底践踏

　　像我们这样玩，这样吃，真是上帝的幸福儿女，我已感到了满足。公园宫门你对着斜阳说了的话自然尚能忆起，我很受你那句话的感动。寒风刮来直透我的皮肤，然而我始终未表示，怕破坏了你那刹那间的幻梦！我愿博你的笑颜，强咽着我自己的悲哀！

　　心情像一匹骏马，我无力羁束它时，它被意志便践踏了一切。今晚筵上我几次咽下去的泪，便是这莫名其妙的神思之颤动！朋友，你让我怎样告诉你，你怨我对你"不诚"的话是误会了我了！

　　清今天算是还高兴罢！她对你信并无何惊奇之处，望你放心好了。

　　淡淡的光下，能看见模糊的双影。慢慢走着合拍的步伐向那盏路灯时，双影又变成一团黑影。那刹那的影，便是在这人间偶然映演下的梦，这梦，是能令上帝微笑的！然而我呢！却深深地在黑暗的夜里忏悔，忏悔什么，朋友，你自然不必知道。

　　一路我都无语，几次想说话不知说什么好，你也是这样吧？不必说了，朋友！人间有许多神秘奇迹是不能用言语文字代表的，只可任神思去颤动。那末，朋友，我们又何必用人间的言语，惊破这天上的好梦！

　　不知为何，我好像遗失了什么一样。后来才想到原来清未回西城来，你该笑我吧！祝你今天的快乐！我由梦中醒来，我还依稀记着我的梦。我在一个树林里，寻不见你们了，我正在焦急烦躁时，有一缕琴声送来，我去缘着琴声（找），忽然看见一女郎，穿着一套缟素衣裳，弹着一个长方形的琴，向前走着。我没有和她说话，也默默低了头随着她走着，心里似乎什么都没有了，也没有过去，也没有未来；我沉醉在她的弦上！醒来，窗外映的雪清亮极了，昨夜的炉火还未熄，小丫头进来拿给我你的信。我在枕上被里，睁着惺忪的睡眼读着，我感到了温暖。朋友！你给与我的同情每次都令我惊讶！为了你改正了我许多厌世愤激的观念，诅咒人类冷酷无情的观念，我才知道我自己未逢见遇到的东西不能归咎宇宙并未曾有！朋友！我接受了你给与我的热情和安慰，我报以你欢喜中流出的眼泪，好不好？

　　一路来学校时的雪景，真美丽！我忽然想着逢见你，那知未曾。今天又想去陶然亭了，可惜清去了东城。《涛语》又有了文章了，为了今天的雪，你猜我写什么呢？

　　本来想这封信要写的很长的，那知一提笔什么都跑了，怎好？

天　辛

到如今我没有什么话可说，宇宙中本没有留恋的痕迹，我祈求都像惊鸿的疾掠，浮云的转逝；只希望记忆帮助我见了高山想到流水，见了流水想到高山。但这何尝不是一样的吐丝自缚了呢！

有时我常向遥远的理智塔下忏悔，不敢抬头；因为瞻望着遥远的生命，总令我寒噤战栗！最令我难忘的就是你那天在河滨将别时，你握着我的手说："朋友！过去的确是过去了，我们在疲倦的路上，努力去创造未来罢！"

而今当我想到极无聊时，这句话便隐隐由我灵魂深处溢出，助我不少勇气。但是终日终年战兢兢的转着这生之轮，难免有时又感到生命的空虚，像一只疲于飞翔的孤鸿，对着苍茫的天海，云雾的前途，何处是新径？何处是归路地怀疑着，徘徊着。

我心中常有一个幻想的新的境界，愿我自己单独地离开群众，任着脚步，走进了有虎狼豺豹的深夜森林中，跨攀过削岩峭壁的高冈，渡过了苍茫扁舟的汪洋，穿过荆棘丛生的狭径……任我一个人高呼，任我一个人低唱，即有危险，也只好一个人量力挣扎与抵抗。求救人类，荒林空谷何来佳侣？祈福上帝，上帝是沉默无语。我愿一生便消失在这里，死也埋在这里，虽然孤寂，我也宁愿享孤苦的。不过这怕终于是一个意念的幻想，事实上我又如何能这样，除了蔓草黄土湮埋在我身上的时候。

如今，我并不恳求任何人的怜悯和抚慰，自己能安慰娱乐自己时，我便去追求着哄骗自己。相信人类深藏在心底的，大半是罪恶的种子，陈列在眼前的又都是些幻变万象的尸骸；猜疑嫉妒既狂张起翅儿向人间乱飞，手中既无弓箭，又无弹丸的我们，算能奈何他们呢？辛，我们又如何能不受创伤被人们讥笑。

过去的梦神，她常伸长玉臂要我到她的怀里，因之，一切的凄怆失望像万骑踏过沙场一样蹂躏着我，使我不敢看花，看花想到业已埋葬的青春；不敢临河，怕水中映出我憔悴的瘦影；更不敢到昔日栖息之地，怕过去的陈尸捉住我的惊魂。更何忍压着凄酸的心情，在晚霞鲜明，鸟声清幽时，向沙土上小溪畔重认旧日的足痕！

从前赞美朝阳，红云捧着旭日东升，我欢跃着说："这是我的希望。"从前爱慕晚霞，望着西方绚烂的彩虹，我心告诉我："这是我的归宿。"天辛呵！纵然今天我立在伟大庄严的天坛上，彩凤似的云霞依然飘停在我的头上；但是从前我是沉醉在阳光下的蔷薇花，现在呢，仅不过是古荒凄凉的神龛下，蜷伏着呻吟的病人。

这些话也许又会令你伤心的，然而我不知为什么似乎一些幸福愉快的言语也要躲避我。今天推窗见落叶满阶，从前碧翠的浓幕，让东风撕了粉碎；因之，我又想到落花，想到春去的悠忽，想到生命的虚幻，想到一切……想到月明星烂的海，灯火辉煌的船，广庭中婀娜的舞女，琴台上悠扬的歌声；外边是沉静的海充满了神秘，船里是充满了醉梦的催眠。汹涌的风波起时，舵工先感恐惧，只恨我的地位在生命海上，不是沉醉娇贵的少女，偏是操持危急的舵工。

说到我们的生命，更渺小了，一波一浪，在海上留下一些什么痕迹！

诞日，你寄来的象牙戒指收到了。诚然，我也愿用象牙的洁白和坚实，来纪念我们自己静寂像枯骨似的生命。

微醉之后

几次轻掠飘浮过的思绪，都浸在晶莹的泪光中了。何尝不是冷艳的故事，凄哀的悲剧，但是，不幸我是心海中沉沦的溺者，不能有机会看见雪浪和海鸥一瞥中的痕迹。因此心波起伏间，卷埋隐没了的，岂只朋友们认为遗憾，就是自己，永远徘徊寻觅我遗失了的，何尝不感到过去飞逝的云影，宛如彗星一扫的壮丽！

允许我吧！我的命运之神！我愿意捕捉那一波一浪中汹涌浮映出过去的噩梦。虽然我不敢奢望有人能领会这断弦哀音，但是我尚有爱怜我的母亲，她自然可以为我滴几点同情之泪吧！朋友们，这是由我破碎心幕底透露出的消息。假使你们还挂念着我，这就是我遗赠你们的礼物。

丁香花开时候，我由远道归来。一个春雨后的黄昏，我去看晶清。推开门时她在碧绸的薄被里蒙着头睡觉，我心猜想她一定是病了。不忍惊醒她，悄悄站在床前，无意中拿起枕畔一本蓝皮书，翻开时从里面落下半幅素笺，上边写着：

波微已经走了,她去那里我是知道而且很放心,不过在这样繁华如碎锦似春之昼里,难免她不为了死的天辛而伤心,为了她自己惨淡悲凄的命运而流泪了!

想到她我心就砰砰的跃动,似乎纱窗外啁啾的小鸟都是在报告不幸的消息而来。我因此病了,梦中几次看见她,似乎她已由悲苦的心海中踏上那雪银的浪花,翩跹着披了一幅白雪的轻纱;后来暴风巨浪袭来,她被海波卷没了,只有那一幅白云般的轻纱飘浮在海面上,一霎时那白纱也不知流到那里去了。

固然人要笑我痴呆,但是她呢,确乎不如一般聪明人那样理智,从前她是个杀人不眨眼的英雄,如今被天辛的如水柔情,已变成多愁多感的人了。这几天凄风苦雨令我想到她,但音信却偏这般渺茫……

读完后心头觉着凄梗,一种感激的心情,使我终于流泪!但这又何尝不是罪恶,人生在这大海中不过小小的一个泡沫,谁也不值得可怜谁,谁也不值得骄傲谁,天辛走了,不过是时间的早迟,生命上使我多流几点泪痕而已。为什么世间偏有这许多绳子,而且是互相连系着!她已睁开半开的眼醒来,宛如晨曦照着时梦那真耶莫辨的情形,瞪视良久,她不说一句话,我抬起头来,握住她手说:"晶清,我回来了,但你为什么病着?"

她珠泪盈睫,我不忍再看她,把头转过去,望着窗外柳丝上挂着的斜阳而默想。后来我扶她起来,同到栉沐室去梳洗,我要她挣扎起来伴我去喝酒。信步走到游廊,柳丝中露出三年前月夜徘徊的葡萄架,那里有芍蘅的箫声,有云妹的倩影,明显映在心上的,是天辛由欧洲归来初次看我的情形。那时我是碧茵草地上活泼跳跃的白兔,天真骄憨的面靥上，泛映着幸福的微笑！三年之后，我依然徘徊在这里，纵然浓绿花香的图画里，使我感到的比废墟野冢还要凄悲！上帝呵！这时候我确乎认识了我自己。韵妹由课堂下来，她拉我又回到寝室，晶清已梳洗完正在窗前换衣服，她说："波微！你不是要去喝酒吗？萍适才打电话来，他给你已预备下接风宴，去吧！对酒当歌，人生几何，去吧，乘着丁香花开时候。"

风在窗外怒吼着，似乎在万骑踏过沙场，全数冲杀的雄壮；又似乎海边孤舟，随狂飙挣扎呼号的声音，一声声的哀惨。但是我一切都不管，高擎着玉杯，里边满斟着红滟滟的美酒，她正在诱惑我，像一个绯衣美女轻掠过骑士马前的心情一样的诱惑我。我愿永久这样陶醉，不要有醒的时候，把我一切烦恼都装在这小小杯里，让它随着那甘甜的玫瑰露流到我那创伤的心里。

在这盛筵上我想到和天辛的许多聚会畅饮。晶清挽着袖子，站着给我斟酒；萍呢！他确乎很聪明，常常望着晶清，暗示她不要再给我斟，但是已晚了，饭还未吃我就晕在沙发上了。

我并没有痛哭，依然晕厥过去有一点多钟之久。醒来时晶清扶着我，我不能再忍了，伏在她手腕上哭了！这时候屋里充满了悲哀，萍和琼都很难受的站在桌边望着我。这是天辛死后我第六次的昏厥，我依然和昔日一样能在梦境中醒来。

灯光辉煌下，每人的脸上都泛映着红霞，眼里莹莹转动的都是泪珠，玉杯里还有半盏残酒，桌上狼藉的杯盘，似乎告诉我这便是盛筵散后的收获。

大家望着我都不知应说什么？我微抬起眼帘，向萍说："原谅我，微醉之后。"

夜　航

　　一九二五年元旦那天，我到医院去看天辛，那时残雪未消，轻踏着积雪去叩弹他的病室，诚然具着别种兴趣，在这连续探病的心情经验中，才产生出现在我这忏悔的惆怅！不过我常觉由崎岖蜿蜒的山径到达到峰头，由翠荫森森的树林到达到峰头；归宿虽然一样，而方式已有复杂简略之分，因之我对于过去及现在，又觉心头轻泛着一种神妙的傲意。

　　那天下午我去探病，推开门时，他是睡在床上头向着窗瞧书，我放轻了足步进去，他一点都莫有觉的我来了，依然一页一页翻着书。我脱了皮袍，笑着蹲在他床前，手攀着床栏说："辛，我特来给你拜年，祝你一年的健康和安怡。"

　　他似乎吃了一惊，见我蹲着时不禁笑了！我说："辛！不准你笑！从今天这时起，你做个永久的祈祷，你须得诚心诚意的祈祷！"

　　"好！你告诉我祈祷什么？这空寂的世界我还有希冀吗？我既无希望，何必乞怜上帝，祷告他赐我福惠呢？朋友！你原谅我吧？我无力而且不愿作这幻境中自骗的祈求了。"

仅仅这几句话，如冷水一样浇在我热血搏跃的心上时，他奄奄的死寂了，在我满挟着欢意的希望中，现露出这样一个严涩枯冷的阻物。他正在诅咒着这世界，这世界是不预备给他什么，使他虔诚的心变成厌弃了，我还有什么话可以安慰他呢！

这样沉默了有二十分钟，辛摇摇我的肩说："你起来，蹲着不累吗？你起来我告诉你个好听的梦。快！快起来！这一瞥飞逝的时间，我能说话时你还是同我谈谈吧！你回去时再沉默不好吗！起来，坐在这椅上，我说昨夜我梦的梦。"

我起来坐在靠着床的椅上，静静地听着他那抑扬如音乐般声音，似夜莺悲啼，燕子私语，一声声打击在我心弦上回旋。他说："昨夜十二点钟看护给我打了一针之后，我才可勉强睡着。波微！从此之后我愿永远这样睡着，永远有这美妙的幻境环抱着我。

"我梦见青翠如一幅绿缎横披的流水，微风吹起的雪白浪花，似绿缎上纤织的小花；可惜我身旁没带着剪子，那时我真想裁割半幅给你做一件衣裳。"

"似乎是个月夜，清澈如明镜的皎月，高悬在蔚蓝的天宇，照映着这翠玉碧澄的流水；那边一带垂柳，柳丝一条条低吻着水面像个女孩子的头发，轻柔而蔓长。柳林下系着一只小船，船上没有人，风吹着水面时，船独自在摆动。"

"这景是沉静，是庄严，宛如一个有病的女郎，在深夜月光下，仰卧在碧茵草毡，静待着最后的接引，怆凄而冷静。又像一个受伤的骑士，倒卧在树林里，听着这渺无人声的野外，有流水呜咽的声音！他望着洒满的银光，想到祖国，想到家乡，想到深闺未眠的妻子。我不能比拟是那么和平，那么神寂，那么幽深。"

"我是踟躅在这柳林里的旅客，不知道这是什么地方？

我走到系船的那棵树下，把船解开，正要踏下船板时，忽然听见柳林里有唤我的声音！我怔怔的听了半天，依旧把船系好，转过了柳林，缘着声音去寻。愈走近了，那唤我的声音愈低微愈哀惨，我的心搏跳的更加厉害。郁森的浓荫里，露透着几丝月光，照映着真觉冷森惨淡！我停止在一棵树下，那细微的声音几乎要听不见。后来我振作起勇气，又向前走了几步，那声音似乎就在这棵树上。"

他说到这里，面色变的更苍白，声浪也有点颤抖，我把椅子向床移了一下，紧握着他的手说："辛！那是什么声音？"

"你猜那唤我的是谁？波微！你一定想不到，那树上发出可怜的声音叫我的，就是你！不知谁把你缚在树上，当我听出是你的声音时，我像个猛兽一般扑过去，由树上把你解下来，你睁着满含泪的眼望着我，我不知为什么忽然觉的难过，我的泪不自禁的滴在你腮上了！

这时候，我看见你惨白的脸被月儿照着像个雕刻的石像，你伏在我怀里，低低的问我：'辛！我们到那里去呢？'

我莫有说什么，扶着你回到系船的那棵树下，不知怎样，刹那间我们泛着这叶似的船儿，飘游在这万顷茫然的碧波之上，月光照的如白昼。你站在船头仰望着那广漠的天宇，夜风吹送着你的散发，飘到我脸上时我替你轻轻一掠。后来我让你坐在船板上，这只无人把舵的船儿，驾凌着像箭一样在水面上飘过，渐渐看不见那一片柳林，看不见四周的缘岸。过远地似乎有一个塔，走近时原来不是灯塔，那个翠碧如琉璃的宝塔，月光照着发出璀璨的火光，你那时惊呼着指那塔说：'辛！你看什么！那是什么？'

在这时候，我还莫有答应你；忽然狂风卷来，水面上涌来如山立的波涛，浪花涌进船来，一翻身我们已到了船底，波涛卷着我们浮沉在那琉璃宝塔旁去了！我醒来时心还跳着，月光正射在我身上，弟弟在他床上似乎正在梦呓。我觉着冷，遂把椅子上一条绒毡加在身上。我想着这个梦，我不能睡了。"

　　我不能写出我听完这个梦以后的感想，我只觉心头似乎被千斤重闸压着。停了一会我忽然伏在他床上哭了！天辛大概也知道不能劝慰我，他叹了口气重新倒在床上。

"殉尸"

　　我怕敲那雪白的病房门，我怕走那很长的草地，在一种潜伏的心情下，常颤动着几缕不能告人的酸意，因之我年假前的两星期没有去看天辛。

　　记的有一次我去东城赴宴，归来顺路去看他，推开门时他正睡着，他的手放在绒毡外边，他的眉峰紧紧锁着，他的唇枯烧成青紫色，他的脸净白像石像，只有胸前微微的起伏，告诉我他是在睡着。我静静地望着他，站在床前呆立了有廿分钟，我低低唤了他一声，伏在他床上哭了！我怕惊醒他，含悲忍泪，把我手里握着的一束红梅花，插在他桌上的紫玉瓶里。我在一张皱了的纸上写了几句话："天辛，当梅香唤醒你的时候，我曾在你梦境中来过。"

　　从那天起我心里总不敢去看他，连打电话给兰辛的勇气也莫有了。我心似乎被群蛆蚕食着，像蜂巢般都变成好些空虚的洞孔。我虔诚着躲闪那可怕的一幕。放了年假第二天的夜里，我在灯下替侄女编结着一顶绒绳帽。当我停针沉思的时候，小丫头送来一封淡绿色的小信。拆开时是云弟寄给我的，他说："天辛已好了，他让我告诉你。还希望你去看看他，在这星期他要搬出医院了。"

这是很令我欣慰的，当我转过那条街时，我已在铁栏的窗间看见他了，他低着头背着手在那枯黄草地上踱着，他的步履还是那样迟缓而沉重。我走进了医院大门，他才看见我，他很喜欢的迎着我说："朋友！在我们长期隔离间，我已好了，你来时我已可以出来接你了。"

"呵！感谢上帝的福佑，我能看见你由病床上起来……"我底下的话没说完已经有点哽咽，我恨我自己，为什么在他这样欢意中发出这莫名其妙的悲感呢！至现在我都不了解。

别人或者看见他能起来，能走步，是已经健康了，痊愈了吧！我真不敢这样想，他没有舒怡健康的红靥，他没有心灵发出的微笑，他依然是忧丝紧缚的枯骨，依然是空虚不载一物的机械。他的心已由那飞溅冲激的奔流，汇聚成一池死静的湖水，莫有月莫有星，黑沉沉发出呜咽泣声的湖水。

他同我回到病房里，环顾了四周，他说："朋友！我总觉我是痛苦中浸淹了的幸福者，虽然我不曾获得什么，但是这小屋里我永远留恋它，这里有我的血，你的泪！"仅仅这几幕人间悲剧已够我自豪了，我不应该在这人间还奢望着上帝所不许我的，我从此知所忏悔了！

"我的病还未好，昨天克老头儿警告我要静养六个月，不然怕转肺结核。"

他说时很不高兴，似乎正为他的可怕的病烦闷着。停了一会他忽然问我："地球上最远的地方是哪里呢？""便是我站着的地方。"我很快的回答他。

他不再说什么，惨惨地一笑！相对默默不能说什么。我固然看见他这种坦然的态度而伤心，就是他也正在为了我的躲闪而可怜，为了这些，本来应该高兴的时候，也就这样黯淡的过去了。

这次来探病，他的性情心境已完全变化，他时时刻刻表现他的体贴我原谅我的苦衷，他自己烦闷愈深，他对于我的态度愈觉坦白大方，这是他极度粉饰的伤心，也是他最令我感泣的原因。他在那天曾郑重的向我声明：

"你还有什么不放心，我是飞入你手心的雪花，在你面前我没有自己。你所愿，我愿赴汤蹈火以寻求，你所不愿，我愿赴汤蹈火以避免。朋友，假如连这都不能，我怎能说是敬爱你的朋友呢！这便是你所认为的英雄主义时，我愿虔诚的在你世界里，赠与你永久的骄傲。这便是你所坚持的信念时，我愿替你完成这金坚玉洁的信念。

"我在医院里这几天，悟到的哲理确乎不少，比如你手里的头绳，可以揣在怀里，可以扔在地下，可以编织成许多时新的花样。我想只要有头绳，一切权力自然操在我们手里，我们高兴编织成什么花样，就是什么。我们的世界是不长久的，何必顾虑许多呢！

"我们高兴怎样，就怎样吧，我只诚恳的告诉你'爱'不是礼赠，假如爱是一样东西，那么赠之者受损失，而受之者亦不见得心安。"

在这缠绵的病床上起来，他所得到的仅是这几句话，唉！他的希望红花，已枯萎死寂在这病榻上辗转呜咽的深夜去了。

我坐到八点钟要走了，他自己穿上大氅要送我到门口，我因他病刚好，夜间风大，不让他送我，他很难受，我也只好依他。他和我在那辉亮的路灯下走过时，我看见他那苍白的脸，颓丧的精神，不觉暗暗伤心！他呢，似乎什么都没有想，只低了头慢慢走着，他送我出了东交民巷，看见东长安街的牌坊，给我雇好车，他才回去。我望着他颀长的人影在黑暗中消失了，我在车上长长地呼了一口气。

就是这天夜里，我做了一个奇怪恐怖的梦。梦见我在山城桃花潭畔玩耍，似乎我很小，头上梳着两个分开的辫子，又似乎是春天的景致，我穿着一件淡绿衫子。一个人蹲在潭水退去后的沙地上，捡寻着红的绿的好看的圆石，在这许多沙石里边，我捡着一个金戒指，翻过来看时这戒指的正面是椭圆形，里边刊着两个隶字是"殉尸"！

我很吃惊，遂拿了这戒指跑到家里让母亲去看。母亲拿到手里并不惊奇，只淡淡他说："珠！你为什么捡这样不幸的东西呢！"我似乎很了解母亲的话，心里想着这东西太离奇了，而这两个字更令人心惊！我就向母亲说："娘！你让我还扔在那里去吧。"

那时母亲莫有再说话，不过在她面上表现出一种忧怖之色。我由母亲手里拿了这戒指走到门口，正要揭帘出去的时候，忽然一阵狂风把帘子刮起，这时又似乎黑夜的状况，在台阶下暗雾里跪伏着一个水淋淋披头散发的女子！我大叫一声吓醒了！周身出着冷汗，枕衣都湿了。夜荷极了，只有风吹着树影在窗纱上摆动。拧亮了电灯，看看表正是两点钟。我忽然想起前些天在医院曾听天辛说过他五六年前的情史。三角恋爱的结果一个去投了海，天辛因为她的死，便和他爱的那一个也撒手断绝了关系。从此以后他再不愿言爱。也许是我的幻想吧，我希望纵然这些兰因絮果是不能逃脱的，也愿我爱莫能助的天辛，使他有忏悔的自救吧！

我不能睡了，瞻念着黑暗恐怖的将来不禁肉颤心惊！

一片红叶

这是一个凄风苦雨的深夜。

一切都寂静了，只有雨点落在蕉叶上，淅淅沥沥令人听着心碎。这大概是宇宙的心音罢，它在这人静夜深时候哀哀地泣诉！

窗外缓一阵紧一阵的雨声，听着像战场上金鼓般雄壮，错错落落似鼓桴敲着的迅速，又如风儿吹乱了柳丝般的细雨，只洒湿了几朵含苞未放的黄菊。这时我握着破笔，对着灯光默想，往事的影儿轻轻在我心幕上颤动，我忽然放下破笔，开开抽屉拿出一本红色书皮的日记来，一页一页翻出一片红叶。这是一片鲜艳如玫瑰的红叶，它挟在我这日记本里已经两个月了。往日我为了一种躲避从来不敢看它，因为它是一个灵魂孕育的产儿，同时它又是悲惨命运的纽结。谁能想到薄薄的一片红叶，里面纤织着不可解决的生谜和死谜呢！我已经是泣伏在红叶下的俘虏，但我绝不怨及它，可怜在万千飘落的枫叶里，它衔带了这样不幸的命运。我告诉你们它是怎样来的：

一九二三年十月廿六的夜里，我翻读着一本《莫愁湖志》，有些倦意,遂躺在沙发上假睡;这时白菊正在案头开着,窗纱透进的清风把花香一阵阵吹在我脸上,我微嗅着这花香不知是沉睡,还是微醉!懒松松的似乎有许多回忆的燕儿,飞掠过心海激动着神思的颤动。我正沉恋着逝去的童年之梦,这梦曾产生了金坚玉洁的友情,不可掠夺的铁志;我想到那轻渺渺像云天飞鸿般的前途时,不自禁的微笑了!睁开眼见菊花都低了头,我忽然担心它们的命运,似乎它们已一步一步走近了坟墓,死神已悄悄张着黑翼在那里接引,我的心充满了莫名的悲绪!大概已是夜里十点钟,小丫头进来递给我一封信,拆开时是一张白纸,拿到手里从里面飘落下一片红叶。"呵!一片红叶!"我不自禁的喊出来。怔愣了半天,用抖颤的手捡起来一看,上边写着两行字:

满山秋色关不住
一片红叶寄相思
天辛采自西山碧云寺十月二十四日

　　平静的心湖,悄悄被夜风吹皱了,一波一浪汹涌着像狂风统治了的大海。我伏在案上静静地想,马上许多的忧愁集在我的眉峰。我真未料到一个平常的相识,竟对我有这样一番不能抑制的热情。只是我对不住他,我不能受他的红叶。为了我的素志我不能承受它,承受了我怎样安慰他;为了我没有一颗心给他,承受了如何忍欺骗他。我即使不为自己设想,但是我怎能不为他设想。因之我陷入如焚的烦闷里。

　　在这黑暗阴森的夜幕下,窗下蝙蝠飞掠过的声音,更令我觉着战栗!我揭起窗纱见月华满地,斑驳的树影,死卧在地下不动。特别现出宇宙的清冷和幽静。我遂添了一件夹衣,推开门走到院里,迎面一股清风已将我心胸中一切的烦念吹净。无目的走了几圈后,遂坐在茅亭里看月亮,那凄清皎洁的银辉,令我对世界感到了空寂。坐了一会,我回到房里蘸饱了笔，在红叶的反面写了几个字是：

枯萎的花篮不敢承受这鲜红的叶儿。

仍用原来包着的那张白纸包好，写了个信封寄还他。这一朵初开的花蕾，马上让我用手给揉碎了。为了这事他曾感到极度的伤心，但是他并未因我的拒绝而中止。他死之后，我去兰辛那里整理他箱子内的信件，那封信忽然又发现在我眼前！拆开红叶依然，他和我的墨绎都依然在上边，只是中间裂了一道缝，红叶已枯干了。我看见它心中如刀割，虽然我在他生前拒绝了不承受的，在他死后我觉着这一片红叶，就是他生命的象征。上帝允许我的祈求罢！我生前拒绝了他的我在他死后依然承受他，红叶纵然能去了又来，但是他呢！是永远不能回来了，只剩了这一片志恨千古的红叶，依然无恙的伴着我，当我抖颤的用手捡起它寄给我时的心情，愿永远留在这鲜红的叶里。

象牙戒指

记得那是一个枫叶如荼，黄花含笑的深秋天气，我约了晶清去雨华春吃螃蟹。晶清喜欢喝几杯酒，其实并不大量，仅不过想效颦一下诗人名士的狂放。雪白的桌布上陈列着黄赭色的螃蟹，玻璃杯里斟满了玫瑰酒。晶清坐在我的对面，一句话也不说，一杯杯喝着，似乎还未曾浇洒了她心中的块垒。我执着杯望着窗外，驰想到桃花潭畔的母亲。正沉思着忽然眼前现出茫洋的大海，海上漂着一只船，船头站着激昂慷慨，愿血染了头颅誓志为主义努力的英雄！

在我神思飞越的时候，晶清已微醉了，她两腮有红采，正照映着天边的晚霞，一双惺忪似初醒时的眼，她注视着我执着酒杯的手，我笑着问她："晶清！你真醉了吗？为什么总看着我的酒杯呢！"

"我不醉，我问你什么时候带上那个戒指，是谁给你的？"她很郑重地问我。

本来是件极微小的事吧！但经她这样正式的质问，反而令我不好开口，我低了头望着杯里血红激滟的美酒，呆呆地不语。晶清似乎看出我的隐衷，她又问我道："我知道是辛寄给你的吧！不过为什么他偏要给你这样惨白枯冷的东西？"

我听了她这几句话后，眼前似乎轻掠过一个黑影，顿时觉着桌上的杯盘都旋转起来，眼光里射出无数的银线。我晕了，晕倒在桌子旁边！晶清急忙跑到我身边扶着我。

过了几分钟我神经似乎复原，我抬起头又斟了一杯酒喝了，我向晶说："真的醉了！"

"你不要难受，告诉我你心里的烦恼，今天你一来我就看见你带了这个戒指，我就想一定有来由，不然你决不带这些妆饰品的，尤其这样惨白枯冷的东西，波微！你可能允许我脱掉它，我不愿意你带着它。"

"不能，晶清！我已经带了它三天了，我已经决定带着它和我的灵魂同在，原谅我朋友！我不能脱掉它。"

她的脸渐渐变成惨白，失去了那酒后的红采，眼里包含会真诚的同情，令我更感到凄伤！她为谁呢！她确是为了我，为了我一个光华灿烂的命运，轻轻地束在这惨白枯冷的环内。

天已晚了，我遂和晶清回到学校。我把天辛寄来象牙戒指的那封信给她看，信是这样写的：

……我虽无力使海上无浪，但是经你正式决定了我们命运之后，我很相信这波涛山立狂风统治了的心海，总有一天风平浪静，不管这是在千百年后，或者就是这握笔的即刻；我们只有候平静来临，死寂来临，假如这是我们所希望的。容易丢去了的，便是兢兢然恋守着的；愿我们的友谊也和双手一样，可以紧紧握着的，也可以轻轻放开。宇宙作如斯观，我们便毫无痛苦，且可与宇宙同在。

双十节商团袭击，我手曾受微伤。不知是幸呢还是不幸，流弹洞穿了汽车的玻璃，而我能坐在车里不死！这里我还留着几块碎玻璃，见你时赠你做个纪念。昨天我忽然很早起来跑到店里购了两个象牙戒指；一个大点的我自己带在手上，一个小的我寄给你，愿你承受了它。或许你不忍吧！再令它如红叶一样的命运。愿我们用"白"来纪念这枯骨般死静的生命。……

晶清看完这信以后，她虽未曾再劝我脱掉它，但是她心里很难受，有时很高兴时，她触目我这戒指，会马上令她沉默无语。

这是天辛未来北京前一月的事。

他病在德国医院时，出院那天我曾给他照了一张躺在床上的像，两手抚胸，很明显地便是他右手那个象牙戒指。后来他死在协和医院，尸骸放在冰室里，我走进去看他的时候，第一触目的又是他右手上的象牙戒指。他是带着它一直走进了坟墓。

最后的一幕

　　人生骑着灰色马和日月齐驰,在尘落沙飞的时候,除了几点依稀可辨的蹄痕外,遗留下什么?如我这样整天整夜的在车轮上回旋,经过荒野,经过闹市,经过古庙,经过小溪;但那鸿飞一掠的残影又遗留在那里?在这万象变幻的世界,在这表演一切的人间,我听着哭声笑声歌声琴声,看着老的少的俊的丑的,都感到了疲倦。因之我在众人兴高采烈,沉迷醒醉,花香月圆时候,常愿悄悄地退出这妃色幕韩的人间,回到我那凄枯冷寂的另一世界。那里有惟一指导我,呼唤我的朋友,是谁呢?便是我认识了的生命。

　　朋友们!我愿你们仔细咀嚼一下,那盛筵散后,人影零乱,杯盘狼藉的滋味;绮梦醒来,人去楼空,香渺影远的滋味;禁的住你不深深地呼一口气,禁的住你不流泪吗?我自己常怨恨我愚傻——或是聪明,将世界的现在和未来都分析成只有秋风枯叶,只有荒冢白骨;虽然是花开红紫,叶浮碧翠,人当红颜,景当美丽时候。我是愈想超脱,愈自沉溺,愈要撒手,愈自系恋的人,我的烦恼便绞锁在这不能解脱的矛盾中。

今天一个人在深夜走过街头，每家都悄悄紧闭着双扉，就连狗都蜷伏在墙根或是门口酣睡，一切都停止了活动归入死寂。我驱车经过桥梁，望着护城河两岸垂柳，一条碧水，星月灿然照着，景致非常幽静。我想起去年秋天天辛和我站在这里望月，恍如目前的情形而人天已隔，我不自禁的热泪又流到腮上。

"珠！什么时候你的泪才流完呢？"这是他将死的前两天问我的一句话。这时我仿佛余音犹缭绕耳畔，我知他遗憾的不是他的死，却是我的泪！他的坟头在雨后忽然新生了一株秀丽的草，也许那是他的魂，也许那是我泪的结晶！

我最怕星期三，今天偏巧又是天辛死后第十五周的星期三。星期三是我和辛最后一面，他把人间一切的苦痛烦恼都交付给我的一天。唉！上帝！容我在这明月下忏悔吧！十五周前的星期三，我正伏在我那形消骨立枯瘦如柴的朋友床前流泪！他的病我相信能死，但我想到他死时又觉着不会死。可怜我的泪滴在他炽热的胸膛时，他那深凹的眼中也涌出将尽的残泪，他紧嚼着下唇握着我的手抖颤，半天他才说："珠！什么时候你的泪才流完呢！"

我听见这话更加唾咽了，哭的抬不起头来，他掉过头去不忍看我，只深深地将头埋在枕下。后来我扶起他来，喂了点桔汁，他睡下后说了声："珠！我谢谢你这数月来的看护……"底下的话他再也说不出来，只瞪着两个凹陷的眼望着我。那时我真觉怕他，浑身都出着冷汗。我的良心似乎已拨开了云翳，我跪在他病榻前最后向他说："辛，你假如仅仅是承受我的心时，现在我将我这颗心双手献在你面前，我愿它永久用你的鲜血滋养，用你的热泪灌溉。辛，你真的爱我时，我知道你也能完成我的主义，因之我也愿你为了我牺牲，从此后我为了爱独身的，你也为了爱独身。"

他抬起头来紧握住我手："珠！放心。我原谅你，至死我也能了解你，我不原谅时我不会这样缠绵的爱你了。但是，珠！一颗心的颁赐，不是病和死可以换来的，我也不肯用病和死，换你那颗本不愿给的心。我现在并不希望得你的怜恤同情，我只让你知道世界上有我是最敬爱你的，我自己呢，也曾爱过一个值的我敬爱的你。珠！我就是死后，我也是敬爱你的，你放心！"

他说话时很有勇气，像对着千万人演说时的气概，我自然不能再说什么话，只默默地低着头垂泪！这时候一个俄国少年进来，很诚恳的半跪着在他枯蜡似的手背上吻了吻，掉头他向我默望了几眼，辛没有说话只向他惨笑了一下，他向我低低说："小姐！我祝福他病愈。"说着带上帽子匆匆忙忙的去了。这时他的腹部又绞痛的厉害，在床上滚来滚去的呻吟，脸上苍白的可怕。我非常焦急，去叫他弟弟的差人还未见回来，叫人去打电话请兰辛也不见回话，那时我简直呆了，只静静地握着他焦炽如焚的手垂泪！过一会弟弟来了，他也莫有和他多说话只告他腹疼的厉害。我坐在椅子上面开开抽屉无聊的乱翻，看见上星期五的他那封家书，我又从头看了一遍。他忽掉头向我说："珠！真的我忘记告你了，你把它们拿去好了，省的你再来一次检收。"

我听他话真难受，但怎样也想不到星期五果然去捡收他的遗书。他也真忍心在他决定要死的时候，亲口和我说这些诀别的话！那时我总想他在几次大病的心情下，不免要这样想，但未料到这就是最后的一幕了。我告诉静弟送他进院的手续，因为学校下午开校务会我须出席，因之我站在他床前说了声"辛！你不用焦急，我已告诉静弟马上送你到协和去，学校开会我须去一趟，有空我就去看你。"

那时我真忍心，也莫有再回头看看他就走了，假如我回头看他时，我一定能看见他对我未次目送的惨景……

呵！这时候由天上轻轻垂下这最后的一幕！他进院之后兰辛打电话给我，说是急性盲肠炎已开肚了。开肚最后的决定，兰辛还有点踌躇，他笑着拿过笔自己签了字,还说:"开肚怕什么?你也这样脑筋旧。"兰辛怕我见了他再哭,令他又难过;因之,他说过一二天再来看他。那知就在兰辛打电话给我的那晚上就死了。

　　死时候莫有一个人在他面前,可想他死时候的悲惨!他虽然莫有什么不放心在这世界上,莫有什么留恋在这世界上;但是假如我在他面前或者兰辛在他面前时,他总可瞑目而终,不至于让他睁着眼等着我们。

缄情寄向黄泉

  我如今是更冷静,更沉默的挟着过去的遗什去走向未来的。我四周有狂风,然而我是掀不起波澜的深潭;我前边有巨涛,然而我是激不出声响的顽石。

  颠沛搏斗中我是生命的战士,是极勇敢,极郑重,极严肃的向未来的城垒进攻的战士。我是不断地有新境遇,不断的有新生命的;我是为了真实而奋斗,不是追逐幻象而疲奔的。

  知道了我的走向人生的目标。辛,一年来我虽然有不少的哀号和悲忆,你也不须为生的我再抱遗恨和不安。如今我是一道舒畅平静向大海去的奔流;纵然缘途在山峡巨谷中或许发出凄痛的呜咽!那只是积沙岩石旋涡冲击的原因,相信它是会得到平静的,会得到创造真实生命的愉快的,它是一直奔到大海去的。

  辛!你的生命虽不幸早被腐蚀而夭逝,不过我也不过分的再悼感你在宇宙间曾存留的幻体。我相信只要我自己生命闪耀存在于宇宙一天,你是和我同在的。辛!你要求于人间的,你希望于我自己的,或许便是这些罢！

深刻的情感是受过长久的理智的熏陶的。是由深谷底潜流中一滴一滴渗透出来的。我是投自己于悲剧中而体验人生的。所以我便牺牲人间一切的虚荣和幸福，在这冷墟上，你的坟墓上，培植我用血泪浇洒的这束野花来装饰点缀我们自己创造下的生命。辛！除了这些我不愿再告你什么，我想你果真有灵，也许赞助我一样的努力。

一年之后，世变几迁，然而我的心是依然这样平静冷寂的，抱持着我理想上的真实而努力。有时我是低泣，有时我是痛哭；低泣，你给与我的死寂；痛哭，你给与我的深爱。然而有时我也很快乐，我也很骄傲。我是睥视世人微微含笑，我们的圣洁的高傲的孤清的生命是巍然峙立于皑皑的云端。

生命的圆满，生命的圆满，有几个懂得生命的圆满？

那一般庸愚人的圆满，正是我最避忌恐怖的缺陷。我们的生命是肉体和骨头吗？假如我们的生命是可以毁灭的幻体，那么，辛！我的这颗迂回潜隐的心，也早应随你的幻体而消逝。我如今认识了一个完成的圆满生命是不能消灭，不能丢弃，不能忘记；换句话说，就是永远存在。多少人都希望我毁灭，丢弃，忘记，把我已完成的圆满生命抛去。我终于不能。才知道我们的生命并未死，仍然活着，向前走着，在无限的高处创造建设着。

我相信你的灵魂，你的永远不死的心，你的在我心里永存的生命；是能鼓励我，指示我，安慰我，这孤寂凄清的旅途。我如今是愿挑上这付担子走向遥远的黑暗的，荆棘的生到死的道上。一头我挑着已有的收获，一头我挑着未来的耕耘，这样一步一步走向无穷的。

自你死后，我便认识了自己，更深的了解自己。同时朋友中是贤最知道我，他似乎这样说过：

"她生来是一道大江，你只应疏凿沙石让她舒畅的流入大海，断不可堵塞江口，把水引去点缀帝王之家的宫殿楼台。"

辛！你应该感谢他！他自从由法华寺归路上我晕厥后救护起，一直到我找到了真实生命；他都是启示我，指导我，帮助我，鼓励我。由积沙岩石的旋涡波涌中，把我引上了坦平的海道。如今，我能不怨愤，不悲哀，没有沉重的苦痛永远缠绕的，都是因为我已有了奔流的河床。只要我平静的舒畅的流呵，流呵，流到一个归宿的地方去，绝无一种决堤泛滥之灾来阻挠我。

辛！你应感谢他！你所要在死后希望我要求我努力的前途，都是你忠诚的朋友，他一点一滴的汇聚下伟大的河床，帮助我移我的泉水在上边去奔流，无阻碍奔向大海去的。像我目下这样夜静时的心情，能这样平淡的写这封信给你，你也会奇怪我罢！我已不是从前呜咽哀号，颓丧消沉的我；我是沉默深刻，容忍涵蓄一切人间的哀痛，而努力去寻求生命的真确的战士。

我不承认这是自骗的话。因为我的路是这样自然，这样平坦的走去的。放心！你别我一年多，而我能这般去辟一个理想的乐园，也许是你惊奇的罢！

你一定愿意知道一点，关于弟弟的消息，前三天我忽然接到他一封信，他现在是被你们那古旧的家庭囚闭着，所以他已失学一年多了。这种情形，自然你会伤感的，假如你要活着，他绝对不能受这样的苦痛，因为你是能帮助他脱却一切桎梏而创造新生命的。如今他极愤激，和你当日同你家庭暗斗的情形一样。而我也很相信静弟是能觅到他的光明的前途的，或者你所企望的一切事业志愿，他都能给你有圆满的完成。他的信是这样说的：

自别京地回家之后，实望享受几天家庭的乐趣，以慰我一年来感受了的苦痛。谁知我得到的，是无限量的烦恼！

我回来的时候，家中已决定令我废学，及我归后，复屡次向我表示斯旨，我虽竭词解释，亦无济于事。

读姊来信，说那片荒凉的境地，也被践踏蹂躏而不得安静，我更替我黄泉下的哥哥愤激！不料一年来的变迁，竟有如斯其悲惨！

一切境遇，一切遭逢，皆足以使人伤心掉泪！

我希望于家庭的，是要借得他来援助完成我的志愿，我的事业；但家庭则不然。他使我远近游学的一点心迹，是希望我猎得一些禄位金钱来光荣祖墓家风。这些事我们青年人看起来，就是头衔金银冠里满身，那也算不了什么希奇的光荣！我每想到环境的压迫，恒愿一死为快。但是到了死的关头，好像又有许多不忍的观念来掣肘似的。我不愿死，我死固不足惜；但我死而一切该死的人不能竟行死去。我将以此不死的躯骸，向着该死的城垒进攻！

我现在的希望已绝，但我仍流连不忍即离去者，实欲冀家庭之能有一时觉悟，如我心愿亦未可定！如或不然，我将于明年为行期，毅然决然的要离开他，远避他，和他行最后决裂的敬礼。

愿你勿为了一切黑暗的，荆棘的环境愁烦！我们从生到死的途径上，就像日的初升；纵然有时被浮云遮蔽，仍然是要继续发光的。我们走向前去吧！

我们走向前去吧！环境的阻挠在我们生命的途中，终于是等若浮去。

辛！是残月深重，在一个冷漠枯寂的初冬之夜，我接读静弟这封依稀是你字迹，依稀是你语句的信。久不流的酸泪又到了眶边，我深深的向你遗像叹息！记得静弟未离京时，他曾告过贤以他将来前途的黯淡，他那时便决心要和家庭破裂。是我和贤婉劝他，能用善良的态度去感化而有效时，千万不要和家庭破裂。因为思想的冲突，是环境时代不同的差别之争。应该原谅老年人们的陈腐思想，是一时代中的产物；并不是他对于子女有意对垒似的向你宣战。因之，能辗转委婉去和家庭解释。令他能觉悟到什么是现代青年人应做的工作，自我的警策。令他知道我们青年人，绝对再不能为古旧的家庭或社会作涂饰油彩的机械傀儡。父母年老，假如一旦你的消息泄漏，静弟再远走愤去。那你们家庭的惨淡，黑暗，悲痛，定连目下都不如，这也不是你的愿意和静弟的希望吧！所以我一直都系念着静弟，那最后决裂的敬礼。

认识我们，和我们要好的朋友，现在大半都云散四方。去创造追求各个的生命希望去了。只有你的贤哥，和我的晶妹，还在这块你埋骨的地方，伴着你。朋友们都离京后，时局也日在幻变，陷入死境，要找寻前二年的那种环境和兴趣已不可得。所以连你坟头都那样凄寂。去年那些小弟弟们，知道你未曾见过你的朋友们，他们都是常常在你的墓畔喝酒野餐，痛哭高歌的。帮助我建碑种树修墓的都是他们。如今，连这个梦也闭幕了。你墓头不再有那样欢欣，那样热闹的聚会了。他们都走向远方去了。

自从那块地方驻兵后，连我都不敢常去。任你墓头变成了牧场，牛马践踏蹂躏了你的墓砖，吃光了环绕你墓的松林，那块白石的墓碑上有了剥蚀的污秽的伤痕。我们不幸在现代作人受欺凌不能安静，连你作鬼的坟茔都要受意外的灾劫；说起来真令人愤激万分。辛！这世界，这世界，四处都是荆棘，四处都是刀兵，四处都是喘息着生和死的呻吟，四处都洒滴着血和泪的遗痕。我是撑着这囷小的身躯，投入在这腥风血雨中搏战着走向前去的战士，直到我倒毙在旅途上为止。

我并不感伤一切既往，我是深谢着你是我生命的盾牌；你是我灵魂的主宰。从此我是自在的流，平静的流，流到大海的一道清泉。辛！一年之后，我在辗转哀吟，流连痛苦之中，我能告诉你的，大概只有这些话。你永久的沉默死寂的灵魂呵！我致献这一篇哀词于你吐血的周年这天。

狂风暴雨之夜

该记得吧！太戈尔到北京在城南公园雩坛见我们的那一天，那一天是十三年四月二十八号的下午，就是那夜我接到父亲的信，寥寥数语中，告诉我说道周死了！当时我无甚悲伤，只是半惊半疑的沉思着。第二天我才觉到难过，令我什么事都不能做。她那活泼的情影，总是在我眼底心头缭绕着。第三天便从学校扶病回来，头疼吐血，遍体发现许多红斑，据医生说是腥红热。

我那时住在寄宿舍里院的一间破书斋，房门口有株大槐树，还有一个长满茅草荒废倾斜的古亭。有月亮的时候，这里别有一种描画不出的幽景。不幸挣扎在旅途上的我，便倒卧在这荒斋中，一直病了四十多天。在这冷酷，黯淡、凄伤、荒凉的环境中，我在异乡漂泊的病榻上，默咽着人间一杯一杯的苦酒。那时我很愿因此病而撒手，去追踪我爱的道周。在病危时，连最后寄给家里，寄给朋友的遗书，都预备好放在枕边。病中有时晕迷，有时清醒，清醒时便想到许多人间的纠结；已记不清楚了，似乎那令我病的原因，并不仅仅是道周的死。

在这里看护我的起初有小苹,她赴沪后,只剩了一个女仆,幸好她对我很忠诚,像母亲一样抚慰我,招呼我。来看我的是晶清和天辛。自然还有许多别的朋友和同乡。病重的那几天,我每天要服三次药;有几次夜深了天辛跑到极远的街上去给我配药。在病中,像我这只身漂零在异乡的人,举目无亲,无人照管;能有这样忠诚的女仆,热心的朋友,真令我感激涕零了!虽然,我对于天辛还是旧日态度,我并不因感激他而增加我们的了解,消除了我们固有的隔膜。

有一天我病的很厉害,晕迷了三个钟头未曾醒,女仆打电话把天辛找来。那时正是黄昏时候,院里屋里都罩着一层淡灰的黑幕,沉寂中更现得凄凉,更现得惨淡。我醒来,睁开眼,天辛跪在我的床前,双手握着我的手,垂他的头在床缘;我只看见他散乱的头发,我只觉他的热泪濡湿了我的手背。女仆手中执着一盏半明半暗的烛,照出她那悲愁恐惧的面庞站在我的床前,这时候,我才认识了真实的同情,不自禁的眼泪流到枕上。我掉转脸来,扶起天辛的头,我向他说:"辛!你不要难受,我不会这容易就死去。"自从这一天,我忽然觉得天辛命运的悲惨和可怜,已是由他自己的祭献而交付与上帝,这那能是我弱小的力量所能挽回。因此,我更害怕,我更回避,我是万不能承受他这颗不应给我而偏给我的心。

正这时候,他们这般人,不知怎样惹怒了一位国内的大军阀,下了密令指明的逮捕他们,天辛也是其中之一。因为我病,这事他并未先告我,我二十余天不看报,自然也得不到消息。

有一夜,我挣扎起来在灯下给家里写信,告诉母亲我曾有过点小病如今已好的消息。这时窗外正吹着狂风,震撼得这荒斋像大海汹涌中的小舟。树林里发出极响的啸声,我恐怖极了,想象着一切可怕的景象,觉着院外古亭里有无数的骷髅在狂风中舞蹈。少时,又增了许多点滴的声音,窗纸现出豆大的湿痕。我感到微寒,加了一件衣服,我想把这封信无论如何要写完。

抬头看钟正指到八点半。忽然听见沉重的履声和说话声,我惊奇地喊女仆。她推门进来,后边还跟着一个男子,我生气的责骂她,是谁何不通知我便引进来。她笑着说是"天辛先生",我站起来细看,真是他,不过他是化装了,简直认不出是谁。我问他为什么装这样子,而且这时候狂风暴雨中跑来。他只苦笑着不理我。

半天他才告我杏坛已捕去了数人,他的住处现尚有游警队在等候着他。今夜是他冒了大险特别化装来告别我,今晚十一时他即乘火车逃逸。我病中骤然听见这消息,自然觉得突兀,而且这样狂风暴雨之夜,又来了这样奇异的来客。当时我心里很战栗恐怖,我的脸变成了苍白!他见我这样,竟强作出镇静的微笑,劝我不要怕,没要紧,他就是被捕去坐牢狱他也是不怕的,假如他怕就不做这项事业。

他要我珍重保养初痊的病体,并把我吃的西药的药单留给我自己去配。他又告我这次想乘机回家看看母亲,并解决他本身的纠葛。他的心很苦,他屡次想说点要令我了解他的话,但他总因我的冷淡而中止。他只是低了头叹气,我只是低了头咽泪,狂风暴雨中我和他是死一样的沉寂。

到了九点半,他站起身要走,我留他多坐坐。他由日记本中写了一个 Bovia 递给我,他说我们以后通信因检查关系,我们彼此都另呼个名字;这个名字我最爱,所以赠给你,愿你永远保存着它。这时我强咽着泪,送他出了屋门,他几次阻拦我病后的身躯要禁风雨,不准我出去,我只送他到了外间。我们都说了一句前途珍重努力的话,我一直望着他的顾影在黑暗的狂风暴雨中消失。

我大概不免受点风寒又病了一星期才起床。后来他来信,说到石家庄便病了,因为那夜他被淋了狂风暴雨。

如今,他是寂然的僵卧在野外荒冢。但每届狂风暴雨之夜,我便想起两年前荒斋中奇异的来客。

我只合独葬荒丘

昨夜英送我归家的路上，他曾说这样料峭的寒风里带着雪意，夜深时一定会下雪的。那时我正瞻望着黑暗的远道，没有答他的话。今晨由梦中醒来，揭起帐子，由窗纱看见丁香枯枝上的雪花，我才知道果然，雪已在梦中悄悄地来到人间了。

窗外的白雪照着玻璃上美丽的冰纹，映着房中熊熊的红炉，我散着头发立在妆台前沉思，这时我由生的活跃的人间，想到死的冷静的黄泉。

这样天气，坐在红炉畔，饮着酽的清茶，吃着花生瓜子栗子一类的零碎，读着喜欢看的书，或和知心的朋友谈话，或默默无语独自想着旧梦，手里织点东西；自然最舒适了。我太矫情！偏是迎着寒风，扑着雪花，向荒郊野外，乱坟茔中独自去徘徊。

我是怎样希望我的生命，建在美的，冷的，静的基础上。因之我爱冬天，尤爱冬天的雪和梅花。如今，往日的绮梦，往日的欢荣，都如落花流水一样逝去，幸好还有一颗僵硬死寂的心，尚能在寒风凄雪里抖颤哀泣。于是我抱了这颗尚在抖颤,尚在哀号的心,无目的迷惘中走向那一片冰天雪地。

到了西单牌楼扰攘的街市上,白的雪已化成人们脚底污湿的黑泥。我抬头望着模糊中的宣武门,渐渐走近了,我看见白雪遮罩着红墙碧瓦的城楼。门洞里正过着一群送葬的人,许多旗牌执事后面,随着大红缎罩下黑漆的棺材;我知道这里面装着最可哀最可怕的"死"!棺材后是五六辆驴车,几个穿孝服的女人正在轻轻地抽噎着哭泣!这刹那间的街市是静穆严肃,除了奔走的车夫,推小车卖蔬菜的人们外,便是引导牵系着这沉重的悲哀,送葬者的音乐,在这凄风寒雪的清晨颤荡着。

凄苦中我被骆驼项下轻灵灵的铃声唤醒!车已走过了门洞到了桥梁上。我望着两行枯柳夹着的冰雪罩了的护城河,这地方只缺少一个月亮,或者一颗落日便是一幅疏林寒雪。

雪还下着,寒风刮的更紧,我独自趋车去陶然亭。

在车上我想到十四年正月初五那天,也是我和天辛在雪后来游陶然亭,是他未死前两个月的事。说起来太伤心,这次是他自己去找墓地。我不忍再言往事,过后他有一封信给我,是这样写的:

珠!昨天是我们去游陶然亭的日子,也是我们历史上值得纪念的日子。我们的历史一半写于荒斋,一半写于医院,我希望将来便完成在这里。珠!你不要忘记了我的嘱托,并将一切经过永远记在心里。

我写在城根雪地上的字,你问我:"毁掉吗?"随即提足准备去踏;我笑着但是十分勉强的说:"踏去吧!"虽然你并未曾真的将它踏掉,或者永远不会有人去把它踏掉;可是在你问我之后,我觉着我写的那"心珠"好像正开着的鲜花,忽然从枝头落在地上,而且马上便萎化了!我似乎亲眼看见那两个字于一分钟内，由活体立变成僵尸；当时由不得感到自己命运的悲惨，并有了一种送亡的心绪！所以到后来桔瓣落地，我利其一双成对，故用手杖掘了一个小坑埋入地下，笑说："埋葬了我们吧！"我当时实在是祷告埋葬了我那种悼亡的悲绪。我愿我不再那样易感，那种悲绪的确是已像桔瓣一样的埋葬了。

我从来信我是顶不成的，可是昨天发现有时你比我还不成。当我们过了葛母墓地往南走的时候，我发觉你有一种悲哀感触，或者因为我当时那些话说的令人太伤心！唉！想起了，"我只合独葬荒丘"的话来，我不由的低着头叹了一口气。你似乎注意全移到我身上来笑着唤："回来吧！"我转眼看你，适才的悲绪已完全消失了。就是这些不知不觉的转移，好像天幕之一角，偶然为急风吹起，使我得以窥见我的宇宙的隐秘，我的心意显着有些醉了。后来吃饭时候，我不过轻微的咳嗽了两下，你就那么着急起来；珠！你知道这些成就得一个世界是怎样伟大么？你知道这些更使一个心贴伏在爱之渊底吗？

在南下洼我持着线球，你织着绳衣，我们一边走一边说话，太阳加倍放些温热送回我们；我们都感谢那样好的天气，是特为我们出游布置的。吃饭前有一个时候，你低下头织衣，我斜枕着手静静地望着你，那时候我脑际萦绕着一种绮思，我想和你说；但后来你抬起头来看了看我，我没有说什么，只拉着你的手腕紧紧握了一下。这些情形和苏伊士梦境归来一样，我永永远远不忘它们。

命运是我们手中的泥，我们将它团成什么样子，它就得成什么样子；别人不会给我们命运，更不要相信空牌位子前竹签洞中瞎碰出来的黄纸条儿。

我病现已算好那能会死呢！你不要常那样想。

两个月后我的恐怖悲哀实现了，他由活体变成僵尸！四个月后他的心愿达到了，我真的把他送到陶然亭畔，葛母墓旁那块他自己指给我的草地上埋葬。

我们一切都像预言，自己布下凄凉的景，自己去投入排演。如今天辛算完了这一生，只剩我这漂泊的生命，尚在挣扎颠沛之中，将来的结束，自然是连天辛都不如的悲惨。

车过了三门阁，便有一幅最冷静最幽美的图画展在面前，那坚冰寒雪的来侵令我的心更冷更僵连抖颤都不能。下了车，在这白茫茫一片无人践踏，无人经过的雪地上伫立不前。假如我要走前一步，白云里便要留下污黑的足痕；并且要揭露许多已经遮掩了的缺陷和恶迹。

我低头沉思了半晌，才鼓着勇气踏雪过了小桥，望见挂着银花的芦苇，望见隐约一角红墙的陶然亭，望见高峰突起的黑窑台，望见天辛坟前的白玉碑。我回顾零乱的足印，我深深地忏悔，我是和一切残忍冷酷的人类一样。

我真不能描画这个世界的冷静，幽美，我更不能形容我踏入这个世界是如何的冷静，如何的幽美？这是一幅不能画的画，这是一首不能写的诗，我这样想。一切轻笼着白纱，浅浅的雪遮着一堆一堆凸起的孤坟，遮着多少当年红颜皎美的少女，和英姿豪爽的英雄，遮着往日富丽的欢荣，遮着千秋遗迹的情爱，遮着苍松白杨，遮着古庙芦塘，遮着断碣残碑，遮着人们悼亡时遗留在这里的悲哀。

洁白凄冷围绕着我，白坟，白碑，白树、白地，低头看我白围巾上却透露出黑的影来。寂静得真不像人间，我这样毫无知觉的走到天辛墓前。我抱着墓碑，低低唤着他的名字，热的泪融化了我身畔的雪，一滴一滴落在雪地，和着我的心音哀泣！天辛！你那能想到一年之后，你真的埋葬在这里，我真能在这寒风凛冽，雪花飞舞中，来到你坟头上吊你！天辛！我愿你无知，你应该怎样难受呢！怕这迷漫无际的白雪，都要化成潋滟生波的泪湖。

我睁眼四望，要寻觅我们一年前来到这里的遗痕，我真不知，现在是梦，还是过去是梦？天辛！自从你的生命如慧星一闪般陨坠之后，这片黄土便成了你的殡宫，从此后呵！永永远远再看不见你的顾影，再听不见你音乐般的语声！

雪下得更紧了，一片一片落到我的襟肩，一直融化到我心里；我愿雪把我深深地掩埋，深深地掩埋在这若干生命归宿的坟里。寒风吹着，雪花飞着，我像一座石膏人形一样矗立在这荒郊孤冢之前，我昂首向苍白的天宇默祷；这时候我真觉空无所有，亦无所恋，生命的灵焰已渐渐地模糊，忘了母亲，忘了一切爱我怜我同情我的朋友们。

正是我心神宁静的如死去一样的时候，芦塘里忽然飞出一对白鸽，落到一棵松树上；我用哀怜的声音告诉它，告诉它不要轻易泄漏了我这悲哀，给我的母亲，和一切爱我怜我同情我的朋友们。

我遍体感到寒冷僵硬，有点抖颤了！那边道上走过了一个银须飘拂，道貌巍然的老和尚，一手执着伞，一手执着念珠，慢慢地到这边来。我心里忽然一酸，因为这和尚有几分像我故乡七十岁的老父。他已惊破我的沉寂，我知此地不可再久留，我用手指在雪罩了的石桌上写了"我来了"三个字，我向墓再凝视一度，遂决然地离开这里。

归途上，我来时的足痕已被雪遮住。我空虚的心里，忽然想起天辛在病榻上念茵梦猢：

"死时候呵！死时候，我只合独葬荒丘！"

肠断心碎泪成冰

如今已是午夜人静，望望窗外，天上只有孤清一弯新月，地上白茫茫满铺的都是雪，炉中残火已熄只剩了灰烬，屋里又冷静又阴森；这世界呵！是我肠断心碎的世界；这时候呵！是我低泣哀号的时候。禁不住的我想到天辛，我又想把它移到了纸上。墨冻了我用热泪融化，笔干了我用热泪温润，然而天呵！我的热泪为什么不能救活家中的枯骨，不能唤回逝去的英魂呢？这懦弱无情的泪有什么用处？我真痛恨我自己，我真诅咒我自己。

这是两年前的事了。

出了德国医院的天辛，忽然又病了，这次不是吐血，是急性盲肠炎。病状很厉害，三天工夫他瘦得成了一把枯骨，只是眼珠转动，嘴唇开合，表明他还是一架有灵魂的躯壳。我不忍再见他，我见了他我只有落泪，他也不愿再见我，他见了我他也是只有咽泪；命运既已这样安排了，我们还能再说什么，只静待这黑的幕垂到地上时，他把灵魂交给了我，把躯壳交给了死！

星期三下午我去东交民巷看了他,便走了。那天下午兰辛和静弟送他到协和医院,院中人说要用手术割治,不然一两天一定会死!那时静弟也不在,他自己签了字要医院给他开刀,兰辛当时曾阻止他,恐怕他这久病的身躯禁受不住,但是他还笑兰辛胆小,决定后,他便被抬到解剖室去开肚。开刀后据兰辛告我,他精神很好,兰辛问他:"要不要波微来看你?"他笑了笑说:"她愿意来,来看看也好,不来也好,省得她又要难过!"兰辛当天打电话告我,起始他愿我去看他,后来他又说:"你暂时不去也好,这时候他太疲倦虚弱了,禁不住再受刺激,过一两天等天辛好些再去吧!省得见了面都难过,于病人不大好。"我自然知道他现在见了我是要难过的,我遂决定不去了。但是我心里总不平静,像遗失了什么东西一样,从家里又跑到红楼去找晶清,她也伴着我在自修室里转,我们谁都未曾想到他是已经快死了,应该再在他未死前去看看他。到七点钟我回了家,心更慌了,连晚饭都没有吃便睡了。睡也睡不着,这时候我忽然热烈的想去看他,见了他我告诉他我知道忏悔了,只要他能不死,我什么都可以牺牲。心焦烦得像一个狂马,我似乎无力控羁它了。朦胧中我看见天辛穿着一套玄色西装,系着大红领结,右手拿着一枝梅花,含笑立在我面前,我叫了一声他的名字便醒了,原来是一梦。这时候夜已深了,揭开帐帷,看见月亮正照射在壁上一张祈祷的图上,现得阴森可怕极了,拧亮了电灯看看表正是两点钟,我不能睡了,我真想跑到医院去看看他到底怎么样?但是这三更半夜,在人们都睡熟的时候,我黑夜里怎能去看他呢!勉强想平静下自己汹涌的心情,然而不可能,在屋里走来走去,也不知想什么?最后跪在床边哭了,我把两臂向床里伸开,头埋在床上,我哽咽着低低地唤着母亲!

我一点都未想到这时候,是天辛的灵魂最后来向我告别的时候,也是他二十九年的生命之火最后闪烁的时候,也是他四五年中刻骨的相思最后完结的时候,也是他一生苦痛烦恼最后撒手的时候。我们这四五年来被玩弄，被宰割，被蹂躏的命运醒来原来是一梦，只是这拈花微笑的一梦呵！自从这一夜后，我另辟了一个天地，这个天地中是充满了极美丽，极悲凄，极幽静，极哀惋的空虚。

翌晨八时，到学校给兰辛打电话未通，我在白屋的静寂中焦急着，似乎等着一个消息的来临。

十二点半钟，白屋的门碰的一声开了！进来的是谁呢？是从未曾来过我学校的晶清。她惨白的脸色，紧嚼着下唇，抖颤的声音都令我惊奇！半天才说出一句话是："菊姐有要事，请你去她那里。"我问她什么事，她又不痛快的告诉我，她只说："你去好了，去了自然知道。"午饭已开到桌上，我让她吃饭，她恨极了，催促我马上就走；那时我也奇怪为什么那样从容？昏乱中上了车，心跳得厉害，头似乎要炸裂！到了西河沿我回过头来问晶清："你告我实话，是不是天辛死了！"我是如何的希望她对我这话加以校正，那知我一点回应都未得到，再看她时，她弱小的身躯蜷伏在车上，头埋在围巾里。一阵一阵风沙吹到我脸上，我晕了！到了骑河楼，晶清扶我下车，走到菊姐门前，菊姐已迎出来，菊姐后面是云弟，菊姐见了我马上跑过来抱住我叫了声"珠妹！"这时我已经证明天辛真的是死了，我扑到菊姐怀里叫了声"姊姊"便晕厥过去了。经她们再三的喊叫和救治，才慢慢醒来，睁开眼看见屋里的人和东西时，我想起来天辛是真死了！这时我才放声大哭。他们自然也是一样咽着泪，流着泪！窗外的风虎虎地吹着，我们都肠断心碎的哀泣着。

这时候又来了几位天辛的朋友，他们说五点钟入殓，黄昏时须要把棺材送到庙里去；时候已快到，要去医院要早点去。我到了协和医院，一进接待室，便看见静弟，他看见我进来时，他到我身边站着哽咽的哭了！我不知说什么好，也不知该怎么样哭？号啕呢还是低泣，我只侧身望着豫王府富丽的建筑而发呆！坐在这里很久，他们总不让我进去看；后来云弟来告我，说医院想留天辛的尸体解剖，他们已回绝了，过一会便可进去看。

在这时候，我便请晶清同我到天辛住的地方，收拾我们的信件。踏进他的房子，我急跑了几步倒在他床上，回顾一周什物依然。三天前我来时他还睡在床上，谁能想到三天后我来这里收检他的遗物。记得那天黄昏我在床前喂他桔汁，他还能微笑的说声："谢谢你！"如今一切依然，微笑尚似恍如目前，然而他们都说他已经是死了，我只盼他也许是睡吧！我真不能睁眼，这房里处处都似乎现着他的影子，我在零乱的什物中，一片一片撕碎这颗心！

晶清再三催我，我从床上挣扎起来，开了他的抽屉，里面已经清理好了，一束一束都是我寄给他的信，另外有一封是他得病那晚写给我的，内容口吻都是遗书的语调，这封信的力量，才造成了我的这一生，这永久在忏悔哀痛中的一生。这封信我看完后，除了悲痛外，我更下了一个毁灭过去的决心，从此我才能将碎心捧献给忧伤而死的天辛。还有一封是寄给兰辛菊姐云弟的，寥寥数语，大意是说他又病了，怕这几日不能再见他们的话。读完后，我遍体如浸入冰湖，从指尖一直冷到心里，扶着桌子抚弄着这些信件而流泪！晶清在旁边再三让我镇静，要我勉强按压着悲哀，还要挣扎着去看他的尸体。

临走，晶清扶着我，走出了房门，我回头又仔细望望，我愿我的泪落在这门前留一个很深的痕迹。这块地是他碎心理情的地方。这里深深陷进去的，便是这宇宙中，天长地久永深的缺陷。

回到豫王府，殓衣已预备好，他们领我到冰室去看他。转了几个弯便到了，一推门一股冷气迎面扑来，我打了一个寒战！一块白色的木板上，放着他已僵冷的尸体，遍身都用白布裹着，鼻耳口都塞着棉花。我急走了几步到他的尸前，菊姐在后面拉住我，还是云弟说："不要紧，你让她看好了。"他面目无大变，只是如蜡一样惨白，右眼闭了，左眼还微睁着看我。我抚着他的尸体默祷，求他瞑目而终，世界上我知道他再没有什么要求和愿望了。我仔细的看他的尸体，看他惨白的嘴唇，看他无光而开展的左眼最后我又注视他左手食指上的象牙戒指；这时候，我的心似乎和沙乐美得到了先知约翰的头颅一样。我一直极庄严神肃的站着，其他的人也是都静悄悄的低头站在后面，宇宙这时是极寂静，极美丽，极惨淡，极悲哀！

梦回寂寂残灯后

我真愿在天辛尸前多逗留一会，细细的默志他最后的容颜。我看看他，我又低头想想，想在他憔悴苍白的脸上，寻觅他二十余年在人间刻划下的残痕。谁也不知他深夜怎样辗转哀号的死去，死时是清醒，还是昏迷？谁也不知他最后怎样咽下那不忍不愿停息的呼吸？谁也不知他临死还有什么嘱托和言语？他悄悄地死在这冷森黯淡的病室中，只有浅绿的灯光，苍白的粉壁，听见他最后的呻吟，看见他和死神最后战斗的挣扎。

当我凝视他时，我想起前一星期在夜的深林中，他抖颤的说："我是生于孤零,死于孤零。"如今他的尸骸周围虽然围了不少哀悼涕泣的人，但是他何尝需要这些呢！即是我这颗心的祭献，在此时只是我自己忏悔的表示，对于魂去渺茫的他又有何补益？记得一九二四年九月二十二日他由沪去广州的船上，有一封信说到我的矛盾，是：

你中秋前一日的信，我于上船前一日接到。此信你说可以做我惟一知己的朋友。前于此的一信又说我们可以作以事业度过这一生的同志。你只会答复人家不需要的答复，你只会与人家订不需要的约束。

你明白的告诉我之后，我并不感到这消息的突兀，我只觉心中万分凄怆！我一边难过的是：世上只有吮血的人们是反对我们的，何以我惟一敬爱的人也不能同情于我们？我一边又替我自己难过，我已将一个心整个交给伊，何以事业上又不能使伊顺意？我是有两个世界的：一个世界一切都是属于你的，我是连灵魂都永禁的俘虏；在另一个世界里，我是不属于你，更不属于我自己，我只是历史使命的走卒。假使我要为自己打算，我可以做禄蠹了，你不是也不希望我这样做吗？你不满意于我的事业，但却万分恳切的劝勉我努力此种事业；让我再不忆起你让步于吮血世界的结论，只悠久的钦佩你牺牲自己而鼓舞别人的义侠精神！

我何尝不知道：是南北漂零，生活日在风波之中，我何忍使你同入此不安之状态；所以我决定：你的所愿，我将赴汤蹈火以求之，你的不愿，我将赴汤蹈火以阻之。不能这样，我怎能说是爱你！从此我决心为我的事业奋斗，就这样飘零孤独度此一生，人生数一寒暑，死期忽忽即至，奚必坚执情感以为是。你不要以为对不起我，更不要为我伤心。

这些你都不要奇怪，我们是希望海上没有浪的，它应当平静如镜；可是我们又怎能使海上无浪？从此我已是傀儡生命了，为了你死，亦可以为了你生，你不能为了这样可傲慢一切的情形而愉快吗？我希望你从此愉快，但凡你能愉快，这世上是没有什么可使我悲哀了！

写到这里，我望望海水，海水是那样平静。

好吧，我们互相遵守这些，去建筑一个富丽辉煌的生命，不管他生也好，死也好。

这虽然是六个月前的信，但是他的环境和他的意念是不允许他自由的，结果他在六个月后走上他最后的路，他真的在一个深夜悄悄地死去了。

唉！辛！到如今我才认识你这颗迂回宛转的心，然而你为什么不挣扎着去殉你的事业，做一个轰轰烈烈的英雄，你却柔情千缕，吐丝自缚，遗我以余憾长恨在这漠漠荒沙的人间呢？这岂是你所愿？这岂是我所愿吗？当我伫立在你的面前千唤不应时候，你不懊悔吗？在这一刹那，我感到宇宙的空寂，这空寂永远包裹了我的生命；也许这在我以后的生命中，是一种平静空虚的愉快。辛！你是为了完成我这种愉快才毅然的离开我，离开这人间吗？我细细默记他的遗容，我想解答这些疑问，因之，我反而不怎样悲痛了。

终于我要离开他，一步一回首我望着陈列的尸体，咽下许多不能叙说的忧愁。装殓好后，我本想再到棺前看看他，不知谁不赞成的阻止了，我也莫有十分固执的去。我们从医院前门绕到后门，看见门口停着一付白木棺，旁边站满了北京那些穿团花绿衫的杠夫；我这时的难过真不能形容了，这几步远的一付棺材内，装着的是人天隔绝的我的朋友，从此后连那可以细认的尸体都不能再见了；只有从记忆中心底浮出梦里拈花含笑的他，醒后尸体横陈的他。

许多朋友亲戚都立在他棺前，我和菊姐远远的倚着墙，一直望着他白木棺材上，罩了一块红花绿底的绣幕，八个穿团花绿衫的杠夫抬起来，我才和菊姐雇好车送他到法华寺。这已是黄昏时候，他的棺材一步一步经过了许多闹市，出了哈德门向法华寺去。几天前这条道上，我曾伴着他在夕阳时候来此散步，谁也想不到几天后，我伴着他的棺材，又走这一条路。我望着那抬着的棺材,我一点也不相信这里面装着的便是我心中最畏避而终不能逃脱的"死"!

到了法华寺,云弟伴我们走进了佛堂,稍待又让我们到了一间黯淡的僧房里休息。菊姐和晶清两个人扶着我,我在这间幽暗的僧房里低低的啜泣,听见外面杠夫安置棺材的动作和声音时,我心一片一片碎了!辛!从此后你孤魂寂寞,飘游在这古庙深林,也还记得繁华的人间和一切系念你的人吗?

一阵阵风从纸窗缝里吹进,把佛龛前的神灯吹得摇幌不定,我的只影蜷伏在黑暗的墙角,战栗的身体包裹着战栗的心。晶清紧紧握着我冰冷的手,她悄悄地咽着泪。夕阳正照着淡黄的神幔。有十五分钟光景,静弟进来请我出去,我和晶清菊姐走到院里时,迎面看见天辛的两个朋友,他们都用哀怜的目光投射着我。走到一间小屋子的门口,他的棺材停放在里面,前面放着一张方桌,挂着一幅白布蓝花的桌裙,燃着两枝红烛,一个铜炉中缭绕着香烟。我是走到他灵前了,我该怎样呢!我听见静弟哭着唤"哥哥"时,我也不自禁的随着他号啕痛哭!唉!这一座古庙里布满了愁云惨雾。

黑暗的幕渐渐低垂,菊姐向晶清说:"天晚了我们该回去了。"我听见时更觉伤心,日落了,你的生命和我的生命都随着沉落在一个永久不醒的梦里;今夜月儿照临到这世界时,辛!你只剩了一棺横陈,今夜月儿照临在我身上时,我只觉十年前尘恍如一梦。

静弟送我们到门前,他含泪哽咽着向我们致谢!这时晶清和菊姐都低着头擦泪!我猛抬头看见门外一片松林,晚霞照的鲜红,松林里现露出几个凸堆的坟头。我呆呆地望着。上帝呵!谁也想不到我能以这一幅凄凉悲壮的境地,作了我此后生命的背景。我指着向晶清说:"你看!"

她自然知道我的意思,她抚着我肩说:"现在你可以谢谢上帝!"

我听见她这句话，似乎得了一种暗示的惊觉，我的悲痛不能再忍了，我靠在一棵松树上望着这晚霞松林，放声痛哭！辛！你到这时该忏悔吧！太忍心了，也太残酷了，你最后赐给我这样悲惨的境象，这样悲惨的景象，深印在我柔弱嫩小的心上；数年来冰雪友谊，到如今只博得隐恨千古，抚棺哀哭！辛！你为什么不流血沙场而死，你为什么不瘐毙狱中而死？却偏要含笑陈尸在玫瑰丛中，任刺针透进了你的心，任鲜血淹埋了你的身，站在你尸前哀悼痛哭你的，不是全国的民众，却是一个别有怀抱，负你深爱的人。辛！你不追悔吗？为了一个幻梦的追逐捕获，你遗弃不顾那另一世界的建设毁灭，轻轻地将生命迅速的结束，在你事业尚未成功的时候。到如今，只有诅咒我自己，我是应负重重罪戾对于你的家庭和社会。我抱恨怕我纵有千点泪，也抵不了你一滴血，我用什么才能学识来完成你未竟的事业呢！更何忍再说到我们自己心里的痕迹和环境一切的牵系！

我不解你那时柔情似水，为什么不能温暖了我心如铁？

在日落后暮云苍茫的归途上，我仿佛是上了车，以后一切知觉便昏迷了。思潮和悲情暂时得能休息，恍惚中是想在缥渺的路上去追唤逝去的前尘呢！这时候我魂去了，只留下一付苍白的面靥和未冷的躯壳卧在菊姐的床上，床前站满了我的和辛的朋友还有医生。

这时已午夜三点多钟，冷月正照着纸窗。我醒了，睁开眼看见我是在菊姐床上，一盏残灯黯然的对着我；床四周静悄悄站了许多人，他们见我睁开眼都一齐嚷道："醒了！醒了！"

我终于醒了！我遂在这醒了声中，投入到另一个幽静，冷寞，孤寂，悲哀的世界里。

我沉沦在苦忆中

我回来又去了彭小姐家一次，满天星斗中归来，我想起了君宇！

回来并不曾做稿，翻书箱找出若干旧稿不但可用而且还是好的稿子，我喜欢极了！你也该喜欢吧，朋友！不只这期，许多期的论文都有了。不过我又翻出旧信来，看见F君从前写给我美丽的各色的许多信时，我才知道他如今是变了，不是我变，是他变了，变成了可怕的虚伪的敷衍。看见C君许多天真可爱的小信，令我热烈的想念他，我多时未看见他那沉默而黄白的脸了，我真想到他一种令人不能忘的印象。看见萍的信，我觉得人间的可怕和人情的不可靠，别人信我未看，露沙的信都检出来了，没有看。总之，在这些旧信中令我感到一种悼亡的伤感！唉！什么都过去了，往日如梦！想到你——朋友，你也是我朋友中之一，将来，或者你给与我的印象，大概也是这浅青色的几封信吧！梦醒后我所追求得到的，所遗给我的大概也仅仅是这点东西吧！她帮助我想起一切的往事的，大概也是她们吧！世事人情，我真看透了，当时未尝不认真，过后呢，才不过是那么回事呢！可恨可怕的人，我诅咒他，我怨恨他！

我又找出君宇初死时我给乃贤的信，披展开时，朋友！我真觉又冷森，又抖颤，那零乱的字痕上，满染着泪迹，模糊中系埋着多少尸骸一样的可怕！我要寄给你看，怕伤你心，我不寄了，总之我的泪迹你也见了不少了。

　　大概我们都高兴吧！今天灯光炉火下，双立着印在墙上的人影。假如我是有颗完整心的人时，那是多么快活呢，一对无虑的小儿女。但是，朋友！人间是只有缺陷的，所以我们立在那种神秘恬静的灯火下，只是一对负伤的小鸟，互相呈露出自己的悲怆在默默无语中，在这样如画如诗的环境中，我们只为了这环境，更增我们宇宙缺陷之感！我那样心情下，第一令我难受的便是君宇了，我每次在一种静的环境中对着你朋友时我总想到君宇。真对不住你，而且也有点唐突你，我几次想喊你作"君宇"，当我看是朋友你的脸时，我自己苦笑了，今天我几次的笑都是笑我这样可怜的心呢！朋友！我真想他，假如他现在能如朋友你一样这样活活泼泼和我玩，我愿我马上死了都可以，不过，不能了，他是死了，谁都说他是死了两年之久了。然而，天呵！为什么他不能在我心头死去呢？朋友！我今夜心海汹涌极了，我想死了的宇，我想到了母亲，我又想到这漂泊无人管的自己。这是十五年除夕之夜，然而朋友呵！我只沉沦在这样苦忆中而瞠目向天作无声之泣！朋友！这是最后一张了，我不自禁的觉得万分悲怆！

　　朋友！在这个信纸期中，我们是已经醒了多少次梦了，不过，朋友你和我的梦尚未全醒，但是，朋友！你千万不要为了可怜伤心的我这样的朋友而难受而悲怆！我早就不愿我给你印象太深，怕你将来难过，然而我见了你时，我又不能而且不忍压伏你和我自己的自然和天真。这样，我自己是时时觉醒着，我只怕你太难过呢！所以你自然不能不为了你可怜的朋友而伤心，不过，你千万不要把自己也卷入伤心的漩涡才好，我真有点怕呢！

我呵！认识你以来，大概给予了你的只是悲怆，令你变成了悲哀而失快乐的可怜小孩。我自己呢？自然是一半欢欣，一半悲怆！不过我总欢笑，如今，除了天涯几个知交外，你是可怜我同情我愿给我安慰快乐的一个忠诚的朋友！君宇有灵，他该怎样感谢你呵！你是这样待他遗给人间的梅妹。这时已一点半了，夜静得真有点冷，有点怕，我要睡了祝君宇来入梦！这最后一天，我不愿睡，我真想直坐到天明，想想这一年中的往事，有多少值的欢欣？有多少值的悲哀？有多少值的诅恨？有多少值的爱恋？

　　这一夜愿梦神吻着你的笑靥，赐以未来的幸福，和红豆主人的来临！

梅十五年除夕

　　今夜简直不想睡了，我想理理东西，觉着什么都有点留恋，其实，不是什么都有点留恋，是有点留恋这十五年吧！我又开了手提箱，理了理你的信，今年是有这样厚厚的一束信。我是惊奇的笑了！

梅二时半又写

雪　夜

北京城落了这样大这样厚的雪，我也没有兴趣和机缘出去鉴赏，我只在绿屋给受伤倒卧的朋友煮药煎茶。寂静的黄昏，窗外飞舞着雪花，一阵紧是一阵，低垂的帐帷中传出的苦痛呻吟，一声惨似一声！我黑暗中坐在火炉畔，望着药壶的蒸汽而沉思。

如抽乱丝般的脑海里，令我想到关乎许多雪的事，和关乎许多病友的事，绞思着陷入了一种不堪说的情状；推开门我看着雪，又回来揭起帐门看看病友，我真不知心境为什么这样不安定而彷徨？我该诅咒谁呢？是世界还是人类？我望着美丽的雪花，我赞美这世界，然而回头听见病友的呻吟时，我又诅咒这世界。我们都是负着创痛倒了又挣扎，倒了又挣扎，失败中还希冀胜利的战士，这世界虽冷酷无情，然而我们还奢望用我们的热情去温暖，这世界虽残毒狠辣，而我们总祷告用我们的善良心灵去改换。如今，我们在战线上又受了重创，我们微小的力量，只赚来这无限的优伤！何时是我们重新挣扎的时候，何时是我们战胜凯旋的时候？我只向熊熊的火炉祷祝他给与我们以力量，使这一剂药能医治我病友霍然使她能驰驱赴敌再扫阴霾！

　　黄昏去了，夜又来临，这时候瑛弟踏雪来看病友，为了人间的烦恼，令他天真烂慢的面靥上，也重重地罩了愁容，这真是不幸的事，不过我相信一个人的生存，只是和苦痛搏战，这同时也在一件极平淡而庸常无奇的事吧！我又何必替众生来忏悔？

　　给她吃了药后，我才离开绿屋，离开时我曾想到她这一夜辗转哀泣的呻吟，明天朝霞照临时她惨白的面靥一定又瘦削了不少！爱怜，同情，我真不愿再提到了，罪恶和创痛何尝不是基于这些好听的名词，我不敢诅咒人类，然而我又何能轻信人类……所以我在这种情境中，绝不敢以这些好听的名词来施恩于我的病友；我只求赐她以愚钝，因为愚钝的人，或者是幸福的人，然而天又赋她以伶俐聪慧以自戕残。

　　出了绿屋我徘徊在静白的十字街头了，这粉装玉琢的街市，是多么幽美清冷值得人鉴赏和赞美！这时候我想到荒凉冷静的陶然亭，伟大庄严的天安门，萧疏辽阔的什刹海，富丽娇小的公园，幽雅闲散的北海，就是这热闹多忙的十字街头，也另有一种雪后的幽韵，镇天被灰尘泥土蔽蒙了的北京，我落魄在这里许多年，四周只有层层黑暗的网罗束缚着，重重罪恶的铁闸紧压着，空气里那样干燥，生活里那样枯涩，心境里那样苦闷，更何必再提到金迷沉醉的大厦外，啼饥号寒的呻吟。然而我终于在这般梦中惊醒，睁眼看见了这样幽美神妙的世界，我只为了一层转瞬即消逝的雪幕而感到欣慰，由欣慰中我又发现了许多年未有的惊叹，纵然是只如磷火在黑暗中细微的闪烁，然而我也认识了宇宙尚有这一刹那的改换和遮蔽，我希望，我愿一切的人情世事都有这样刹那的发现，改正我这对世界浮薄的评判。

　　过顺治门桥梁时，一片白雪，隐约中望见如云如雾两行挂着雪花的枯树枝，和平坦洁白的河面。这时已夜深了，路上行人稀少，远远只听见犬吠的声音，和悠远清灵的钟声。沙沙地我足下践踏着在电灯下闪闪银光的白雪直觉到恍非人间世界。城墙上参差的砖缘，披罩着一层一层的白雪，抬头望：又看见城楼上粉饰的雪顶，和挂悬下垂的流苏。底下现出一个深黑的洞，远望见似乎是个不堪设想的一个恐怖之洞门。我立在这寂静的空洞中往返回顾而蜘蹰，我真想不到扰攘拥挤的街市上，也有这样沉寂冷静时候。

过了宣武门洞，一片白地上，远远望见万盏灯火，人影蠕动的单牌楼，真美，雪遮掩了一切污浊和丑恶。在这里是十字街头了，朋友们，不少和我一样爱好雪的朋友们，你们在这清白皎洁的雪光下，映出来的影子，践踏下的足踪，是怎么光明和伟大！今夜我投身到这白茫茫的雪镜中，我只照见了自己的渺小和阴暗，身心的四周何尝能如雪的透明纯洁；因为雪才反映出我自己的黑暗和污浊，我认识自己只是一个和罪恶的人类一样的影子，我又那能以轻薄的心理去责备人类，和这本来不清明的世界呢！朋友！我知所忏悔了！

爱恋着雪夜，爱恋着这刹那的雪景，我虽然因夜深不能去陶然亭，什刹海，北海，公园，然而我禁不住自己的意志，我的足踪忽然走向天安门，过西安门饭店的门前时，看见停着的几辆汽车，上边都是白雪，四轮深陷在雪里，黑暗的车箱中有蜷伏着的人影，高耸的洋楼在夜的云霄中扑迎着雪花，一盏盏的半暗的电灯下照出门前零乱的足痕，我忽然想起赖婚中的一幕来，这门前有几分像呢！

走向前，走向前，丁丁当当的电车过去了，我只望着它车轮底的火花微笑！我骄傲，我是冒着雪花走向前去的，我未曾借助于什么而达到我的目的，我只是走向前，走向前。

进了西长安街的大森林，我远远看见天边四周都现着浅红，疏疏的枝桠上堆着雪花，风过处纷纷地飞落下来，和我的眼泪滴在这地上一样。过这森林时我抱着沉重的怆痛，我虽然能忆起往日和君宇走过时的足踪在那里，但我又怎敢想到城南一角黄土下已埋葬了两年的君宇，如今连梦都无。

　　过了三门洞，呵！这伟大庄严的天安门，只有白，只有白，只有白，漫天漫地一片皆白，我一步一步像拜佛的虔诚般走到了白石桥梁下，石狮龙柱之前，我抬头望着红墙碧瓦巍然高耸的天安门，我怪想着往日帝皇的尊严，和这故宫中遗留下的荒凉。踏上了无人践踏的石桥，立在桥上远望灯光明灭的正阳门，我傲然的立了多时，我觉着心境逐渐的冷静沉默，至于无所兴感这又是我的世界，这如梦似真的艺术化的世界。下了桥我又一直向前去，那新栽的小松上，满缀了如流苏似的雪花，一列一列远望去好像撑着白裙的舞女。前面有一盏光明的灯照着，我向前去了几步，似乎到了中山先生铜像基础旁便折回来。灯光雪光照映在我面上，这时我觉心地很洁白纯真，毫无阴翳遮蔽，因为我已不是在这世界上，我脱了一切人间的衣裳，至少我也是初来到这世界上。

　　我自己不免受人间一切翳蒙，我才爱白雪，而雪真能洗涤我心灵至于如雪冷洁；我还奢望着，奢望人间一切的事物和主持世界的人类，也能给雪以洗涤的机会，那么，我相信比用血来扑灭反叛的火焰还要有效！

墓畔哀歌

一

我由冬的残梦里惊醒,春正吻着我的睡靥低吟!晨曦照上了窗纱,望见往日令我醺醉的朝霞,我想让丹彩的云流,再认认我当年的颜色。

披上那件绣着蛱蝶的衣裳,姗姗地走到尘网封锁的妆台旁。呵!明镜里照见我憔悴的枯颜,像一朵颤动在风雨中苍白凋零的梨花。

我爱,我原想追回那美丽的皎容,祭献在你碧草如茵的墓旁,谁知道青春的残蕾已和你一同殉葬。

二

假如我的眼泪真凝成一粒一粒珍珠,到如今我已替你缀织成绕你玉颈的围巾。

假如我的相思真化作一颗一颗的红豆,到如今我已替你堆集永久勿忘的爱心。

哀愁在深埋在我心头。

我愿燃烧我的肉身化成灰烬,我愿放浪我的热情怒涛汹涌,天呵!这蛇似的蜿蜒,蚕似的缠绵,就这样悄悄地偷去了我生命的青焰。

我爱,我吻遍了你墓头青草在日落黄昏;我祷告,就是空幻的梦吧,也让我再见见你的英魂。

三

明知道人生的尽头便是死的故乡,我将来也是一座孤冢,衰草斜阳。有一天呵!我离开繁华的人寰,悄悄入葬。这悲艳的爱情一样是烟消云散,昙花一现,梦醒后飞落在心间的都是些残泪点点。

然而我不能把记忆毁灭,把埋我心墟上的残骸抛却,只求我能永久徘徊在这垒垒荒冢之间,为了着守你的墓茔,祭献那茉莉花环。

我爱,你知否我无言的忧衷,怀想着往日轻盈之梦。梦中我低低唤着你小名,醒来只是深夜长空有孤雁哀鸣!

四

黯淡的天幕下,没有明月也无星光这宇宙像数千年的古墓;皑皑白骨上,飞动闪映着惨绿的磷花。我匍匐哀泣于此残锈的铁栏之旁,愿烘我愤怒的心火,烧毁这黑暗丑恶的地狱之网。

命运的魔鬼有意捉弄我弱小的灵魂,罚我在冰雪寒天中,寻觅那凋零了的碎梦。求上帝饶恕我,不要再惨害我这仅有的生命,剩得此残躯在,容我杀死那狞恶的敌人!

我爱，纵然宇宙变成烬来的战场，野烟都腥：在你给我的甜梦里，我心长系驻于虹桥之中，赞美永生！

五

我镇天踟蹰于垒垒荒冢，看遍了春花秋月不同的风景，抛弃了一切名利虚荣，来到此无人烟的旷野，哀吟缓行。我登了高岭，向云天苍茫的西方招魂，在绚烂的彩霞里，望见了我沉落的希望之陨星。

远处是烟雾冲天的古城，火星似金箭向四方飞游！隐约的听见刀枪搏击之声，那狂热的欢呼令人震惊！在碧草萋萋的墓头，我举起了胜利的金觥，饮吧我爱，我奠祭你静寂无言的孤冢！

星月满天时，我把你遗我的宝剑纤手轻擎，宣誓向长空：愿此生永埋了英雄儿女的热情。

六

假如人生只是虚幻的梦影，那我这些可爱的映影，便是你赠与我的全生命。我常觉你在我身后的树林里，骑着马轻轻地走过去。我常觉你停息在我的窗前，徘徊着等我的影消灯熄。常觉你随着我唤你的声音悄悄走近了我，又含泪退到了墙角。常觉你站在我低垂的雪帐外，哀哀地对月光而叹息！

在人海尘途中，偶然逢见个像你的人，我停步凝视后，这颗心呵！便如秋风横扫落叶般冷森凄零！我默思我已经得到爱的之心，如今只是荒草夕阳下，一座静寂无语的孤冢。

我的心是深夜梦里，寒光闪灼的残月，我的情是青碧冷静，永不再流的湖水。残月照着你的墓碑，湖水环绕着你的坟，我爱，这是我的梦，也是伤的梦，安息吧，敬爱的灵魂！

七

　　我自从混迹到尘世间，便忘却了我自己；在你的灵魂我才知是谁？

　　记得也是这样夜里。我们在河堤的柳丝中走过来，走过去。我们无语，心海的波浪也只有月儿能领会。你倚在树上望明月沉思，我枕在你胸前听你的呼吸。抬头看见黑翼飞来掩遮住月儿的清光，你抖颤着问我：假如这苍黑的翼是我们的命运时，应该怎样？

　　我认识了欢乐，也随来了悲哀，接受了你的热情，同时也随来了冷酷的秋风。往日，我怕恶魔的眼睛凶，白牙如利刃；我总是藏伏在你的腋下趑趄不敢进，你一手执宝剑，一手扶着我践踏着荆棘的途径，投奔那如花的前程！

　　如今，这道上还留着你斑斑血痕。恶魔的眼睛和牙齿仍是那样凶狠，但是我爱，你不要怕我孤零，我愿用这一纤细的弱玉腕，建设那如意的梦境。

八

　　春来了，催开桃蕾又飘到柳梢，这般温柔慵懒的天气真使人恼！她似乎躲在我眼底有意缭绕，一阵阵风翼，吹起了我灵海深处的波涛。

　　这世界已换上了装束，如少女般那样娇娆，她披拖着浅绿的轻纱，蹁跹在她那（姹）紫嫣红中舞蹈。伫立于白杨下，我心如捣，强睁开模糊的泪眼，细认你墓头，萋萋芳草。

　　满腔心酸与谁道！愿此恨吐向青天将天地包。它纠结围绕着我的心，像一堆枯黄的蔓草，我爱，我待你用宝剑来挥扫，我待你用火花来焚烧。

九

  垒垒荒冢上，火光熊熊，纸灰缭绕，清时到了。这是碧草绿水的春郊。墓畔有白发老翁，有红颜少年，向这抔黄土致不尽的怀忆和哀悼，云天苍茫处我将魂招；白杨萧条，暮鸦声声，怕孤魂归路迢迢。

  逝去了，欢乐的好梦，不能随墓草而复生，明朝此日，谁知天涯何处寄此身？叹漂泊我已如落花浮萍，且高歌，且痛饮，拼一醉浇熄此心头余情。

  我爱，这一杯苦酒细细斟，邀残月与孤星和泪共饮，不管黄昏，不论夜深，醉卧在你墓碑旁，任霜露侵凌吧！我再不醒。

心之波

　　我立在窗前许多时候，我最喜欢见落日光辉，照在那烟雾迷蒙的西山，在暮色苍茫的园里，粗砺而且黑暗的假山影，在紫色光辉里照耀着；那傍晚的云霞，飘坠在楼下，青黄相间，迎风摇曳的梧桐树上——很美丽的闪烁；犹如一阵淡红蔷薇花片的微雨，偏染了深秋梧叶。我痴痴地看那晚霞坠在西山背后，今天的愉快中秋节，又匆匆地去了！时间张着口，把青春之花，生命之果都吸进去了，只留下迷路的小羊在山坡踌躇着。

　　夜间临到了！我在寂寞沉闷的自然怀抱中，我是宇宙的渺小者呵；这一瞥生命之波又应当这样把温和与甜蜜的情感，去发掘宇宙秘藏之奥妙；吸收她的美和感化，以安慰这枯燥的人生呵！晶莹光辉的一轮明月，她将一手蕴藏的光明，都兴尽的照遍宇宙了；那夜景的灿烂，都构成很和平很静默的空气。我从楼上下去到了后院——那空旷的操场上，去吸收她那素彩清辉的抚爱；一路过了许多游廊，那电灯都黑沉的想着他的沉闷，他是没有力量和月光争辉的，但在黑暗的夜里，那月儿被黑云翳遮满了，除了一二繁星闪烁外，在那黑暗里辉耀着的就是电灯了！但现在他是不能和她争点光明的，因为她是自然的神。我一路想着许多无聊的小问题，不觉的走到花园的后面一棵松树底下；我就拂着枯草坐在树底。从枝叶织成的天然幕里，仰着头看那含笑的月！我闭了眼，那灵魂儿不觉的飞出去，找我那理想中之幻想界——神之宫——仙之园——作我的游缘。我觉着灵魂从白云迷茫中，分出一道光明的路，我很欣喜的踏了进去，那白玉琢成的月宫里，冉冉的走出许多极美丽的白衣仙女，张着翅膀去欢迎我的灵魂！从微笑的温和中，我跪在那白绒的毡上，伏在那洁白神女之肩上。我那时觉着灵魂儿都化成千数只的蝴蝶，翩翩在白云的深宫跳舞了！神秘的音乐，飘荡在银涛的波光中，那地上的花木，也摇曳着合拍的发出相击的细声。眼睁开了，依然在伟大的松林影下坐着，眼中还映着那闪烁而飘浮的色带：仿佛那白衣的神妃及仙女都舞蹈着向我微笑！她听见各地方都发出嘹嘹的、奇异的、悲愁的、感动的、恳切的声调；如珍珠的细雨密在深密而开花的林中一样。我慢慢地醒了那灵魂中构成的幻梦，微细的音乐还依然在那银涛之光中波动着。我凝神细听，才知是远处的箫声，那一缕缕的哀音，告诉以人类的可怜！

去年今夜，不是同她在皓月之下叙别吗？我那时候无心去看月儿的娇媚，我的泪只是往肚子里流！现在月儿一样的照在我和她的心里，但重洋之波流不去我的思惘。我确知道她是最哀痛的一个失恋者，在生命中她不觉的愉快，幸福只充满了忏悔和哀怨。她生命之花，都被那恶社会的环境牺牲了。她觉着宇宙尽充着悲哀，在呜咽的音容中，微笑总是徒然，像海鸥躲出海去，是不可能的事啊！

我思潮不定的波荡着，到了我极无聊的时候，我觉着又非常可笑！人生到底是怎样生活去吗？我慢慢地向我寝室走，那萧瑟的秋风吹在两旁的树林里，瑟瑟地向我微语：他们的吟声和着风声，唱出那悲哀之歌。我踽踽独行，是沉闷无聊的事吗？但我看来，是在这烦恼嚣杂的社会里，不亲近人是躲避是非的妙法。所以人家待我有二三分的美意，我就觉着有一种说不出的恐怖布满了我的心腔。我慢慢地沉思着走到了我的楼下，忽然见楼旁有个黑影一闪，我很惊讶地问了一声"是谁"，但那黑影已完全消灭了，找不出半点行踪。一瞥的人生也是这样的无影无踪吗？我匆匆地上楼，那皓光恰好射在我的帐子上，现出种极惨的白色！在帐中的一个小像上，她掬着充足的泪泉在那眼波中，摄我的灵魂去，游那悲哀之海啊！失恋的小羊哟，在这生命之波流动的时候，那种哀怨的人生，是阻止那进行的拦路虎，愈要觉着那不语的隐痛。但人要不觉悟人世是虚伪的，本来什么也不足为凭，何况是一种冲动的感情啊！不过人在旁观者的地位都觉着她是不知达观方面去想的，到了身受者亲切的感着时候，是比不得旁观者之冷眼讥笑。这假面具带满的社会，谁能看透那脑筋汇荡着什么波浪啊！谁知道谁的目的是怎样主张啊？况且人世的事都是完全相对的，不能定一个是非；如甲以为是的乙又以为非，是没有标准的。那么，在这恶社会里失望和懊恼，都是人类难免的事。这么一想，她有多少悲哀都要被极强的意志战胜。既然人世是宇宙的渺小者瞬息的一转，影一般的就捉不住了！那疲倦的青春，和沉梦的醉者，都是青年人所不应当消极的。但现在的青年——知识界的青年，因感觉的敏感和思想的深邃，所以处处感着不快的人生，烦闷的人生。他们见宇宙的事物，人类是受束缚的。那如天空的鸿雁，任意翱翔，春日的流莺，随心歌啭呢？他们是没有知识的，所以他们也减少烦恼，他们是生活简单的，所以也不受拘束。

　　我一沉思，虽晴光素彩，光照宇宙，但我心胸中依然塞满了黑暗。我搬把椅子，放在寝室外边的栏杆旁，恰好一轮明月，就照着我。那栏杆下沉静的青草和杨柳，也伸着头和月儿微语呢。一阵秋风，那树叶依然扑拉拉落了满地。月儿仍然不能保护他今夜不受秋风的摧残，她更不能借月儿的力量，帮助他的"生命之花"不衰萎不败落。这是他们最不幸的事情，但他们也慷慨的委之于运命了！

夜是何等的静默啊！心之波在这爱园中波荡着，想起多少的回忆：在初级师范读书的时候，天真烂漫，那赤血搏动的心里，是何等光亮和洁白呵！没有一点的尘埃，是奥妙神洁的天心呵！赶我渐渐一步一步的挨近社会，才透澈了社会的真象——是万恶的——引人入万恶之途的。一入万恶之渊，未有不被万恶之魔支配的！叫他洁白的心胸，染了许多的污点。他是意志薄弱的青年，能不为万恶之魔战败吗！所以一般知识略深的青年，对于社会的事业，是很热心去改造的，不过因为环境和恶魔的征服，他们结果便灰心了，所以他对于社会是卑弃的，远避的。社会上所需要的事物，都是悖逆青年的意志，而偏要使他去做的事情。被征服的青年，也只好换一副面具和心肠去应付社会去，这是人生隐痛啊！觉悟的青年，感受着这种苦痛，都是社会告诉他的，将他从前的希望，都变成悲观的枯笑，使他自然地被摒弃于社会之外，社会的万恶之魔，就是许多相袭既久的陈腐习惯，在这种习惯下面，造出一种诈伪不自然的伪君子，面子上都是仁义道德，骨子里都是男盗女娼。然而这是社会上最尊敬最赞扬的人物，假如在这社会习惯里有一二青年，要禀着独立破坏的精神，去发展个人的天性，不甘心受这种陈腐不道德的束缚，于是乎东突西冲，想与社会作对，但是社会的权力很大，罗网很密，个人绝对不能做社会的公敌的，社会像个大火炉，什么金银铜铁锡，进了炉子，都要熔化的。况且"多数服从的迷信"是执行重罚的机关（舆论），所以他们用大多数的专制威权去压制那少数的真理志士，剥夺了他的言论行动精神肉体——易卜生的社会栋梁同国民公敌都是青年在社会内的背影！

人生是不敢去预想未来，回忆过去的，只可合眼放步随造物的低昂去。一切希望和烦恼，都可归到运命的括弧下。积极方面斗争作去，终归于昙花一现，就消极方面挨延过去，依然一样的落花流水；所取的目的虽不同，而将来携手时，是同归于一点的。人生如沉醉的梦中，在梦中的时候一颦一笑，都是由衷的——发于至情的；追警钟声唤醒噩梦后，回想是极无意识而且发笑的！人生观中一片片的回忆，也是这种现象。

今夜的月儿，好像朵生命之花，而我的灵魂又不能永久深藏在月宫，躲着这沉浊的社会去，这是永久的不满意呵！世界上的事物，没有定而不变的，没有绝对真实的。我这一时的心波是最飘忽的一只雁儿；那心血汹涌的时候，已一瞥的追不回来了！追不回来了！我只好低着头再去沉思之渊觅她去……

红粉骷髅

记得进了个伟大庄严的庙,先看见哼哈二将,后看见观音菩萨;战栗的恐怖到了菩萨面前才消失去,因之觉着爱菩萨怕将军,已可这样决定了。有一天忽然想起来,我到父亲跟前告诉他,他闭着眼睛微笑了说"菩萨"也不必去爱,将军也无须去怕:相信他们都是一堆泥土塑成的像。

知道了美丽的菩萨,狰狞的将军,剥了表皮都是一堆烂泥之后;因之我想到红粉,想到骷髅,想到泥人,想到肉人。

十几年前,思潮上曾不经意的起了这样一个浪花。十几年以后,依稀是在梦境,依稀又似人间,我曾逢到不少的红粉,不少的骷髅。究竟是谁呢?当我介绍给你们时,感到不安,感到惭愧,感到羞涩!

钗光衣影的广庭上,风驰电掣的电车里,凡是宝钻辉眩,绫罗绚烂,披绛纱,戴花冠,温馨醉人,骄贵自矜的都是她们,衣服庄的广告是她们,脂粉店的招牌是她们,镇日娜娜万态,回旋闹市,流盼含笑,徜徉剧场;要不然头蓬松而脸青黄,朝朝暮暮,灵魂绕着麻雀飞翔的都是她们。

在这迷香醉人的梦里,她们不知道人是什么?格是什么?醺醉在这物欲的摇篮中，消磨时间，消磨金钱。

沙漠中蠕动着的：贫苦是饥寒交迫，富贵是骄奢淫逸；可怜一样都是沦落，一样都是懦弱，一样都是被人轻贱的奴隶，被人戏弄的玩具；不知她们自豪的是什么？骄傲的是什么？

一块土塑成了美的菩萨，丑的将军，怨及匠人的偏心，不如归咎自己的命运。理想的美，并不是在灰黄的皱肉上涂菩萨的脸，如柴的枯骨上披天使的纱；是在创建高洁的人格，发育丰腴的肌肉，内涵外缘都要造入完全的深境，更不是绣花枕头一肚草似的，仅存其表面的装。

我们最美丽而可以骄傲的是：充满学识经验的脑筋，秉赋经纬两至的才能，如飞岩溅珠，如蛟龙腾云般的天资，要适用在粉碎桎梏，踏翻囚笼的事业上；同时我们的人格品行，自持自检，要像水晶屏风一样的皎澈晶莹！那时我们不必去坐汽车，在风卷尘沙中，示威风夸美貌；更无须画眉涂脸，邀人下顾；自然像高山般令人景仰俯伏，而赞叹曰："是人漂亮哉！""是人骄傲哉！"

我们也应该想到受了经济压迫的阔太太娇小姐，她们却被金钱迫着，应该做的事务，大半都有代疱，抱着金碗，更不必愁饭莫有的吃，自然无须乎当"女学士"。不打牌看戏逛游艺园，你让她们做什么？因之我想到高尚娱乐组织的必要，社会体育提倡的必要；至少也可员他们在不愿意念书中得点知识；不愿意活动里引诱她们活动；这高尚娱乐的组织如何？且容我想想。

我现在是在梦中，是在醒后，是梦中的呓语，是醒后的说话，是尖酸的讪讽，是忠诚的哽吟，都可不问，相信脸是焦炙！心是搏跃！魂魄恍惚！目光迷离！我正在一面大镜下，掩面伏着。

同是上帝的儿女

狂风——卷土扬沙的怒吼，人们所幻想的璀璨庄严的皇城，确是变一片旷野无人的沙漠；这时我不敢骄傲了，因为我不是一只富于沙漠经验的骆驼——忠诚的说，连小骆驼的梦也未曾做过。

每天逢到数不清的洋车，今天都不知被风刮在那里去；但在这广大的沙漠中，我确感到急切的需要了。堪笑——这样狼狈，既不是贿选的议员，也不是树倒的猴狲，因有温馨的诱惑我；在这萧条凄寒的归路里，我只得蹒跚迎风，呻吟着适之先生的"努力"！

我觉着走了有数十里，实际不过是由学校走到西口，这时揉揉眼睛，猛然有了发现了：

两个小的活动的骷髅，抬着一辆曾拖过尸骸的破车，一个是男的在前面，一个是女的在后面，她的嘴似乎动了一动，细听这抖颤的声浪，她说："大姑儿您要车？""你能拉动我吗？这样小的车夫。"

"大姑儿，您坐吧，是那儿？"前边那个男小孩也拖着车子问我。但是我总不放心，明知我近来的乡愁闲恨，量——偌大的人儿，破碎的车儿,是难以载起。决定后,我大踏步的向前走了。

"大姑儿,您见怜小孩们吧!爸爸去打仗莫有回家,妈妈现在病在床上,想赚几个铜子,给妈妈一碗粥喝,但老天又这样风大!"后面那女孩似唱似诉的这样说。

真大胆,真勇气,记得上车时还很傲然:等他们拖不了几步,我开始在车上战栗了!不禁低头看看:我怀疑了,为什么我能坐车,他们只这样拉车?为什么我穿着耀目丝绸的皮袍,他们只披着百结的单衣?为什么我能在他们面前当小资本家,他们只在我几枚铜子下流着血汗?

谁能不笑我这浅陋呢?

良心,或者也可说是人情,逼着我让他们停了车,抖颤的掏出钱袋,倾其所有递给他们;当时我只觉两腮发热,惭愧的说不出什么!

他们惊讶的相望着,最终他们来谢我的,不是惨淡的笑容,是浸入土里的几滴热泪!至现在我还怀疑我们……同是上帝的儿女!

血　尸

我站在走廊上望着飞舞的雪花，和那已透露了春意的树木花草，一切都如往日一样。黯淡的天幕黑一阵，风雪更紧一阵，遥望着执政府门前的尸身和血迹，风是吹不干，雪是遮不住。

走进大礼堂，我不由的却步不前。从前是如何的庄严灿烂，现在冷风切切，阴气森森，简直是一座悲凄的坟墓。

我独自悄悄地走到那付薄薄的小小的棺材旁边，低低地喊着那不认识的朋友的名字——杨德琼。在万分凄酸中，想到她亲爱的父母和兄弟姊妹时，便不禁垂泪了！只望她负笈北京，完成她未来许多伟大的工作和使命，哪想到只剩得惨死异乡、一棺横陈！

这岂是我们所望于她的，这岂是她的家属所望于她的，这又岂是她自己伟大的志愿所允许她的，然而环境是这样结果了她。十分钟前她是英气勃勃的女英雄，十分钟后她便成了血迹模糊，面目可怖的僵尸。

为了抚问未死的伤者，便匆匆离开了死的朋友，冒着寒风，迎着雪花，走向德国医院。当我看见那半月形的铁栏时，我已战栗了！谁也想不到，连自己也想不到，在我血未冷魂未去以前，会能逼我重踏这一块伤心的地方。

样样都令人触目惊心时，我又伏在晶清的病榻前，为了她侥幸的生存，向上帝作虔诚的祈祷！她闭着眼，脸上现出极苦痛的表情。这时凄酸涌住我的喉咙，不能喊她，我只轻轻地用我的手摇醒她。

"呵！想不到还能再见你！"她哽咽着用手紧紧握住我，两眼瞪着，再不能说什么话了。我一只腿半跪着，蹲在病榻前，我说："清！你不要悲痛，现在我们不入地狱，谁入地狱？便是这样的死，不是我们去死，谁配去死？我们是在黑暗里探索寻求光明的人，自然也只有死和影子追随着我们。'永远是血，一直到了坟墓'。这不值的奇怪和惊异，更不必过分的悲痛，一个一个倒毙了，我们从他们尸身上踏过去，我们也倒了，自然后边的人们又从我们身上踏过去。"

"生和死，只有一张蝉翼似的幕隔着。"

"看电影记得有一个暴君放出狮子来吃民众。昨天的惨杀，这也是放出野兽来噬人。只恨死几十个中国青年，却反给五色的国徽上染了一片污点，以后怎能再拿上这不鲜明的旗帜见那些大礼帽，燕尾服的外国绅士们。"

这时候张敬淑抬下去看伤，用 X 光线照弹子在什么地方。她睡在软床上，眼闭着，脸苍白的可怕。经过我们面前时，我们都在默祷她能获得安全的健康。医院空气自然是阴阴森凄惨，尤其不得安神的是同屋里的重伤者的呻吟。清说她闭上眼便看见和珍，耳鼓里常听见救命和枪声。因此，得了狄大夫的允许，她便和我乘车回到女师大。听说和珍棺材，五时可到学校，我便坐在清的床畔等着。

我要最后别和珍，我要看和珍在世界上所获到的报酬。由许多人抚养培植的健康人格，健康身体，更是中国女界将来健康的柱石，怎样便牺牲在不知觉中的撒手中？

天愁地惨，风雪交作的黄昏时候，和珍的棺材由那泥泞的道路里，抬进了女师大。多少同学都哭声震天的迎着到了大礼堂。这时一阵阵的风，一阵阵的雪，和着这凄凉的哭声和热泪！我呢，也在这许多勇敢可敬的同学后面，向我可钦可敬可悲可泣的和珍，洒过一腔懦弱的血泪，吊她尚未远去的英魂！

粗糙轻薄的几片木板，血都由裂缝中一滴一滴的流出，她上体都赤裸着，脸上切齿瞪眼的情形内，赠给了我们多少的勇气和怨愤。和珍，你放心的归去吧！我们将踏上你的尸身，执着你赠给我们的火把，去完成你的志愿，洗涤你的怨恨，创造未来的光明！和珍！你放心的归去吧！假如我们也倒了，还有我们未来的朋友们。

她胸部有一个大孔，鲜血仍未流完，翻过背来，有一排四个枪眼，前肋下一个，腋下一个，胸上一个，大概有七枪，头上的棒伤还莫有看出。当扶她出来照像时，天幕也垂下来了，昏暗中我们都被哭声和风声，绞着，雪花和热泪，融着。这是我们现时的环境，这便是我们的世界，多少女孩儿，围着两副血尸！

这两副血尸，正面写着光荣！背面刻着凄惨！

无穷红艳烟尘里

一样在寒冻中欢迎了春来，抱着无限的抖颤惊悸欢迎了春来，然而阵阵风沙里夹着的不是馨香而是血腥。片片如云雾般的群花，也正在哀呼呻吟于狂飙尘沙之下，不是死的惨白，便是血的鲜红。试想想一个疲惫的旅客，她在天涯中奔波着这样惊风骇浪的途程，目睹耳闻着这些愁惨冷酷的形形色色，她怎能不心碎呢！既不能运用宝刀杀死那些扰乱和平的恶魔，又无烈火烧毁了这恐怖的黑暗和荆棘，她怎能不垂涕而愤恨呢！

已是暮春天气，却为何这般秋风秋雨？假如我们记忆着这个春天，这个春天是埋葬过一切的光荣的。他像深夜中森林里的野火，是那样寂寂无言的燃烧着，他像英雄胸中刺出的鲜血，直喷洒在枯萎的花瓣上，是那样默默的射放着醉人心魂的娇艳。春快去了，和着一切的光荣逝去了，但是我们心头愿意永埋这个春天，把她那永远吹拂人类生意而殉身的精神记忆着。

在现在真不知怎样安放这颗百创的心，而我们自己的头颅何时从颈上飞去呢！这只有交付给渺茫的上帝了。春天我是百感交集的日子，但是今年我无感了。除了睁视默默外，既不会笑也不会哭，我更觉着生的不幸和绝望；愿天爽性把这地球捣成碎粉，或者把我这脆弱有病态的心掉换成那些人的心，我也一手一只手枪飞骑驰骋于人海之中，看着倒践在我铁蹄下的血尸，微笑快意！然而我终于都不能如愿，世界不归我统治，人类不听我支配，只好叹息着颤悚着，看他们无穷的肉搏和冲杀吧！

有时我是会忘记的。当我在一群天真烂熳的小姑娘中间，悄悄地看她们的舞态，听她们的笑声，对我像一个不知道人情世故的人，更不知道世界上还有许多不幸和罪恶。当我在杨柳岸，伫立着听足下的泉声，残月孤星照着我的眉目，晚风吹拂着我的衣裙，把一颗平静的心，放在水面月光上时，我也许可以忘掉我的愁苦，和这世界的愁苦。

常想钻在象牙塔里，不要伸出头来，安稳甘甜的做那痴迷恍惚的梦；但是有时象牙塔也会爆裂的，终于负了满身创伤掷我于十字街头，令我目睹着一切而惊心落魄！这时花也许开的正鲜艳，草也许生的很青翠，潮水碧油油的，山色绿葱葱的；但是灰全烟火中，埋葬着无穷娇艳青春的生命。我疲惫的旅客呵！不忍睁眼再看那密布的墨云，风雨欲来时的光景了。

我祷告着，愿意我是个又聋又瞎的哑小孩。

梦 呓

一

我在拢攘的人海中感到寂寞了。

今天在街上遇见一个老乞婆,我走过她身边时,她流泪哀告着她的苦状,我施舍了一点。走前未几步,忽然听见后面有笑声,那笑声刺耳的可怕!回头看,原来是刚才那个哭的很哀痛的老乞婆,和另一个乞婆指点我的背影笑!她是胜利了,也许笑我的愚傻吧!我心颤栗着,比逢见疯狗还怕!

其实我自己也和老乞婆一样呢!

初次见了我的学生,我比见了我的先生怕百倍,因为我要在她们面前装一个理想的先生,宏傅的学者,经验丰富的老人……笑一天时,回来到夜里总是哭!因为我心里难受,难受我的笑!

对同事我比对学生又怕百倍。因为她们看是轻藐的看,笑是讥讽的笑；我只有红着脸低了头，咽着泪笑出来！不然将要骂你骄傲自大……后来慢慢练习成了，应世接物时，自己口袋里有不少的假面具，随时随地可以掉换，结果，有时连自己都不认识自己是谁？

所以少年人热情努力的事，专心致志的工作，在老年人是笑为傻傻的！青年牺牲了生命去和一种相对的人宣战时，胜利了老年人默然！失败了老年人慨着说："小孩子，血气用事，傻极了。"无论怎样正直不阿的人，他经历和年月增多后，你让和一个小孩子比，他自然是不老实不纯真。

冲突和隔膜在青年和老年人中间，成了永久的鸿沟。

世界自然是聪明人多，非常人几乎都是精神病者，和天分有点愚傻的。在现在又时髦又愚傻的自然是革命了，但革命这又是如何傻的事呵！不安分的读书，不安分的作事，偏偏牺牲了时间幸福生命富贵去作那种为了别人将来而抛掷自己眼前的傻事，况且也许会捕捉住坐监牢，白送死呢！因为聪明人多，愚傻人少，所以世界充塞满庸众，凡是一个建设毁灭特别事业的人，在未成功前，聪明人一定以为他是醉汉疯子呢！假使他是狂热燃烧着，把一切思索力都消失了的时候，他的力量是可以惊倒多少人的，也许就杀死人，自然也许被人杀。也许这是愚傻的代价吧！历史上值的令人同情敬慕的几乎都是这类人，而他们的足踪是庸众践踏不着的，这光荣是在血泊中坟墓上建筑着！

唉！我终于和老乞婆一样，我终于是安居在庸众中。我终于是践踏着聪明人的足踪。我笑的很得意，但哭的也哀痛！

二

世界上懦弱的人，我算一个。

大概是一种病症，没有检查过，据我自己不用科学来判定，也许是神经布的太周密了，心弦太纤细了的缘故。这是值的卑视哂笑的，假如忠实的说出来。

小时候家里宰鸡，有一天被我看见了，鸡头倒下来把血流在碗里。那只鸡是生前我见惯的，这次我眼泪汪汪哭了一天，哭的母亲心软了，由着我的意思埋了。这笑谈以后长大了，总是个话柄，人要逗我时，我害羞极了！其实这真值的人讪笑呢！

无论大小事只要触着我，常使我全身震撼！人生本是残杀搏斗之场，死了又生，生了再死，值不得兴什么感慨。假如和自己没有关系。电车轧死人，血肉模糊成了三断，其实也和杀只羊一样，战场上堆尸流血的人们，和些蝼蚁也无差别，值不得动念的。围起来看看热闹，战事停止了去凭吊沙场；都是闲散中的消遣；谁会真的挥泪心碎呢！除了有些傻气的人。

国务院门前打死四十余人，除了些年青学生外，大概老年人和聪明人都未动念，不说些"活该"的话已是表示无言的哀痛了。但是我流在和珍和不相识尸骸棺材前的泪真不少，写到这里自然又惹人笑了！傻的可怜吧？

蔡邕哭董卓，这本是自拍其殃！但是我的病症之不堪救药，似乎诸医已束手了。我悒郁的心境，惨愁的像一个晒干的桔子，我又为了悸惊的噩耗心碎了！

我愿世界是永远和爱，人和人，物和物都不要相残杀相践踏，众欺寡，强凌弱；但这些话说出来简直是无知识，有点常识的人是能了悟，人生之所进化和维持都是缘乎此。

长江是血水，黄浦江是血水，战云迷漫的中国，人的生命不如蝼蚁，活如寄，死如归，本无什么可兴感的。但是懦弱的我，终于瞻望云天，颤荡着我的心祷告！

我忽然想到世界上，自然也有不少傻和懦弱如我的人，假如果真也有些眼泪是这样流,伤感是这样深时,世界也许会有万分之一的平和之梦的曙光照临罢!

这些话是写给小孩子和少年人的,聪明的老人们自然不必看,因为浅薄的太可笑了。

偶然草

算是懒,也可美其名曰忙。近来不仅连四年未曾间断的日记不写,便是最珍贵的天辛的遗照,置在案头已经灰尘迷漫,模糊的看不清楚是谁。朋友们的信堆在抽屉里有许多连看都不曾看,至于我的笔成了毛锥,墨盒变成干绵自然是不必说了。屋中零乱的杂琐的状态,更是和我的心情一样,不能收拾,也不能整理。连自己也莫明其妙为什么这样颓废?而我最奇怪的是心灵的失落,常觉和遗弃了什么重要的东西一般,总是神思恍惚,少魂失魄。

不会哭!也不能笑!一切都无感。这样凄风冷月的秋景,这样艰难苦痛的生涯,我应该多愁善感,但是我并不曾为了这些介意。几个知己从远方写多少安慰我同情我的话,我只呆呆的读,读完也不觉什么悲哀,更说不到喜欢了。我很恐惧自己,这样的生活,毁灭了灵感的生活,不是一种太惨忍的酷刑吗?对于一切都漠然的人生,这岂是我所希望的人生。我常想做悲剧中的主人翁,但悲剧中的风云惨变,又哪能任我这样平淡冷寂的过去呢!

我想让自己身上燃着火，烧死我。我想自己手里握着剑，杀死人。无论怎样最好痛快一点去生，或者痛快点求死。这样平淡冷寂，漠然一切的生活；令我愤怒，令我颓废。

心情过分冷静的人，也许就是很热烈的人；然而我的力在哪里呢？终于在人群灰尘中遗失了。车轨中旋转多少百结不宁的心绪，来来去去，百年如一日的过去了。就这样把我的名字埋没在十字街头的尘土中吗？我常在奔波的途中这样问自己。

多少花蕾似的希望都揉碎了。落叶般的命运只好让秋风任意的飘泊吹散吧！繁华的梦远了，春还不曾来，暂时的殡埋也许就是将来的滋荣。

远方的朋友们！我在这长期沉默中，所能告诉你们的只有这几句话。我不能不为了你们的关怀而感动，我终于是不能漠然一切的人。如今我不希求于人给我什么，所以也不曾得到烦恼和爱怨。不过我蔑视人类的虚伪和扰攘，然而我又不幸日在虚伪扰攘中辗转因人，这就是使我痛恨于无穷的苦恼！

离别和聚合我到是不介意，心灵的交流是任天下什么东西都阻碍不了的；反之，虽日相晤对，咫尺何非天涯。远方的朋友愿我们的手在梦里互握着，虽然寂外古都，触景每多忆念，但你们这一点好意远道缄来时，也了解我万种愁怀呢！

灰　烬

　　我愿建我的希望在灰烬之上，然而我的希望依然要变成灰烬：灰烬是时时刻刻的寓在建设里面，但建设也时时刻刻化作灰烬。

　　我常对着一堆灰烬微笑，是庆祝我建设的成功，然而我也对着灰烬痛哭，是抱恨我的建设的成功终不免仍是灰烬。

　　一星火焰起了，围着多少惊怕颤战的人们，惟恐自己的建设化成灰烬；火焰熄了，人们都垂头丧气离开灰烬或者在灰烬上又用血去建筑起伟大的工程来！在他们欣欣然色喜的时候，灰烬已走进来，偷偷的走进来了！

　　这本来是平常的一件事，然而众人都拿它当作神妙的谜。我为了这真不能不对聪明的人们怀疑了！

　　谁都忍心自己骗自己，谁都是看不见自己的脸，而能很清楚的看别人的脸，不觉自己的面目可憎，常常觉着别人的面目是可憎。上帝虽然曾告诉人们有一面镜子，然而人们都藏起来，久而久之忘了用处，常常拿来照别人。

这是上帝的政策，羁系世界的绳索；谁都愿意骗自己，毫不觉的诚心诚意供献一切给骗自己的神。

　　我们只看见装璜美丽、幻变无常的舞台，然而我们都不愿去知道，复杂凌乱，真形毕露的后台；我们都看着喜怒聚合、乔装假扮的戏剧，然而我们都不过问下装闭幕后的是谁？不愿去知道，不愿去过问，明知道是怕把谜猜穿。可笑人们都愿蒙上这一层自己骗自己的薄纱，永远不要猜透，直到死神接引的时候。

　　锦绣似的花园，是荒冢，是灰烬！美丽的姑娘，是腐尸，是枯骨！然而人们都徘徊在锦绣似的花园，包围着美丽的姑娘。荒冢和枯骨都化成灰烬了，沉恋灰烬的是谁呢？我在深夜点着萤火灯找了许久了，然而莫有逢到一个人？

　　谁都认荒冢枯骨是死了的表象，然而我觉着是生的开始，因此我将我最后的希望建在灰烬之上。

　　在这深夜里，人们都睡了，我一个人走到街上去游逛，这是专预备给我的世界吧！一个人影都莫有，一点声音都莫有，这时候统治宇宙的是我，静悄悄家家的门儿都关闭着，人们都在梦乡里呓语，睁着眼看这宇宙的只有我！我是拒绝在门外和梦乡的人，纵然我现在投到母亲的怀里，母亲肯解怀留我：不过母亲也要惊奇的，她的女儿为什么和一切的环境反抗，众人蠢动的时候，他却睡着，众上睡梦的时候，她却在街上观察宇宙，观察一切已经沉寂的东西呢？

　　其实这有什么惊奇呵：一样度人生，谁也是消磨这有尽的岁月，由建设直到灰烬；我何尝敢和环境反抗，为什么我要和它们颠倒呢？为了我的希望建在灰烬之上，而他们的希望却是建在坚固伟大的工程里。

　　我终日和人们笑；但有时我在人们面前流下泪来！这不过只是我的一种行为，环境逼我出此的一种行为。我的心绝对不跑到人间，尤其不会揭露在人们的面前。我的心是闪烁在烨光萤火之上，荒墟废墓之间；

在那里你去低唤着我的心时，她总会答应你！而且她会告诉你不知道的那个世界里的世界。萤火便在我手里，然而追了她光华来找我的却莫有人。

我想杀人，然而人也想杀我；我想占住我的地盘，然而人也想占住我的地盘；我想推倒你，谁知你也正在要推倒我！翻开很厚的历史，展阅很广的地图，都是为了这些把戏。我站在睡了的地球上，看着地上的血迹和尸骸这样想。

一把火烧成了灰烬，灰烬上又建造起很伟大庄严美丽的工程来。火是烧不尽的，人也是杀不尽的，假如这就是物质不灭的时候。

人生便是互相仇杀残害，然而多半是为了扩大自己的爱，爱包括了一切，统治了一切；因之产生了活动的进行的战线，在每个人离开母怀的时候。这是经验告诉我的。

烦恼用铁锤压着我，同时又有欲望的花香引诱我，设下一道深阔的河，然而却造下航渡的船筏；朋友们，谁能逃逸出这安排好的网儿？蠢才！低着头负上你肩荷的东西，走这万里途程吧，一点一点走着，当你息肩叹气时，隐隐的深林里有美妙的歌声唤你，背后却有失望惆怅骑着快马追你！

朝霞照着你！晚虹也照着你！然而你一天一天走进墓门了。不是墓门，是你希望的万里途程，这缘途有高官厚禄娇妻美妾，名誉金钱幸福爱人。那里是个深远的幽谷，这端是生，那端便是死！这边是摇篮，那边便是棺材。我看见许多人对我骄傲的笑，同时也看见许多人向我凄哀的哭；我分辨不出他们的脸来，然而我只知道他们是同我走着一条道的朋友。我曾命令他们说：

"俘虏！你跪在我裙下！"

然而有时他们也用同样的命令说：

"进来吧！女人，这是你自己的家。"

这样互相骗着，有时弄态作腔的，时哭时笑，其实都是这套把戏，得意的笑，和失望的哭，本来是一个心的两面，距离并不遥远。

誓不两立的仇敌，戴上一个假面具时，马上可以握手言欢，作爱的朋友；爱的朋友，有时心里用箭用刀害你时，你却笑着忍受。看着别人杀头似乎是宰羊般有趣，当自己割破了指头流血时，心痛到全部的神经都颤战了！我不知道为了犯人才有监狱，还是有了监狱才有犯人；但是聪明的人们，都愿意自己造了圈套自己环绕；有宁死也愿意坐在监狱里，而不愿焚毁了监狱逃跑的。我良心常常在打骂我，因为我在小朋友面前曾骄傲我的宝藏她们将小袋检开给我看时，我却将我的大袋挂在高枝上。我欺骗了自己，我不管她，人生本来是自骗；然而几次欺骗了人，觉的隐隐有鬼神在嘲笑我！而且深夜里常觉有重锤压在我心上。其实这是我太聪明了，一样的有许多人正在那里骗我，一样有许多人也挂着大袋骄傲我？

我在睡了的地球上，徘徊着，黑暗的夜静悄悄包围了我。在这时候，我的思想落在纸上。鸡鸣了！人都醒了，我面前有一堆灰烬。

母亲！寄给你，我一夜燃成的灰烬！

然而这灰烬上却建着我最后的希望！

模糊的余影（节选）

一　车站上的离人泪

　　天空中布满着奇特变幻的云峰，把一颗赤日轻轻地笼罩着；微微底刮着些惠风，从树叶中发出一阵阵的音调；枝头的小鸟，也婉转啁啾着，都蕴蓄着无限恼人的深韵；我在不经意中醉化在这自然的环境内。我那时拿着一枝将枯的牡丹花嗅着，眼睛只望着窗外发呆；在讲堂的桌上堆着我那很简单而轻巧的行装——一个帆布箱，一只手提皮夹，一条绒毯；一把洋伞放在窗台上。此外还有芗蘅的几件同我一样。我们预定是十点钟到车站去。但在这几个时候中间，我觉着异常的沉闷；正这时光瘦梅来约我去找一位国文部同乡辞行去；在这一路上她告诉我旅行的检要和应当谨慎留意的地方，她拿着诚恳的声音说着；但在这言语的中间已略带着几分酸意，眼圈也印出一条红纹来。我把我托她的事都告诉她，她很会意，我们的交情是彼此心喻的，所以皮相上莫有什么可应酬的。

十点钟余由校中到车站去，我们一系共十二位，此外尚有博物系的十四位，坐了一大溜的洋车，路上的人异常注目。卧薪为了这次去南是不返北京的，所以她对这三年久住的学校未免有情，很依恋的不忍离开；走多远了她还在车上回顾那巍峨的校门。到了车站把行装安置好，我们另挂着一辆包车，所以很舒适宽大，空气也比较清爽些；在车门上插着一面白绸三角形的旗子，上边镌著"女高师旅行团"六个蓝呢字，顺着风飘荡着；月台上有许多朋友来送行，倍觉热闹。瘦梅一句话都不说，只默默地望着道旁的火车出神；她的心思现在必很复杂。我的枯花仍在我手绢中包着，她将永远萎死在这幅罗绫作墓田吗？我想些零碎的事情，不禁微笑了一声；瘦梅抬起她那冷静的面孔，向我脸上望了一下！也陪了一个苦笑，这时候我们的思想偕手了。

车站上的铃叮当声，把一个很热闹的空气，顿时消沉。每人心里都感到一种深刻的刺激；我们走的人都和送行的朋友握手告别，纷纷地都上了车。我在车上向下一望，一个京汉车站，都让我们女高的同学占满了；这时光我微弱的小心，都渐次收缩起来，在每人的面孔上都现着一种勉强的苦笑！最痛苦不过的就是那平素寸步不离，寝食与共的要好朋友。花前月下，有影皆双，猛然令她们受这种黯然消魂的离别滋味，这是多么伤心的事啊？当汽笛一声未完的时候，送竹雅的懿徽已不能再忍下去，如怒潮激山一样放声大哭起来！同情心的刺激，看了这种惨景，也不免落几滴热泪。当时车站上罩了一层愁幕——在旁人自然讥笑我们富于感情了！但我很希望这种同情心，都种在人的心田里，这细微的一点美德，足能够创造那和平的基石，在这崎岖的心腹中。

车慢慢地蠕动着！我同送行的同学都握别了；"前途珍重"的微细悲颤的小声音，都从那愁幕铺张的面孔表现出，不能不领着这微微弱的心去悲哀的洞里去。白帕渐渐隐在树阴里了！火车的速度也增加了，她们的心魂大概都追随着辗转在车轮下，但这无情的车轮已飞驰电捷，载着我们去了。只留得车外几行杨柳,隐约在两边窗外飞度;茫茫的一片青田,送来一阵香花的馨味;我们几双泪眼望了望,都默默地坐下。竹雅依然在哭泣,许多人都安慰不了,车里都薄薄罩着一层愁幕。我把绒毯铺好,睡下闭着眼回想那一幅图画,不知不觉地又笑起来,痴呆的人类呵!沉醉的朋友啊!这又何苦来,只不过一月的离别罢了;就是从此永别,也是人生的解脱;又何苦做这无味的悲泣呢?不过这是事后的心里,当那时候,我知道谁也莫有那样不动于衷的勇气吧?

四 湖北的教育

天气特别的清朗,俨然像含笑的面庞,映出明媚的容光,异常焕采,我坐在楼上的窗前写信,杨柳一缕缕向我飞舞,小鸟呢喃着向我告诉;树影的花纹印满了我的信笺,当时我把目前的风景,描写了告诉与我的朋友。信刚写完艾一情先生来领我们参观本校;这是我们实行参观的第一天。

湖北女师范闹风潮的事,我依稀在报纸上看见过,但我因那时并不十分注意,所以内容如何,我不知道。就表面看来是校长问题,这本是极容易解决的事情。办教育的人,知道校长不能胜任,使学生满足;那么就该鉴谅学生的苦衷,允他辞职另选贤能,何能为一个人的进退——饭年问题,牺牲了学生一年的功课,和黄金的光阴?这未免太对不住学生,而且对不住教育——女子教育。当时解散后,二百余名失学的同学,这种痛苦无可形容;又无相当的学校转学,男附中仍持闭关主义,不肯解放。想当时同学有多么可怜啊!

一年的痛苦,现在比较是愉快了:因为在我们未到湖北的前一星期,已恢复原状,这也是我们最欣慰的事,为湖北女子教育可以祝贺的!张健是该校新任的校长,系美国留学生,表面上看来办事尚热心,学生也十分满意。不过损失太大，此种善后办法，自然很难措手；但就表面上看来，女师开课第一星期，而教授管理方面，已初具规模，这或者是一个绝好的成绩。我很希望湖北女子教育为了这一次的摧残大放光明！

学级编制分师范五班，预科一班，人数共二百余人，经费一月需一三一三（元），小学和蒙养园都在内。学生生活的组织，因初开课尚未就绪，但湖北学生的精神活泼，精明强干之才，常溢于眉宇，是一眼能断定的。

附小即在师范的前院，人数得有三百；我们参观的时候恰值下课；仅见满院的小朋友，乱跃乱窜，如珠滚玉盘，异常的活跃。有几个手里拿着小皮球看着我们，在那里窃窃议论；我走到一个打红结辫子的一位小朋友面前，意欲问她几句话，但她只微笑着望着我，我愈亲近她，她愈远避。至今我回忆起来，依然能想到她那粉红的腮，墨黑的发，和那最含情的微笑。上课铃打了之后，一闪时都回到课堂里去，端端地坐在那里，眼只望着黑板，但有时依然要回头看着我们微笑。天真烂漫活泼可爱的小朋友，只在不经意的微笑中涌现出爱的苗来！

参观高小二年级的体育教授，教师纯以哨声作口令，倒很别致；不过不容易引起学生的精神，未免失之机械。运动多半属于四肢，莫有躯干的练习；胸部简直是莫有运动，所以学生多半是弓腰和头前倾的不正姿势。教员未免太舒服了，只站在旁边背着手瞧着，反而让学生一个个出来示范；一切不正确的姿势，教师概不加以临时的矫正，和自己模范的示范，总括起来批评，教师莫有明了体育的真目的，学生自然得不到体育的真精神，这是无可讳言的。蒙养园因时间的短促，未得去参观，未免觉着遗憾，因为蒙养园主任，是我们女高保姆科毕业的同学罗君，那么，一定另有一番新的教材和教授，但现在只可想象罢了。

出了女师范依然看见莲渠清溪，岸旁杨柳，一阵阵清风送着荷香，慢慢地卷起我的衣襟。在树木阴蒙的对岸，依稀能看见高师附中的楼房和电灯公司的烟筒。踱过了小桥，在石级上见许多妇人在那里洗衣服，见我们过去，都赞美我们的伞的美丽，停了她们的工作，望着我们过去。武昌高师附中的校舍，前面一排楼房是刚竣工的，对于采取光线和流通空气尚好；临窗可以看到我们经过的莲池和柳堤。

参观四年级甲组会话，系外国人教授，桌上放着教授中所应用的实物。四年级乙组上几何。学级编制有五级，一、二、三、四年级共分甲组乙组，全校人数共二百，寄宿者一半，经费每月一八八四（元）。管理方面，每日整队点名后，朝操十分；七时半朝会，大旨是鼓励其善，劝勉其不善。体育方面的组织，有网球队，篮球队，垒球队，田径赛队及各种游艺。

学生自治的能力很强，学生自治会能使学校中校务公开，经济公开。并不是虚牌号，他们调查实行的成绩、报告、一览表，还挂在壁间，我们都能一目了然的。这一层我异常的佩服附中同学自治的能力。

我零碎看到的事物和感想，不妨在这里略叙一点：我看见附中的学生比较上看来，年龄上有许多很大的；而且对于清洁方面绝少讲求，寝室里面限于地方狭小，故空气不甚流通，清洁亦殊欠讲究。寝室和饭厅距离很近，虽限于地址，但对于卫生方面似不合适。如有机会仍以隔开为佳。

高师的附小，民国四年时同附中是合并在一起的。七年的时候不戒于火，故八年始将楼房建起的，因不宜于小学之故，九年遂实行分居，但因校款拮据经费无着，不能继续建造，几间校舍已不敷用；十一年校款解决后，始着手进行，现正在建筑中。

小学的编制现在都是单级，无复级，小学共七级，高小三级，去年改其编制，故科目亦稍有变动：唱歌，谈话（修身科），国文，数学，读书（有一二年级合读或工作），自然研究（在低年级为观察室内外极简单之事物，如有问题，使学生提议，书于板壁，第二日研究其心得）。社会科有三钟，自然科有一钟，室内实验共三十分钟。

教授的方面在国民三四年级，仍照惯例，在其他科目教授的方法次序都有不同：讲演科先由学生提出问题，然后教师指导其读书，读毕教师令其研究讨论，实地发展其心得；而后教师再加以引导和矫正。文艺有课本，不过因其教材多缺乏文学兴味，所以另选文艺排印好付学生。此外数学有书，史地有书，另外尚有笔记和讲义作参考。

现无蒙养园，因无地址故，拟在明年成立。校中经费一月需一二一八（元）。教职员十五人中有女教员五人，学生得分七班，人数二百余。附小的教授训练管理，我觉着非常的满意，所培养的学生，完全是民治主义时代的产物，有活泼的精神，充足的常识，重公德，守规律，整齐清洁，莫有一样不讲究，足见教师们的苦心训练，及学生的自动能力。在湖北的教育，这个学校最令我满意。

国二一年级的小学生的教室，装饰的异常美丽，有名人的照像，著名的风景，美丽的画片和图画，琳琅满目，美不胜收。有小的玻璃橱，里面放着儿童的用书，可以随便阅览。每级教室的门壁上，有每周学生出版的新闻纸，里面有文艺小说、笑话、论坛、时论、滑稽画，大半多是关于国事痛心，唤醒民气的作品。可惜是下午去的，莫有赶上参观教授。

昨夜梦同纫秋共舟渡江，在甲板上清风徐来，水波不兴，正亢喉高歌，俯仰宇宙的时候，纫秋凭在我的肩头，指着东北角上让我看：只见一道白光起伏江中，渐渐地扑着我们的船头而来，风声呼呼地如虎一般怒吼，一个白浪扑头而来，当时把我惊醒。恰好窗外雷电交集，大雨倾盆，在旅客的心中发生了许多感想，默计明天一定不能出去参观。窗上现鱼白色后，我起床梳洗毕，握管与北京的朋友写信。用早餐后我看《创造》几页。下午同艾一情先生参观高师。高等师范的校舍规模很大，校舍亦建筑的合宜，地势很好，建在蛇山的旁边。这是湖北教育最高机关，所以一切设施，也比较完备，但不过也是同北京教育界一样的闹穷。

分科为八系，男生共四百人，女生正科九人，旁听生二十人，去年开始完全开放，招收女生；下学期拟开文学教育研究科，数学研究科。经费每月二万八千（元），临时一万（元）。设备有博物标本室，动、植、矿、生理标本分列一室。关于此类，武昌标本特别丰富，所以武高的博物科学素负盛名，诚然。理化实验室、标本室同化学用品室，设备尚完全。自修室每一间六人，同北高仿佛；在楼上空气清鲜，光线也明亮。寝室每一间四人，比较附中已清洁整齐多了。女生寄宿舍另住一偏院，很僻静。

武高学生会昨日已来公函与我们参观团，定在今天下午二时在本校大礼堂开欢迎会并设茶点。所以我们略一参观之后，已经到了时候，学生会主席请我们赴会。大礼堂在蛇山上，稍高，有石阶可达，由下边看去，掩映在树叶飘动的碧柳中，很露着一种伟大而幽雅的景象。当我们上去的时候，已经看见大礼堂黑压压地站着许多人，见我们进去，都一齐鼓掌欢迎。他们是很诚恳地欢迎我们。主席报告了之后，有五六位同学随便讲演，他们的唯一共同目的有三点：一、武高北上请愿，感谢我们的援助；二、希望我们奋斗去作教育事业，谋未来的光荣。三、就是对于湖北教育，痛加批评。我是参观团内的交际，所以致答辞是我不容辞的职务，只好上台去答复几句。但是一阵掌声，几乎把我的灵魂收不拢来！欢迎会完了，在应接室用茶点，有几位学生会的干事陪着，三钟始尽欢而散，我们遂回到女师范去。

总结起来说湖北的教育，环境非常恶劣，上等有力的社会中坚人物，他视教育是无足重轻，可有可无。所以湖北的小学教育，异常的不发达！路上失学的儿童举目皆是，全省小学教育不到二十处，只有五千就学的儿童，失学的儿童有五万之多。我们在路上常常能听到诗云子曰的朗诵声，私塾多于小学有数倍。凡上等社会科长秘书等类的子弟，大概都不准入学，仅会写自己的一个名字，往往有十五六岁而不懂加减乘除，仅能临帖、做八股。这是何等的可怜啊！所以我以为湖北现在需要的就是小学教育，施行普及的方法，和救济一般贫穷失学儿童，只有广设平民学校是唯一的妙谛，我很希望中学和中学以上的学校，努力做这种事业去。三四天的形式上参观，如何能看到教育上的利弊，但这一点意见我观察的结果，觉着是很急需的！官厅既不可靠，那么，我们青年应该努力地做去。

五 武昌的名胜

天晴后空中幻出五色彩云，捧着一轮赤日，慢慢地披开了砌叠的云幕，撇开了朦胧的愁网，冉冉走出，在宇宙中当时焕着耀目的奇彩！我们参观团在这时光，遂踱过莲池，经过鄂园，向着抱冰堂而来。

抱冰堂建在蛇山上，由下边一级一级地上去，绿树阴蒙中，隐现着红绯娇白和画楼雕梁。一阵惠风披襟，花香浮动，只见万紫千红涌现眼底，我们进了抱冰堂的大厅，壁上系着古画屏联，中间放着古瓶二个，高约四尺；凡武昌雅人伟士都在这个地方宴会。地周围约有一万二千九百四十八方丈。抱冰系张之洞的别号。张之洞督鄂的时候，鄂人感公盛德，故建此堂，为公生祠。大厅的西面，相距约五十步，有很庄严的五间大厅，双门锁闭甚严，推开门只见灰尘满地，蛛丝满壁；中间的神龛供着张文襄公的牌位，旁边有黎元洪立的碑。

晴后小径中青石粘土，十分泥滑；两旁千条垂柳，常绾鬟角。再上去是十桂堂，张叶如幕，桂树林立，可惜这不是秋高月圆时。站在十桂堂的中间由树缝里看见长江如练，民房似栉，可以看见纺纱厂的烟筒；黑云萦绕，烟雾轻罩，凉风过处，心神为之一爽！这是何等舒适逍遥的境界啊！可惜上去了一大群丘八，我们只得远避。从石砌的道上过去，有小亭有假山，怪石奇岩，嶙峋无状，我们在这里照了一个游像作纪念。他们都走过去了，我坐在小石上，听着小鸟的啁啾，布谷的婉转，一声声都令人感到一种超然神游的景象。碧天的游云，阶前的落叶，飘萍无踪，荣枯靡常。转瞬间我又车声帆影，飘游于何处何乡？

人生如逆旅，在浅的心里常印着斑点模糊的追忆迹象……在我思想深入的时候，忽然有人在我肩头一拍，吓的我跳起来，回头一看，原来是惠和，她笑嘻嘻地手里拿着一束草花。我遂携了她的手，由小径中穿出，浓茵铺地，碧草拂鞋，一阵草香扑鼻欲醉。地址虽有大，但结构异常精巧合度，风景恕画，涌现千里，而且静寂阴蒙幽雅最宜人。比较黄鹤楼的术士乞丐汇集者，当然有雅俗的分别了。

二十五号的下午，参观了附小以后，雇车到黄鹤楼去。我同芗蘅先到的。只看见些败壁颓垣，萎靡万状，乱石堆集。我同芗蘅也不知道黄鹤楼是何处上去。后来逢到一位小学生，是附小的学生，请他给我们领路，上了一道石坡就到了。只看见很巍峨灿烂辉煌的高楼，我以为是黄鹤楼了，原来是照像馆。这楼的顶上，镌着个展翅的黄鹤；两旁有一副对联是：

眼底汉江空色相，楼头云鹤复归来。

由这楼往西，就看见一座一座的相面算卦的棚和命馆，进了张公祠，登了奥略楼，临窗一望：江水滔滔，涌现眼底，帆影如雁，鹚跖上下。在碧云黄涛的尽头，依稀如翠螺堆集的，就是龟山，对着奥略楼有一座西式茶楼。高出云霄的，就是黄鹤楼故址，在我们未到杭州之先，就听说这楼又塌了。

张公祠就是张文襄公的祠，现在湖北教育联合会在里面；所以奥略楼上有张之洞自题的"日朗云空"四个字的大匾！两旁的对联是：

昔贤整顿乾坤，缔造都从江汉起；
今日交通文轨，登临不觉亚欧远。

这是张之洞所撰，辛亥之役，不知沦于何所，壬戌秋重建，请教育厅宗蔡重书。奥略楼下壁上有王羲之的一笔"鹅"。从奥略楼下去，就是吕祖庙，里面香烟缭绕，令人头晕。里面有吕祖的骑鹤吹箫的像在壁间挂着，对联是：

鹤飞楼在名千古，
地缩仙归道一家。

我同惠和在签筒里抽了一枝上上签，她们都笑我们迷信。出了吕祖庙，走不了三步，就有乞丐来索钱，男女老幼都有；原来这是黄鹤楼的出产。黄鹤楼在我心坎中的印象根深，但我觉着除了上了奥略楼望长江外，没有一样入目的东西，只见龌龊的乞丐，崎岖的道路；败垣乱草中，又有金碧辉煌的大餐馆显真楼，中国人不知正当的保存古迹是何等的可惜。

二十六号的上午我们乘着汉阳兵工厂的武胜轮破浪直进，在烟波江上，只见风帆上下，浪花飞溅；放眼望去，龟山临左，蛇山傍右，武昌、汉阳、汉口鼎足相向，湖北形势为历史上最著名，实在，诚然。船入汉水未久，而汉阳已在目前，两岸树木林立，浓绿阴深，不觉忆及古人诗"晴川历历汉阳树，芳草萋萋鹦鹉洲，日暮乡关何处是，烟波江上使人愁。"武胜轮拢岸后，我们遂舍舟登陆，陡觉炎热凌人，清凉隐逸。走得十余步，已抵汉阳兵工分厂。地址阔广，每一工厂，相距甚远；汽炉炉煤之气，扑鼻欲呕！先至漂棉厂，就是将烂棉花入锅漂过。磨棉厂，汽炉房，马力房，都在这一方，比较尚近，不需多走路就到了。此外又到拌药房，切药新厂，压药新厂，矿炉房，硫酸厂，真空房，酒精厂，枪厂，木枪房，炮厂，钢壳厂，机关枪厂，枪弹厂，打铁厂，木样房，机器厂，图案课，由上午九点钟参观到十二点钟，赤日当空已属炎热万分，再加上参观的工厂，不是机声轮轮，就是汽煤呕人，头晕目眩，痛苦万分。但一想到工人的辛苦，我们也只好勉力的向前；对于工厂的组织和化学配合，纯粹是门外汉，参观所得仅仅一种形式而已。参观完兵工分厂后，遂返汉水原下船处，仍乘武胜轮至兵工总厂，其督办杨文亮的夫人偕其大女公子、大少爷在门外欢迎，至会客厅稍息，幸而有几瓶汽水，才把这一上午的积热逐去。又至总厂参观造枪炮之机器及程序，其工厂分法与上所述分厂同，不详。我看过一遍，见工人在煤气中生活是何等危险；而其点滴血汗所造成的杀人利器，既不能保障国家的富强，反用以作残杀同胞的工具，这是何等可怜，可惜！中国军阀！中国军阀！何其浑昧如斯呵？炮厂现在正为某军阀赶做绿（氯）气炮，可知其阴蓄之久，而中国内乱其有已时吗？

参观完又返总厂的会客厅，督办请我们吃大餐；最有趣的事是督办的母亲杨老夫人，她很奇怪我们这次出来参观。她的心理仍以为是闺阁小姐何能事万里长征。所以她在会餐的时候，问了我们三句有趣的笑话，第一句是：谁家有这些女儿？第二句是：谁家要这些媳妇？第三句是：何处找这许多婆家？这是个很难答的答案，我们只好付之一笑吧！饭后，杨督办拿来许多纸，让我们每人随便写几句话留作纪念。我们为了这一饭之德，更不好推辞，只好每人随便写几句感谢祝贺的话；这一来把我们女高师的程度都考去了。

客厅后面有极幽雅的小园，绿树阴覆如遮翠幕，遇一极小之茅亭，碧波荡漾，游鱼上下，池心有朝天荷叶，映日红莲；池旁杨柳树下，有白鹇一双，头藏内颈内，正在酣眠。由树林中望去，真神仙佳境。我在这里忽然想到一件极悲哀的事，一腔热泪，夺眶而出，故人何在？旧景虚幻，所留的仅这点触景的回忆，和我这天涯的飘萍！

四围黑云渐渐地包拢来，一轮赤日已隐回去；清风送着草香荷馨，令人神醉。我们二十余人，掩映出没在这小园中，陡觉园林生色，草木欣然。我同芗蘅在一片山石上坐着，谈去年今日在北京时的情景。看看天上云愈堆愈厚，照像馆已有人来了，我们就择一块前有小泉，后有青山的地方，站着的坐下的照了个像。

照像后，尚有一个铁厂未去参观。我因为精神困倦的缘故，所以同芗蘅、惠和走到江岸去找船。但这时候江里的风浪很大，天气阴沉，不久即雨，我不敢去冒险，遂又回到铁厂的应接室休息。里面有茶点有电扇，我遂躺在睡椅上假寐，略养心神。这时候雨声淅沥，乱洒蕉叶，又换一幅无聊之景。五时天始霁晴，去参观铁厂的同学已回来，遂一同至江畔，仍乘武胜轮返武昌。一路风浪甚大，汉江苍碧，一望无际，远眺云霞灿烂，虹采耀目，江上风景殊觉宜人。我们在甲板上曼声唱《卿云》之歌，余音萦绕江上，许久不息，临风披襟，心神为之一爽！

八 金陵的古迹

一、鸡鸣寺

由东大参观后，步行游鸡鸣寺。缘途张绿树幕，铺苍苔作毡。慢慢地上台上（即鸡鸣山），幸而有两旁的杨槐遮赤日，山间的清风拂去炎热。到了半山已望见鸡鸣寺，隐约现于浓阴中。惠和拉着我坐在路旁的一块石上稍息。望下去，只见弯曲的成了一道翠幕张满的道。赤日由树叶的缝里露出，印在地下成了种种的花纹。在那倾斜的浓绿山下，时时能听到小鸟啁啾，和她们娇脆的笑声，在山里回音，特别觉着响亮！我同惠和、宝珍并着肩连谈连笑的上山去，约摸十分钟的时间，已到了鸡鸣寺前，一抬头就看见对面壁上，画着一幅水淹金山寺的图；寺门上有四个大红字是"皆大欢喜"。进去转了有一二个弯就到了正殿；钟声嘹亮，香烟萦绕，八大罗汉里边，只有二三个穿着新衣服——金装，其余都破衣烂裳，愁眉苦眼，有种很伤心的样子！罗汉中同时有幸有不幸啊！

临窗为玄武湖，碧水荡漾，平静如镜。苍苔绿茵，一望皆青。远山含烟，氤氲云间。我问庙里的道士，说是："幕府山"。窗下一望，可摸着杨柳的顶头，惠风中颤荡着的杨柳，婀娜飘舞，像对着我们鞠躬一样！湖山青碧，景致潇洒，俯仰之间，只觉心神怡然，融化在宇宙自然之中。我们六七个人，聚在一桌吃茶，卧薪伏在窗上慢慢地已睡去。我们同芗蘅谈到北京东岳庙里的鬼，说着津津有味的时候，艾一情先生说："天晚了，走吧！"我们遂出了正殿，我临走的时候，向窗下一望，已披了一层烟云的幕，把湖山风景遮了起来。一路瑟瑟树声，哀婉鸟语；深黑的林内，蕴蓄着无穷的神秘和阴森。台城的左右，都是革命志士的坟墓，白杨萧森，英魂赫耀，一腔未洒完的热血，将永埋在黄土的深处！

二、明陵

六月二号的清晨，我们由华洋旅馆出发，坐着马车去游明陵。一路乱石满道，破垣颓壁，倾斜路旁；烬余碑瓦，堆成小屋，土人聊避风雨；一种凄凉荒芜景象，令人不觉发生一种说不出的悲哀！行了有三里路，就到了朱洪武的故宫，现在改为古物陈列室。里边的东西很多，但没有什么很珍贵的；有宋本业寺嘉定经幢，冶山阴八卦石的说明：

朝天宫宋为天庆观之玄妙观，又改永寿宫；明洪武十七年，赐令百额朝贺习仪于此，自杨溥以来即为宫观。此石传有四世。

又传冶山之清殿下，为明太祖真葬处。石为青石所刻，在美正学堂在东北角治操场，握得此石。

（还有）方氏荔青轩石刻残石，凤凰台诗碣残石，六朝宫内的禁石础。《凤凰台碑记》节录如下：

"金陵凤凰台在聚宝门内花盝冈，南朝宋元嘉中有神爵至，乃置凤凰里，起台于山中……台极壮丽，凭临大江，明初江流徙去，凤去台空，此碑始出土。"

此外尚有多种，不暇细看：有明隆庆井床，旧在聚宝门内五贵桥上；鸡鸣寺甘露井石，铜殿遗迹，系粤军毁殿时所余，重十八斤，佛十七座；明报恩寺塔砖（第八层），高一尺四寸，宽一尺，为苏泥制，上镌佛像多尊。一大明通行宝钞铜版；六朝法云寺铜观音像；清瑞云寺古藤狮像，此像神奇如活现；上坐佛极壮丽活泼，刻工非常精细，高约四尺余。此外有宋朝刀剑数种，梁光宅寺铸名臣铜像。最令人注意的就是中间所立的方孝儒血迹碑，据云天阴时血迹鲜赤晶莹；有左宗棠书明靖难忠臣血迹碑记。在此逗留仅二十分钟，故所得甚少。上述皆当时连看连写，惜未能多留。此团体旅行之不便处。我出了陈列所的门，她们已都上车，芗蘅仍在车旁等着我。一路青草遍径，田畦皆碧；快到明陵的时候，已看见石人石马，倒倾在荒草间，绿树中已能隐约地望着红墙。我们下车走了进去，青石铺地，苍苔满径，两旁苍松古柏，奇特万状；有治隆唐宋大碑，尚有美、英、日、俄、法、意六国保存明陵碑。中国古迹而让外人保存，亦历史怪事。正殿内有明太祖高皇帝像，下颚突出，两耳垂肩，貌极奇怪，或即所谓帝王像应如此。入深洞，青石已剥消粉碎；洞尽处，一片倾斜山坡，遍植柏槐；登其上，风声瑟瑟，草虫唧唧，小鸟依然在碧茫中为数百年的英魂，作哀悼之歌！

<h3 style="text-align:center">三、紫霞洞</h3>

循着孝陵的红围墙下，绕至紫金山前，我一个人离了他们，随着个引路的牧童走去，在崎岖的山石里，浓绿的树荫下，我常发生一种最神妙幽美的感觉。在那草径里时有黄白蝴蝶翩翩其中，我在野草的叶上捉了一个，放在我的笔记本里夹着。我正走着，山石崎岖，厌烦极了，觉着非常干燥，忽然淙淙的水声，由山涧中冲出，汇为小溪，清可鉴底，映着五色的小石，异常美丽。我遂在一块石头上洗我的手绢，包了一手绢的小石头。我正要往前走，肖岩在后边说："等等我。"她来了，我们俩遂随着牧童去。路经石榴院，遍植榴花，其红如染，落英满地，为此山特别装点，美丽无比。

牧童说："看！快到了！"只见一片青翠山峰，岩如玉屏，晶莹可爱！遇石桥，拾级而上，至半山已可望见寺院，犬闻足音，狂吠不已，牧童叱之，遂默然去。至紫霞道院，逢一疯道人，是由四川峨嵋山游方至此。其言语有令人懂的，有令人百思不解的；其疯与否不能辨，但据牧童说是："不可理，说起来莫有完"。紫霞道院中有紫霞洞，其深邃阴凉，令人神清，有瀑布倒挂，宛然白练，纤尘不染，其清华朗润，沁人心脾！忽有钟声，敲破山中的寂寞，拨动着游子的心弦。飘渺的白云，也停在青峦。高山流水，兴尽于此。寻旧径，披草莱，回首一望，只见霞光万道随着暮云慢慢地沉下去了。

<h3 style="text-align:center">四、莫愁湖</h3>

进了花岩庵已现着一种清雅风姿，游人甚多，且富雅士。楼阁虽平列无奇，但英雄事业，美人香草，在湖中图画，莲池风景内，常映着此种秀媚雄伟，令人感慨靡已！

登胜棋楼,有徐中山王的像;两旁的对联好的很多:

英雄有将相才,浩气钟两朝,可泣可歌,此身合画凌云阁;
美人无脂粉态,湖光鉴千顷,绘声绘影,斯楼不减郁金香。
风景宛当年,淮月同流商女恨;
英雄淘不尽,湖云常为美人留。
六代莺华,并作王侯清净地;
一湖烟水,荡开儿女古今愁。

同惠和又进到西院,四围楼阁,中凿莲池,但已非琼楼绮阁,状极荒凉!有亭额曰"荷花生日",两旁的对联是:

时局类残棋,羡他草昧英雄,大地山河赢一著;
佳名传轶乘,对此荷花秋水,美人心迹更双清。

对面有楼不高而敞,额曰"月到风来",惜隔莲池,对联未能看清楚。再上为曾公阁,横额为"江天小阁坐人寰",中悬曾文正公遗像一幅,对联为:

玳梁燕空,玉座苔移,千古尚留凭吊处;
天际遥青,城头浓翠,一樽来坐画图间。

凭窗一望,镜水平铺,荷花映日,远山含翠,阴木如森,真的古往今来,英雄美人能有几何?而更能香迹遗千古,事业安天下,则英雄美人今虽泥灭躯壳，但苟有足令人回忆的，仍然可以在宇宙中永存。余友纫秋常羡英雄美人！但未知英雄常困草昧，美人罕遇知音，同为天涯憾事！质之纫秋，以为如何？

壁间有联，如：

红藕花开，打桨人犹夸粉黛；
朱门草没，登楼我自吊英雄。
憾江上石头，抵不住浊流尘梦，柳枝何处，桃叶无
踪，转羡他名将美人，燕息能留千古；
问湖边月色，照过了多少年华，玉树歌余，金莲舞后，收
拾这残山剩水，莺花犹是六朝春。
江山再劫，收拾残局，好凭湖影花光，净洗余氛见休壑；
楼阁周遮，低回灵迹，中有美人名将，平分片席到烟波。

莫愁小像，悬徐中王像后凭湖的楼上，轻盈妙年，俨然国色，眉黛间隐有余恨！旁有联为：

湖水纵无秋，狂客未妨浇竹叶；
美人不知处，化身犹自现莲花。

因尚有雨花台未游，故未能细观湖光花影，殊为长恨。莫愁俗人，或以为楼阔平淡，荷地无奇，湖光山色，亦不能独擅胜概。但仁者见仁，智者见智；胸有怀抱的人登临，则大可作毕生逗留！湖光花影，血泪染江山半片，琼楼绮阁，又何莫非昙花空梦！据古证今，则此雪泥鸿爪，草草游踪，安知不为后人所凭吊云。

未游秦淮河，未登清凉山，雨花台草厅数间，沙土小石，堆集成丘。

除带回几粒晶洁美颜的石子外,其余金田战绩,本同胞相残,无甚可叙,省着点笔墨,去奉敬我渴望如醉的西湖罢!

十 西湖的风景

(另有诗独咏西湖,题为《烟水余影》,登《诗学》刊十一期)

西湖风景,我怀慕渴望已非一日;在学校我的朋友多是浙江人,往往月下花前,谈西湖名胜,辄令我神游梦寐;在那时"西湖"已深深地镌印在我的心里,种着很深的苗。所以当时我能把心神都化在那里,在细纹的湖水里,反映出我的影子;我才知道不是梦境的虚幻。但我在西湖逗留了五六天,所得的印影,都如电光一瞬;现在想起来,依然是梦境,所余的仅仅一点模糊回忆。我现在幽居在山城里,窗外雨声淅沥,恼人愁怀;欹斜花影,反映纸上;我披卷握管,预备把我的回忆和当时情形,写在纸上;但这是最令我胆怯的。我的心异常的懦弱,竟使我写不下去。这时候我接到君宇的一封信,他这信是和我谈风景的,中有一段和我现在濡毫难下的情形相同:

  本来人与宇宙,感着的不见得说得出,说出的不见得写得出;口头与笔端所表示的,绝不是兴感的整个。就像我自己,跑遍了半个地球,国内东部各省都走过了。山水之美虽都历历犹在目中,但是要以口或笔来形容它们,我总是做不出。有时我也找得最好的诗句,恨笔不在手底不能写出来,然而就是当时笔在手边又何尝写得出呢?好的诗句,是念不出的,更是写不出的;好的风景是画不出的,更是描不出。越是诗人,越多兴感,越觉得描写技短,又何怪你觉你游过的景物不可写出呢?然而我总愿世人应得把他的才能志愿,将宇宙一切图画了出来。

你不笑这是个永不能达的妄想吗？

这信内说的非常透彻，但我准不能为西湖而搁笔，只好尽我的能力做去。

六月五号的下午，我们去游西湖。一望湖水潋滟，一片空明，千峰紫翠；冠山为寺，架木作亭，楼台烟雨，绮丽清幽；昔日观画图恐西湖不如画，今乃知画何足以尽西湖？我们坐着小艇慢慢划着；微风过处，金鳞涌像，烈日反映，幻作异彩。只见碧波茫茫，云天苍苍，远山含翠，若烟若雾；一支小艇飘荡着如登仙境。我们同学都衣裳翩跹，意欲凌仙；惠和穿着极薄的绛纱，永叔服着一套绡裳，映在碧波中未尝不与西子增色！慧文向划船的要了桨，想自己撑，但不料反退了回去；我们都笑了起来！两岸绿树之影，映在湖中，碧嫩欲滴，我们一齐都唱起《杏花村》来，协着水中反应，声如玉磬。柳扬水面，映着阳光万点，如绢上的云霓宝钻，撒手一幅彩光万道（图）。美哉！西子。

我们到了苏堤东，有洲，洲旁有三塔影入洲中，就是"三潭印月。"船拢岸上陆，为"小瀛洲"；四围碧树阴豪，如遮绿幕，回亭水上，横匾为"饮渌"，联为"一桥虚待山光补，片席平分潭影清"。过假山有亭，横匾为三亭字"亭亭亭"，联为"至此地空邀明月，问谁家秋思，吹残玉笛到三更？记故乡亦有仙潭，看一样湖光，添得石桥长九曲"。此处如：

波上平临三塔影，
湖中倒映一轮秋。

四面山光湖水，相映皆碧；中有三塔，内分三潭，青山映潭，潭水印月，宇宙之美，即非中秋来此，俯仰之间都是良辰佳景。几排疏柳中，可以望见断桥残雪；几扇翠屏里，可以看着"雷峰夕照"。仰视青天白云，潭水映影，顿现我象；惜无明月对我，斟酒当歌！莲荷摇曳其上，游鱼游荡于下，小艇一只，撑破荷叶，缓缓渡来，人耶？仙耶？杨万里咏西湖有句：

毕竟西湖六月中，风光不与四时同；接天莲叶无穷碧，映日荷花别样红。

诚然！不到其处，不知古人写景之妙。我来恰在六月（但非阴历），虽荷花未映日，而莲叶接天，一望皆碧。返故道上船，有月门额曰"竹径通幽"。我拉了金环进去一望，只见青竹撑天，曲折九回，从篱中能望见湖水，其明如镜。尚有明孝贤祠，卧薪说无奇，故牺牲不去看。上船又至白云庵，清高宗题为漪园。净慈寺里有运木古井，济颠当日曾在此运木，留在井中的。老和尚给我们把烛系在绳端放下去看，真是一块木头在里边。

"南屏晚钟"，南屏在净慈寺之后，正对着苏堤，寺钟一动，山谷皆应。据说是济公的显圣处，因为他曾在净慈寺做过书记。雷峰塔在净慈寺前，现已倾塌中空，我同孝颜，披蒙茸，拂苍苔，拾级登雷峰，乱石堆集，悬石欲坠。"俗传这里的砖作炉灶可集福，所以现在的砖都被人拿去"，这是慧文告我说的。我只觉四面风来，摇摇欲倒；吹我衣襟，翩然欲飞，阴沉之气扑入欲咽。俯望西湖，银光灿烂。塔为绛色，矗立于碧绿里，反映在湖水中，而其美丽更在夕照时。昔有姓雷的筑庵于此，后吴越王妃黄氏，就此处建塔，遂名雷峰塔。俗传青白两蛇，镇压塔下，此塔现已倾颓，苟白蛇有能，想早已腾空逃去？

"花港观鱼"，在"映波"和"锁澜"二桥的中间，池中有大金鱼，以饼作饵，鱼始现出。茅亭上遍植藤萝，景致幽雅，卧薪在这里请我们吃茶；清凉草香，令人心醉。竹篱外隐约能看见游人的衣杉飘动。上船后到红栎山在，俗称高庄，两旁竹高丈余，风过处瑟瑟作声，有一种特别的韵调。我们在高庄的后门等船，只见一支白帆的小艇，慢慢地由断桥下撑来；我眼睛只望着这小船；忽然卧薪在后边叫我去看她买的香珠。从这里上船到水竹居，俗叫刘庄，在秀隐桥西，是香山刘学询所建。它的风景佳处，可以在联语中看出：

山色湖光，倒影浑成天上下；
花明柳暗，闻香不辨路西东。
泉石亦经纶，揽全湖多少楼台，试大开绮户，偏倚雕栏，
对西子新装，如此文章真美丽；
琴尊容啸傲，游佳日联翩裙屐，有万树琪花，四围岚翠，
话天台轶事，本来家世即神仙。

其亭台楼阁花草之美，为湖上庄墅的第一；有藏书处叫望山楼，登其上觉一湾碧水，万叠青山，看烟云变态，共风月清淡，并可以领略万壑中的涛声，六桥间的烟景。

"湖心亭"是明朝知府孙孟建的，初名"振鹭亭"，清圣祖题"静观万类"楼。如明月一轮镌入碧青，如微云一朵，点上河汉；翼然水面，恰在湖心。有"静观万类，天然图画"八字，为清圣祖御书。有联为：

春水绿浮珠一颗，
夕阳红湿地三弓。

游毕"湖心亭"，遂棹归桨；云山模糊，幕烟朦胧；像撒了满天的红霞，被罩着西子，愈增其艳，真是浓妆。（忽有）一种激昂的歌声入

耳，陡觉心胸辛酸；半天西湖揽胜凭吊，感慨甚多！迨暮霭迷漫，蓦地一片的时候，我的心又沉在深深地悲哀之渊里。湖水深，恨无穷！幸万灯辉煌，已抵第一码头，拢船上岸，无精打采地回了我们住的旅社。这是第一天游的西湖，在此暂且收束吧。

六月六号上午参观女师，下午仍游西湖。仍由第一码头上船，过卧龙桥。两岸杨树丝丝，芦草瑟瑟，野花一阵阵的香味，送拂襟头；平湖似镜，时闻小鸟啁啾婉转；俨然置身碧玉池内，映影皆绿。舍舟上陆，有船夫给我们引路，一直向灵隐去。两旁松柏杉杨，茂然萌森，如张绿幕。苍苔草径中时有贞节牌坊，和某府某堂之墓道；由黄土小道，蜿蜒而上，则累累皆荒冢。幽深的环境里常有小鸟婉转唱歌，似安慰千古的孤魂，声极凄凉。慢步同苎蘅、惠和联袂相偕。青石铺道，绿阴林下，时有瀑布如挂练，激在小石间，发出极自然的韵调，其声淙淙，清凉芬香，日影映地，仅见花纹零乱。惠和谈她们家乡惠山的风景与我听。走了约有五六里，已到灵隐寺的山门。只见两旁古树参天，青碧一片；奇峰特峙，流水环周。旁有理公塔，上为理公岩；晋时西僧慧理至杭，登山见怪石森立，千态各出，曾云："此中天竺国，灵鹫峰之小岭，不知何年飞来？"后遂名飞来峰，亦呼灵鹫峰。山石不杂土壤，山势若浮若悬；小隙中时（见）生瘦藤古木，都是抱石合皮；云霞横生，孔穴贯达。山壁间满镌佛像，盈千累万不计其数，大小粗细，其工不一。洞在山腹，桥当洞口；度桥进洞里，只见岩崖空幻，石骨玲珑，乳泉滴沥，韵音清心，名"玉乳洞"，又叫"一线天"；香烟萦绕，供铜佛一尊，和尚以长杆，指岩顶裂缝，可见一线天色，故叫"一线天"。静同、永叔在洞外摄一影留念。我们又向前行，清溪边，山岩下，石形奇秀，卓立林间；此地风景殊佳，遂同金环、苎蘅在此摄一影，我斜蹲在山峰上，脚下有清泉一股，白石磷磷突然而起。山侧有放生池，池下为冷泉亭，即八景中的"冷泉猿啸"。亭旁联语甚多，有左文襄公一联为：

在山本清泉，自源头冷起；
入世皆幻峰，从天外飞来。

这亭高不倍寻，广不累大，振前搜胜，真为神仙境地。春天即花碧草香，可以导和纳粹，畅入怀抱；夏天即风冷泉亭可以袪烦消暑，兴我幽情；秋冬即山树作盖，岩石为屏，另有一种悲歌激昂的状况。我在亭栏上俯望清溪内怪石昂藏，流泉湍急，游鱼喷沫，碧藻澄鲜；望着飞来峰峭峻嵯岈，宛如一朵千叶莲花，望奇莫名——，亭下为石门涧，涧旁有壑雷亭，东为"春淙亭"。

云林寺——即灵隐寺，在冷泉的北面，晋僧慧理建；现在系清初僧宏礼重建，为西湖名刹。入正殿见佛高数丈，跪着许多小和尚，两旁的大和尚都披着袈裟，坐着念经。这种生活，亦有趣味，但他们念经时心未必能专一吧？老和尚木鱼一敲，手中拿着的乐器也叮当的奏起来，念经的声音，也特别洪亮。寺左有罗汉堂，内里有五百个罗汉，也是男女老幼，千态万状，以笑容可掬，慈眉善眼的居多数。灵隐寺的对殿，有一副对联是：

胜境重新，门前峰列如屏，未必飞来不飞去；
优游若昔，亭畔水清可掬，漫论泉冷与泉温。

天竺韬光，天色已暮，容后游；遂乘洋车去岳坟，路经栖霞岭，桃溪。岳王庙在栖霞岭下，金碧辉煌，系重建未久；仰庄严之像，不觉凛然。联语甚多，兹择三联，为：

暇日矢忠心，千古仰军人矩矱；

栖霞新庙貌，万方拜中国英雄。
专制杀英雄，千载何人雪国耻？
横流遍宇宙，九州无地哭忠魂。
忠孝节义，卒于一门，间拔南宋伤心史；
祠衬尝蒸，昭乎四祀，可绝西湖堕泪碑。

寺左有启忠祠，祀岳父母，旁有五侯及五夫人祠；精忠墓在寺内，其树木皆向南，秦桧、王氏铸铁像，背缚跪于墓前；门联为：

宋室忠臣留此冢，
岳家母教重如山。

有精忠柏，相传为岳坟柏树历久变石，真的碧血丹心，草木亦为之感动吗？出岳王庙，见湖内泊一帆船，中坐一人，绝类纫秋！询之诸友，亦谓极像。下船渡跨虹桥已望见苏小的墓！所谓"英雄侠骨儿女柔情"又点缀在湖山图画中。旁为鉴湖秋（瑾）墓，草径荒凉，侠气犹存。卧薪说："这是女界的英雄，我们后生应该行全礼"。我们很恭敬地行了三鞠躬的礼！佳联很多，如：

浙东西冤狱成三，前岳后于，浩气英风侠女子；
湖南北高峰有两，残山剩水，惊魂血泪葬斯人。
共和五载竟前功，英名直抗罗兰，欧亚东西，烈女双烈。
风雨一亭还慧业，抔土重依武穆，湖山今古，秋社千秋。

慧文拜谒了秋瑾墓，要去玉泉看金鱼；我们说，天晚了明天再游。后来，我见她很热心的要去，我们遂把船划到清涟寺。御书为"清涟禅寺"。进门为大雄宝殿，殿后有方池二——即玉泉，清澈鉴底，有五色大鱼数百，映日金鳞耀目，美丽无比！再进内有珍珠泉，再进为鱼乐国，大鱼约有三尺许，以石击之，一翻身，水花四溅。上有洗心亭，凭栏投饵，此为最佳。遂棹归舟，时暮霭笼罩，高歌一曲，余音缭绕水面；晚风拂面，胸襟皆清；此种清凉福几生修到？

昨夜十时余我伏在电灯底下，给北京的朋友写信，写完我正要归寝，忽然渐渐沥沥的落起雨来，洒在芭蕉叶上，奏出很凄凉的音韵。这时景色渐黯淡起来，电灯也惨然无光。由窗外看出去只见黑漆漆一片，雨愈下愈大，我想到一切的旧事，都浮在我的心阈里，烦恼极了。最令我挂念的，就是雨要不止，明天怎样游西湖呢？果然恨事，今天早晨到下午雨犹未止，且愈下愈大，今日的西湖是不能去了，未免扫兴。并且我们有极短的规定；耽误一天，西湖就少游一天，这是多么可惜的事啊？一直到八号的下午，雨稍止，我才能再见到西湖。别后的怅惘是多么幽怨啊？幸而又能三次与西湖把晤。只见细雨蒙蒙，湖水微绉，烟雾成霞，山岚抹黛。

东坡有诗咏西湖初雨："水光潋滟晴偏好，山色空蒙雨亦奇；欲把西湖比西子，淡妆浓抹总相宜。"可知西湖之晴雨皆为佳艳；我不禁欣喜，能看到雨后的西湖：望去如云如烟，似山非山；如月光射到梨花时，由楼上望梨花后之美人，其美在隐约间。船抵葛岭拢岸。葛岭在宝石山西，相传为葛洪炼丹处。上船后雨已止，唯径湿草滑；花草欣然，欲滴露珠；路旁有荒冢，覆满青碧，旁有白泉涌出，其声淙淙。过"兰若精舍"，再进杨柳夹道，槐青松香，满山苍翠。岩间有大瀑布冲下，声犹裂帛，洁如绡练。对面有奇峰峙立，俨如一石砌成，上有"喜雨亭"，一望满湖风景，翠峦如屏；苏堤杨柳，犹自随风飘舞，历历如涌眼底。

有联为：“雨后山光分外青，喜看湖水浓于碧”。在此仰视则红旭一轮，俯窥则翠峦千叠，诚为宇宙内之奇观，愈登愈高至顽石亭，无奇可叙。"揽灿亭"有联为："江痕斜界东西浙，山色都收内外湖。"能望见全湖，风景历历如画，钱塘如带，横系天边。再上有石碑，额曰："渥丹养素"，中有古葛岭院，即葛洪住处。再进为玉泉殿，旁有抱朴庐——抱朴，葛洪之别号。再上为炼丹台，石洞中供葛仙像。登炼丹台，已能全望钱塘。在湖中的小舟，宛如凫鹅游泳；四围碧青，拥护仙寰。有联为："岭上白云千万片，时闻鸾鹤下仙坛"。再上为"观光"，有联为："晓日初升，荡得山色湖光，试登绝顶；仙人何处，剩有石台丹井，来结闲缘"。此处有关内侯葛洪像。有碑曰初阳台，地处高朗，最宜远眺，每岁十月朔日，可观月日并升。朝吞旭日，夜纳归蟾，湖光浅碧，层峦矗立；登其上，俯视岩下，烟云由脚下生，风声瑟瑟，殊畏衣薄！开旷心胸，无负披荆棘，出岩砾之苦。葛岭左有"智果寺"，寺旁有杨云友女史墓；南有"云龛亭"，联有："雾鬓云裳曾入梦，柳塘花屿对是亭。"下葛岭即命船至孤山，一屿耸立，四无依联，又名孤屿；环山迭翠，如列屏几案，一镜平湖，澄波千顷；踞全湖之胜，而能爽然四眺。为林和靖隐处，有"放鹤亭"，"巢居阁"，"林下亭"诸胜。那时我极目水云，由低莲内看游鸥；昂首霄汉，想从林亭中放鹤归；处士风流不羁，看破人生真谛，梅妻鹤子，是真能自乐其生。想当年红梅百本，雪鹤一双，潇洒艳福，谁能比此？"巢居阁"后为林处士墓，有吴唯信题联最佳：

坟草年年一度青，梅花无主自飘零；
定知魂在梅花上，只有春风唤得醒。

墓旁有鹤冢，其形俨然如岳家父子（坟），墓后壁上镌"孤山一片云"五字。后有赵公祠及财神庙。林处士墓侧，马菊香墓前，即为冯小青墓。小青薄命，遗憾千秋。西湖胜景，春花秋月皆为赏心悦目之行乐地，但小青葬孤山，遂与西湖另辟一凄凉境界。读其诗如："新妆竟与画图争，知在昭阳第几名？瘦影自怜春水照，卿须怜我我怜卿。"其哀怨悲婉，我欲为小青大哭。但我今日能凭吊孤冢，怀想美人在夕阳青紫之间者，抑天之不成就小青于当时，正成就小青于千古。

杨庄为前清杨士琦的别业，现属严姓；风景殊佳，有眷属在内。在客厅稍息吃茶后，遂到西泠印社，内祀丁敬，为印学浙派所宗，丁仁叶铭吴隐王寿祺所创立；内有假山小池，结构精巧。由草径中看见石上镌有"清心佳境"四字，遍植修篁，上有茅亭。再上为仰贤亭，豁然开朗，风景幽秀；水中有石刊"西泠印社"四字，旁有敬身先生石像，有石碑，上刊：

古极龙泓像，描来影欲流；看碑伸鹤颈，柱杖坐苔矶。世外隐君子，人间大布衣，似寻蝌蚪文，苍颉庙中题。

（袁枚题）

再进有茅亭，名曰"剔藓"。再上即为"观乐楼"，及"四照阁"，阁上有叶翰仙女史所撰：

面面为情，环水抱山山抱水；
心心相印，因人传地地传人。

此外尚有泉唐丁不识所撰一联：

亚字阑，卍字墙，丁字箔，心字香，翼然井然，咸宜左右；
东瞰日，西瞰月，南瞰山，北瞰水，高也明也，宛在中央。

壁间无名诗一首：

搔首乾坤几醉醒，年来游屐未曾停；双柑斗酒孤山路，一片风云护落星。

六桥三竺两模糊，野鹤寒梅一屿孤，删尽繁华归淡泊，寥寥千载一林逋。

山顶荷池，颇宜消夏；湖中风景，此为最佳，因俯瞰环眺，在在皆为胜境，竹韵荷香，总是雅人深致。

公园即行宫改建，复阁回廊，周环相通，凿石为基，削岩成壁，道水成池，植花成崿，以湖山自然之胜，略加人工，其富艳可想。渡桥登山，到后边宜殿建山上，含岩石于殿中，注清泉于座下，一室之中，山水奇观毕具。左右高楼，近可挹湖光，远可以吞山色，惜现多倾颓，已非旧观。

"平湖秋月"，为十景中之一，前临外湖，旁构重轩，曲栏画槛，直挹波际；想秋月圆时其风景之美，始能全现；乍视觉一湖朦澈，几栏回廊，是无足奇。额曰："湖天一碧。"有彭玉麟一联为：

凭栏看云影波光，最好是红蓼花疏，白苹秋老；
把酒对琼楼玉宇，莫辜负天心月到，水面风来。

平湖秋月，来时非秋更无月，故无景；断桥残雪，来时非冬更无雪，故无景；草径中虫鸣，湖岸旁蛙叫；暮夜风清，飘荡湖中，凝眸望去，俨然海上仙山，隐约恍惚于缥缈虚无之间；望岸上明灯千盏，我又归繁华境地，作无味敷衍的生活，非我所欲的生活啊！

湖上风景，已游其大概，唯异境在山中人迹罕至之处；故今日之游，舍船用竹轿，游行万岩中，希望探窥深幽间的妙处。缘着内湖、白堤，过卧龙山在、白莲祠面抵葛岑山脚。时天气阴沉，空气清爽，两旁杨柳，碧绿夹道，落花铺地，鸟语如簧，竹轿拂杨披柳，隐约望之，俨然人入画图中！坐轿中不如地行舒适，且无谈伴，幸蝉声抑杨林间，如慰我的沉闷！过玛瑙寺未入内，在此能望见初阳台上顶；黄牛踟蹰于芳草中间；石像已生满苔藓，倒卧草中；在在皆为极雅致之风景。绕岳庙栖霞岭到香山小洞，小湖碧青四环，岸上柳，湖中影，一样碧绿，人影反映亦浸成绿色；俨然游于翠玉浴池！有殿供金佛数尊；洞中供观世音；建于洞壁上，玉乳下滴，幽深清凉；令人生惧心！旁有小楼数间，为夏日避暑地，清凉如秋。上轿过清溪稻田，万顷青碧；野花小草间，时有白黄蛱蝶飞舞其间。路旁峭岩削壁，万骨嶙峋，山势既高，故轿行亦慢；上下振动的速度遂增加。枫叶朱染，映在碧绿的林内，红艳可爱！山坡有花，白黄相间；问轿夫，他说是栗子花。轿抵紫云洞落下；有石坊，额曰"紫云胜境"，有联为"灵鬼灵山风马云车历历，一丘一壑玉阶凉夜愔愔"。缘石阶上去，有寺名"智禅寺"，再进为大雄宝殿，旁有小门，额曰"洞天福地"，进小门陡觉阴深幽凉，顿使罗衣生寒。缘怪石下去，峭耸嵌空，奇崖削壁，色如暮云凝紫，几疑身入仙府！从洞口下石级二十余，豁然如堂，内外明朗；岩间玉乳滴沥，声如玉磬；空中石楼倒垂，上设峻槛；拾级上在岩洞中供西方三圣神像，张颂元题"云根净土"于其上。中有泉方可三尺，水极清澈，深不可测，名"七宝泉"。石上满生苍苔，油绿可爱。此洞状既幽深，石都嶙峋，清凉澈骨，寒沁胸襟，真夏季的福地。西湖山中妙景，此其一。壁上石刊诗数首，择一录如下：

　　黄龙带左栖霞右，牝洞居然居路中，未可鸣鞭过弗入，春风坐似拂秋风。

下山时在稻田中有一碧头红嘴的小鸟，在水里喝水，见我们轿子过去，它走近两步向我点点头，飞着向碧林中去了！小鸟啊！你认识的故人吗？在我有家乡梅树的枯枝上，我在前二年曾看见一支碧头红嘴的小鸟，在那里啁啾；一天，就飞去永没有再回来；今天这小鸟似非似是，令我不解！但宇宙间事物只可遇之无意中，又何必斤斤然去计较是非呢？当时引起我不少的感想来——我只顾想着这最虚无飘渺的幻想，已经过了灵隐寺，一直上韬光去。一路落花沉涧，鸟语如簧，竹韵涛声，别饶风致！缘石阶曲折而上，有石亭额匾"韬光"两字。再登为韬光禅寺，入内有引水处，金莲池鹤岭，风景幽雅，读书其中，真能足迹不到城市。再上为吕金仙宗祠，两峰夹峙，翠螺如黛。再上为观海楼，有高宗御书"云岑日观"，有骆宾王之"楼观沧海日，门对浙江潮"。登此真觉海阔天空，别开眼界。再上为炼丹台，有吕仙洞，嵌"丹崖空洞"四字。崖下有水，点滴如乳泉，有老和尚向我们谈吕洞宾故事，颇津津有味。云烟苍茫，风高衣寒；身体摇摇欲坠，几欲飞去！真是"岭树湖云沉足底，江潮海日上眉端"；依稀能看见一线沧海。北高峰我本欲去，后惠和说："不用去吧，太高了！"下山时，枫叶遍落山涧，红艳可爱！我择了几叶夹到书里。林中徐步，翠幕下甚觉清凉。鏧雷亭前瀑布，因雨后更觉美丽，有联如：

飞瀑停水，迹在名山偏耐冷；
巨雷纵鏧，心如止水总无惊。

据卧薪告我，北高峰上有景晖亭，亭中有碑，人登其上，如入云中，四面风拂，袖袂生寒，望见西湖如丸，钱塘江已全如瞭掌。十二时我们在灵隐寺旁的饭店，略吃点点心；吃完饭后遂乘轿到天竺去。先到下天竺，自灵隐寺至天门，周围数十里，两山相夹，峦岫重裹，林壑之美，实聚于下天竺。入内香烟萦绕，嗅之欲醉，有许多太太们拿着香烛进香。观音殿上有仙山一座，上有多神，男女皆有；再进为大佛殿，有子孙娘娘神，龛前有许多小孩。庙前有无数香铺，想都是很兴旺的生意！一路上进香的妇女，都联络不绝于道，或坐轿或走。中天竺距下天竺约一里路，法真寺中有池碧青，（有鱼）非金鱼似鲫鱼，长约尺许，亦皆五色。上天竺我们因为都是庙和佛殿，并且听轿夫说和中天竺、下天竺相同，所以我们决计不去上天竺，去龙井山去。

当我轿子过那青翠的山时，我不禁觉着我现时的心太繁杂了，充满了人间的污点同烦闷；我想在西湖的山川里，一濯我二十年来沾染的人间污点。但我的心是最懦弱不过的；我的身体是不自由的。为了白发的双亲、期望和爱恋，我只得在那万恶的深渊里浮沉去、人间的丝已缚得我紧紧地；我斩不断我天性中的爱恋啊！万绿丛中我在轿里想着，这许多风景，也是一时的印痕，如电光一般的过去了；离合聚散，都在这一瞥里；明天我将要别了我永久爱恋的西湖去。白香山说："未能抛得杭州去，一半勾留为此湖。"我不禁也感到这种痛苦；愿留着我未画的西湖，作我他日的逗留。

两岸稻田秧穗，一束束在水的浅处浸着。前面屏着青翠的山，旁边临着碧绿的泉；天上啊？人间？每一个枝头，都留我一点粉屑碎了的心在里边。过路里鸡龙山的中间，有庙正在唱戏，观者很多。时时能看见草里的荒冢，山坡下有几间瓦房，小鸡都散在坡下的草地上觅食，其间花香扑鼻，水声淙淙，竹韵瑟瑟，这好景在我的脑海里已堆集成好几层；所以使我更觉着模糊。不觉已到龙井，亭曰"过豁亭"，有泉自山巅冲下，汇成小溪，绿萍满覆，旁有茅屋数间。抵龙井寺，遂下轿，见墅上碑字已模糊不能辨，再进，匾为"引人入胜"，壁上有"风篁余韵"，"爱其瑰青"，皆高宗御笔。圆洞中出泉，激成瀑布，如练下奔，井水供品茶用，有"钟灵毓秀"刊石上，有"龙泉试茗"刊其崖顶，山石成阶，琢自天成。有极大山洞，石洁如玉，雨后润泽欲滴。右行有小亭，有康有为题"江湖一勺亭"；茶树尚在狮子峰，距此尚有二里遥。至小亭稍息，茶淡而香，亭上可观西湖之一角，白银一片，民房如鳞；清风徐来，心胸皆醉，竹韵冷然，如置身清凉画图中。

　　轿行山下，蜿蜒而上，俯视下方，云烟脚底；至绝顶，同学辈皆下轿步行，隐约碧绿中衣衫鲜丽。抵烟霞洞，旁有石极光滑，皆山水浸泽的缘故。绿槐修竹，张天如幕。（沿）阶级登其顶有"烟霞此地多"五字嵌石壁内，有诗刊石上："初入烟霞片乱无，老僧学信住茅屋；往来三十余年后，琼岛瑶台曲径铺。久仰名山幽境寻，六旬有二惯登临；自来小住清阁课，煮茗浇花乐更深。"壁皆满刊佛像，如飞来峰，有洞甚深，轿夫云内有蛇，故未敢进去。壁刊"天留胜地"四字。再上为"陟屺亭"，有联为"得来山水奇观，与君选胜；对此烟霞佳景，使我思亲"。山壁上有："佛地诗情。"登此一望，群峦列笏，迎风长啸；修竹万竿，幽寂高岑；我觉西湖各风景，此为我最爱。有"吸江亭"，旁有题词为："学信开土新辟一亭，自烟霞洞凿石通径而上；远吞山光，俯挹江潮，往来空气呼吸可通，请题客额，以吸江称之。"有联为"四大空中独留云往，一峰缺处远看潮来"。远望旭日出海，江湖涌金，晓雾成霞，山岚抹黛。烟云冉冉，生于脚下；幽壑深林，风景特殊；我不禁留恋久之。下有双栖冢，系周兑积与其夫人金凤藻女士合葬于此。再上为师复墓，师复为世界语学者，社会主义宣传者，创晦鸣学舍世界语研究会，发刊《民声》杂志，后呕血死，葬于此地。有卧狮阁，因匆匆下未探其秘，至洞口，有慧文同孝琪购茶。我拾级下，俯望万绿荫遮，烟霞丛生，瀑流喷薄，坠玉飞珠，涧水深幽，调笙鼓瑟，仰视可摸罗松之末，飘渺入云。那时我的灵魂不禁出云霄而凌驾烟霞，冉冉扶摇直上！再上为南高峰，为经济时间，未暇登其巅。乘轿过夕岚亭，对面为"南高揽胜"，登南高必经之途。时已夕阳西下，赤日已敛其光辉，清风徐来，胸襟豁然开朗；山坡下有白羊游于碧草间，山崖中有鸡觅食稻粟，有携筐村女，其清艳不带俗像，岂亦西湖之钟秀欤？

大仁寺内有石屋洞，壁刊"印心石屋"；洞门嵌"沧海浮螺"，崖如刀削，嶙峋作顶，上刊无数佛像。池中有青红小石，晶莹可爱，水清可鉴底，有二飞仙，系裸体女神，面相向嵌两壁顶上。有汇真泉，再上有乾坤洞小石屋，奇石卧地，圆滑可鉴；再上为青龙洞，蜿蜒深入；唯惜时间已暮，故未能尽兴探奇，今回忆之殊甚怅怅！出此洞，一路秀峰削立，小溪横流。抵定慧禅寺，山门有石塔旁立，高约五尺。无山不青，无水不韵；石涧中涌泉，喧声如西子呢喃！于荫清凉，杜鹃啁啾；美景皆是，惜我无生花妙笔。佛殿内有方池，宽长各二尺，水取之不竭，亦不溢出，名"虎跑泉"。壁上东坡题诗，已模糊，不过尚可观其大概，为：

紫李黄瓜村路香，乌纱白葛道衣裳；
凉避门野寺松荫，转欹枕风轩梦长。
因病得闲殊不恶，心安是药更无方；
道人不惜阶前水，惜与匏樽自去尝。

后有济祖道院。再进为紫金罗汉阿那尊者济公佛祖的塔。游完至亭稍息，略品虎跑清泉，遂出寺。一路风来夜寒，碧崖翠峦皆笼罩在烟云中。蝉声喧谷，山林欲眠，湖水苍碧，雷峰默立中；崖中隐约间吐出烟云，遮遍湖中。暮云四合，晚景模糊；山水烟云浑成一片。我在共游四次，而湖光山色，峰峦迭翠，在在皆觉恋人。我在船中只觉着山色依依，尚知不舍；湖水漾漾，宛若留人；可怜我"征途行色惨风烟，祖帐离声咽管弦"，"处处回首何堪恋，就中难别是湖边。"（可）把白香山别西湖的诗，拿来表我当时的情形。

十一 一瞥中的上海

六月十号的早晨，我们坐了船到"三潭印月"照一个全体像，作为此次旅行团的纪念，藉此又和西湖把晤了一小时。返旅馆后收拾东西，用午餐已十一时；餐后乘车到车站。武高的同学，恰巧也是同天到上海，我们遂挂了一辆车。在车里很愉快地谈天，惠和给我口述《红泪影》的始末，永叔听着津津有味，遂同金环借了去看。当时车里静寂了许久。我闲着无聊的很，遂蜷伏在车上睡去，想想西湖的影片，验验我的脑海里印了许多？这样很模糊地睡去，到了下午四时，芳蘅才喊我起来，同到车外的扶拦上看风景。这样遂把时间慢慢地挨延过去。下午七时到上海，寄宿在女青年会；已有家事工组的同学王郑两君接我们去。女青年会很方便，并且招待的也好，有一个小姑娘伏侍我们，我们的生活也就稍为因地方变更了一点。

上海的天气热极，十一号的上午，商务印书馆的招待黄警顽先生已来领导我们去参观上海的学校。我们因为上海的体育学校比较多；所以我们参观的学校，居多是体育学校。第一个就是中国女子体育学校，距离昆山路很远，在西门林荫路精武体育会内；是个私立学校，在光绪三十四年秋季开办，统计先后共毕业十三次。凡高小毕业就可投考，是个中等程度的性质。所授科目分学、术两部分，就是理论和技术两部分；并余外注重音学，修业年限是二年毕业，经费一学期两千多（自费收入），支出约三千；教员共十三位，女教员五位，舞蹈三人，体操两人。现学生共四十名，分两班教授；我们去参观的时候正上英文，课堂在楼上，拿布屏分作两间；现在校舍正在建筑，此系暂时借住，故一切甚杂乱无章。操场、网球场都是同精武会共用，有拿竹子作下的盾阵，中心为小亭；这也是中国国技的一门。

参观完中国女子体操学校以后，我们就到体育师范参观去；因考试温课，故不能参观上课。这是个比较很有名的学校，我们耳鼓里常听见人说，所以我们特别注意。设备的器械，同女高同；尚有窗梯水平杠等没有；体育房比较女高宽而短，木板刊地较为合适。有两班学生四十余人；课程亦分理论和技术，性质是中等程度，毕业期限从前是二年，现亦改为三年。外国学校，比较特别清洁，而校舍四围的风景特别美丽。校园中网球场，碧草平铺，如绒毡然。树木荫森，风景甚佳，有小水池，金鱼数头，游泳其中。

沪江女子体育专门学校，在上海西门唐家湾小菜场南首，地址甚小，大概可以够住；性质系高等专门，以中学毕业者为合格，期限是二年毕业，一年分两学期；现分一年级二年级，每级共四十名，每年春秋二季，各招生一次。科目亦分理论同技术。开办尚未及半年，今年正月才开课，现仅有学生二十四人，经费每月两千元。章程上的预定，皆按学期实行；教员选择亦甚严格，均富有学识及经验者。据主事孙和宾云，办体育学校在上海很困难，同行的阻力和妒忌很厉害，所以他日日都是在奋斗之中勉力！学生上课无论技术、理论都一律着操衣，雄赳赳地很有点气概。参观国文上古诗。壁上遍挂矫正姿势的基本体操图。参观器械室，仅几种简单的轻器械，饭厅同栉沐室在一块，尚属清洁。操场在学校对面，拿竹席把上面左右四围都遮起来，非常清凉，系租借民地用的。孙和宾先生令他们的学生，表演二十分钟的舞蹈给我们看：二年级是"雁舞"、"黄莺舞"；一年级表演"蝴蝶舞"同"形意舞"，成绩很好。苟此校能抱着他那最完善的宗旨继续下去，即体育人才将来产出，必校他处为佳。

中华武术会附设体育师范同公共运动场，此外尚有妇孺运动会，无可述者。遂至务本女学参观，学生共五百余，中学四班，高小四班，小学四班；职教员，中学十七人，女十二人，小学九人，女教员十五人。经费，中学七七三〇，小学五六三七。地址很大，系女校长。参观体育教授，教员姿态太软，宜于教舞蹈，不宜教体操；教师姿势太快，不能正确，故学生之姿势大半无一个正确的，下肢运动太多，胸腹两部分无运动，故学生多为狭胸弓背，腹部挺出。中学学生，看去像高等小学的学生，成绩既佳，且甚活泼；画画尤以桐乡严蔚然女士为最佳！校园亦很别致巧小；在此用午餐后，遂到第二师范去参观。

第二师范学校，我们先到的是卫生模型展览会，中有花柳病的全体模型，脑充血之各种模型，设备很完全。学生共三百二十，中有女生十人。学级编制一部五班，中有预科一班，二部一班。常年经费连小学四万余。课堂同实验室相连。本二上国语，系北高毕业生教授，端坐在椅上，拿北京话谈故事，听起来和他的神气很像游艺园说大鼓书的。体育馆刚竣工，尚未布置好，共分楼上下两层。学生精神活泼，对于体育甚有兴味研究，所以能产出王庚君之富于研究体、音（者），而在体育界将来必大有贡献！其所著小学体育教授法规现正在付印中。

美术专门学校。为武进刘海粟先生创办，民国元年起至今已二十年，校址共分三院：第一院西门白云观，二院西门林荫路口，三院上海林荫路底。分西洋画科，高等师范科，中国画科，雕塑科，工艺图案科。西洋画科修业期四年，初级师范为二年，其余都是三年。学生二百八十六人，十年度经费为五万二千元。学生课外研究有各种集会，如书学研究会，乐学研究会，工艺美术研究会，文学研究会，画学研究会，舞蹈研究会，讲演会等。我们参观裸体写生，是从外边雇的女子，每月二十元的酬金。补习教育有函授学校，系美术附设。

在上海除参观学校外，蒙黄警顽先生导领参观商务印书馆，他的组织是股份有限公司，现已二十余年，资本金五百万元。分印刷所、编辑所、发行所三大机关，每所又设有所长、总理一切事务。我们到印刷所，在招待室略稍息用茶后，遂参观各处，规模很大，占地约七十余亩，布置极为完备，有印刷工场四，铁工厂、铸工场、各种制造工厂十余处，均系极大之厂屋。各种制造工场十余处，水塔一座，可常储二万加伦之清水。女工哺乳室专为女工有小儿哺乳之用；此外尚有花园同聚院，亦清洁而幽雅。自制机器陈列室，陈列机器各种，皆该所自制品，印刷所工友计男子二千五百余人，女子五百余人，此外零件杂工复不下千余人；尚另联有高等技师，及专门学者。并附设有尚公学校，及养真幼稚园，商业补习学校，毕业后可在本公司服务。因时间关系，仅参观大概而已。

上海地方繁华嚣乱，简直一片闹声的沙漠罢了！所以我除了参观了几个学校和买一点东西外，我就在女青年会伏着看书。我半分的留恋都莫有，对于这闹声的沙漠。

十三　图画中的青岛

青岛的风景，我已听见过朋友告诉我，所以早就深印在脑海中，我常常在理想中有一个青岛据着，但和实际上的青岛是一点也不同。六月十九号的清晨，我们坐着马车去参观：一路风景之美俨然图画，前有碧青的大海，后背翠螺的山峰；两旁小树，剪的非常整齐，嫩绿可爱。洋式的楼上，都是绛黄色的房顶，覆满了紫的藤，红的花，绿的草。道路的清洁，较东交民巷之外国租地，尤讲究。在青岛的街上走，和游园一样的舒适。

青岛私立中学校，今年四月二十号开学，为刘子山先生所创办，地址同经费，皆刘先生所捐助；刘先生系东莱银行股东云。校舍建于海滨，空气清鲜，风景优美；学生在此读书，诚不知几生修到？至接待室楼上，极目远眺，俯望大海荡漾，青翠一碧，红瓦如鳞，间有绿树荫蒙，较登黄鹤楼望长江，风景甚殊。学生皆一律着黑色制服，学生精神稍欠活泼，课堂内异常严肃。共有一班学生四十余人，分两组，ＡＢ两组，英文和算术，学生外籍者多，内地人甚少。教室光线充足，清洁，壁作西湖色，故不伤目力。寝室在搂上，每屋约可住五六人，皆一律铁床，覆以白毯，整齐清洁之至。举目一望，水天一色；海光山色，云霞满目；想当夜阑人静时，凭窗远眺，对此美景，当不忍负此佳景在黑甜乡中！一幅图画包围着，其日夜之静养，当可产生几个大诗人大文豪！

青波荡漾，云山苍茫，由窗中望去，有清溪，有小桥，有山有树，碧荫如幕，朱房碧水，隐约其中。学生客厅，以围屏障之，隔为游艺室，有乒乓房。

此校虽系初办，但职员皆异常热心；青岛中学，仅此一处，故我甚望该校日益发达！青岛教育，实利赖之。由此校出门坐车，路经树林，成坡形，两旁树木荫森，碧绿可爱，时闻花香鸟语，入耳清脆可听。俄而至日本中学，门如宫门成圆形，大理石作柱石，以花纹砌地。此校共四百人，有五级，经费每年十二万。学生下课上课以喇叭为号，精神异常活泼！设备甚完全，在山东采集的动物标本最多。据云此校之设备，比日本国内之中学校为更完全。物理化学实验室，设备亦完全。武道场——即体育房，分两部分，中间一部分为柔道，外边为剑击，柔道之地板有弹性，可免危险，旁有洗澡室、脱衣室。画图教室，壁上有各种油画，风景皆青岛本地风景。露天操场，设备完全，有水平杠，铁杠，眺高架等……大礼堂兼音乐教室；壁上挂历代帝王像，中悬"天壤无穷"四字。略一参观遂到日本女学校去。

日本青岛高等女学校，建于大正六百十七年，学生三百余，共分八班，每班分两组，此外尚有补习科；经费每年七万。博物同理科器械室同实验室相连，设备极完全，与女高师同。作法教室，即家事实习室，铺席于地，有一块深色之木窗，离地约有二尺，中有一花瓶，插花按季节；门外有铁茶具一，有假垫二。日本的女子教育，是专为做成贤妻良母的；所以缝纫、烹饪特别注重。体操场甚大，正上课，学生精神活泼，姿势正确；这一点中国学生，我参观一周（所见），几无一校能比得上；此次远东失败诚然！史地标本室，有上古时代至今日之模型。寄宿舍有洗面室、理发室、浴室、阅览室、面会室、病室、储藏室，楼下有炊事室。寄宿处同讲堂间隔，不在一处。

胶济商埠屠兽场，已成立二十年，德人所建，共需八十四万马克，现为中日合办，有机器做冰室，细菌检验室，藏肉室，设备甚完全，皆分部分宰割，日可宰数百头，以铁钻罩于牛（或猪羊）首，以锤一击即死，然后解剖为各部分，分售于外，或做成罐头售于国外，以国外售者为最多。并有陈列室，陈列各种成绩在内。据云六时内可宰牛八百五十头，猪羊一千头。

下午三时出发游青岛名胜，一路至龙江路，路甚平坦，两旁杨柳荫浓，日本中学学生在道旁赛跑，有几个体育教员，一路监督。于此见日本人对于体育之热诚，无怪其在远东运动会夺得标旗了。

海上烟雾迷漫，浪花一层层推来，激石成白花，淙淙可听；至德国炮台，草地有两个外国人，睡着呼吸空气。其上有个炮台，转到树林后，拾级而下，有炮台密室，中有机器，可转炮眼的方向，以前此地系禁地。兵房建于地下，我们都执着烛进去，满地皆水，尚有烂木，堆在地下；再进去，有德兵煮好之牛肉一锅，现尚保存为古迹。中有汽锅汽炉，皆已锈绿不堪。登炮台一望，大海青碧，中有小岛，上建一灯塔，即青岛是。

第一公园，风景甚美，两旁遍植樱花，叫樱花路；中有忠魂碑，系日本为其阵亡兵士所建。惟尽属人工，故无甚曲折。又至外国茔，皆为极美丽之石镌，上有各种花纹，同刊成之人物。凡雕工良者，多被日本人拿去，尚有掘去痕迹。有中国女子坟，系一广东人，同德国人结婚，死后葬此。以铁栏栏之，上刻一极美之女像，手拈玫瑰花一枝，含笑低首，西装而中国人的面貌。旁有两个女神，长着翅，可惜一个手臂已击断。坟上花香扑鼻，蛱蝶纷飞，较我国之荒冢凄凉，别有风致。似觉泉下人可含笑静眠，无感着惨凄的景象。

参观督办公署，同省长行辕，即昔日德人之领事馆，建筑之美，莫可形容，灯皆极美丽之流苏，毯皆极绒厚之花纹，玻璃砖砌地，云母石作顶，壁悬极美丽之风景画。有花房，有跳舞场。种种花样之帐幔垂地，寂寂无声，不禁令人生一种今昔之感。

青岛地既傍海，且可直泊岸，故在商业上极便利；一下轮船即可直接上火车，此天津、上海不如青岛。但航权操之外人手，上岸者又都是外国货，在我国的利益殊无可图。教育私立学校最宜，因青岛为特别区域，对于济南不能脱离，不能混合，故经费甚困难，不易开办，现拟办青岛大学云。

森林有三十英里，青岛海水多，河水少，森林可以为间接取水用。北方山枯，有森林可润泽空气，又可加美风景；但民多砍伐，只好每年多植。

在青岛逗留约一日，由青岛私立中学，转来女高师拍来电报，令我们从速回去行毕业式，所以我们只好赶回去。晚上私立中学校，给我们开欢迎会，我因头痛未去。日本女子高等学校，给我们送来糖果数种，第一组来的时候，曾请她们聚餐，因为我们走的匆忙，故给我们送东西来；这也是友谊周到处。

烟霞余影

一 龙潭之滨

细雨蒙蒙里,骑着驴儿踏上了龙潭道。

雨珠也解人意,只像沙霰一般落着,湿了的是崎岖不平的青石山路。半山岭的桃花正开着,一堆一堆远望去像青空中叠浮的桃色云;又像一个翠玉的篮儿里,满盛着红白的花。烟雾迷漫中,似一幅粉纱,轻轻地笼罩了青翠的山峰和卧崖。

谁都是悄悄地,只听见得得的蹄声。回头看芸,我不禁笑了,她垂鞭踏蹬,昂首挺胸的像个马上的英雄;虽然这是一幅美丽柔媚的图画,不是黄沙无垠的战场。

天边絮云一块块叠重着,雨丝被风吹着像细柳飘拂。远山翠碧如黛。如削的山峰里,涌出的乳泉,汇成我驴蹄下一池清水。我骑在驴背上,望着这如画的河山,似醉似痴,轻轻颤动我心弦的凄音;往事如梦,不禁对着这高山流水深深地叹了一口气！

惭愧我既不会画，又不能诗，只任着秀丽的山水由我眼底逝去，像一只口衔落花的燕子，飞掠进深林。

这边是悬崖，那边是深涧，狭道上满是崎岖的青石，明滑如镜，苍苔盈寸；因之驴蹄踏上去一步一滑！远远望去似乎人在削壁上高悬着。危险极了，我劝芸下来，驴交给驴夫牵着，我俩携着手一跳一窜的走着。四围望见什么，只有笔锋般的山峰像屏风一样环峙着；涧底淙淙流水碎玉般声音，好听似月下深林，晚风吹送来的环佩声。

跨过了几个山峰，渡过了几池流水，远远地就听见有一种声音，不是檐前金铃玉铎那样清悠意远，不是短笛洞箫那样凄哀情深，差堪比拟像云深处回绕的春雷，似近又远，似远又近的在这山峰间蕴蓄着。芸和我正走在一块悬岩上，她紧握住我的手说："蒲，这是什么声音？"我莫回答她：抬头望见几块高岩上，已站满了人，疏疏洒洒像天上的小星般密布着。苹在高处招手叫我，她说："快来看龙潭！"在众人欢呼声中，我踟躅不能向前：我已想着那里是一个令我意伤的境地，无论它是雄壮还是柔美。

一步一步慢腾腾的走到苹站着的那块岩石上，那春雷般的声音更响亮了。我俯首一望，身上很迅速的感到一种清冷，这清冷，由皮肤直浸入我的心，包裹了我整个的灵魂。

这便是龙潭，两个青碧的岩石中间，汹涌着一朵一片的絮云，它是比银还晶洁，比雪还皎白；一朵一朵的由这个山层飞下那个山层，一片一片由这个深涧飘到那个深涧。它像山灵的白袍，它像水神的银须；我意想它是翠屏上的一幅水珠帘，我意想它是裁剪下的一匹白绫。但是它都不能比拟，它似乎是一条银白色的蛟龙在深涧底回旋，它回旋中有无数的仙云拥护，有无数的天乐齐鸣！

我痴立在岩石上不动，看它瞬息万变，听它钟鼓并鸣。一朵白云飞来了，只在青石上一溅，莫有了！一片雪絮飘来了，只在青石上一掠，不见了！我站在最下的一层，抬起头可以看见上三层飞涛的壮观：到了这最后一层遂汇聚成一池碧澄的潭水，是一池清可见底，光能鉴人的泉水。

在这种情形下，我不知心头感到的是欣慰，还是凄酸？我轻渺像晴空中一缕烟线，不知是飘浮在天上还是人间？空洞洞的不知我自己是谁？谁是我自己？同来的游伴我也觉着她们都生了翅儿在云天上翱翔，那淡紫浅粉的羽衣，点缀在这般湖山画里，真不辨是神是仙了。

我的眼不能再看什么了，只见白云一片一片由深涧中乱飞！我的耳不能再听什么了，只听春雷轰轰在山坳里回旋！世界什么都莫有，连我都莫有，只有涛声絮云，只有潭水涧松。

芸和苹都跑在山上去照像。掉在水里的人的嘻笑声，才将我神驰的灵魂唤回来。我自己环视了一周山峰，俯视了一遍深潭，我低低喊着母亲，向着西方的彩云默祷！我觉着二十余年的尘梦，如今也应该一醒；近来悲惨的境遇，凄伤的身世，也应该找个结束。萍踪浪迹十余年漂泊天涯，难道人间莫有一块高峰，一池清溪，作我埋骨之地。如今这絮云堆中，只要我一动足，就可脱解了这人间的樊篱羁系；从此逍遥飘渺和晚风追逐。

我向着她们望了望，我的足已走到岩石的齿缘上，再有一步我就可离此尘世，在这洁白的潭水中，谫浣一下这颗尘沙蒙蔽的小心，忽然后边似乎有人牵着我的衣襟，回头一看芸紧皱着眉峰瞪视着我。

"走罢，到山后去玩玩。"她说着牵了我就转过一个山峰，她和我并坐在一块石头上。我现在才略略清醒，慢慢由遥远的地方把自己找回来，想到刚才的事又喜又怨，热泪不禁夺眶滴在襟上。我永不能忘记，那山峰下的一块岩石，那块岩石上我曾惊悟了二十余年的幻梦，像水云那样无凭呵！

可惜我不是独游，可惜又不是月夜，假如是月夜，是一个眉月伴疏星的月夜，来到这里，一定是不能想不能写的境地。白云絮飞的瀑布，在月下看着一定更美到不能言，钟鼓齐鸣的涛声，在月下，听着一定要美到不敢听。这时候我一定能向深潭明月里，找我自己的幻影去；谁也不知道，谁也想不到：那时芸或者也无力再阻挠我的清兴！

雨已停了，阳光揭起云幕悄悄在窥人；偶然间来到山野的我们，终于要归去。我不忍再看龙潭，遂同芸、苹走下山来，走远了，那春雷般似近似远的声音依然回绕在耳畔。

二　翠峦清潭畔的石床

黄昏时候汽车停到万寿山，揆已雇好驴在那里等着。梅隐许久不骑驴了，很迅速的跨上鞍去，一扬鞭驴子的四蹄已飞跑起来，几乎把她翻下来，我骑的驴腿上有点伤不能跑，连走快都不能，幸而好是游山不是赶路，走快走慢莫关系。

这条路的景致非常好，在平坦的马路上，两旁的垂柳常系拂着我的鬓角，迎面吹着五月的和风，夹着野花的清香。翠绿的远山望去像几个青螺，淙淙的水音在桥下流过，似琴弦在月下弹出的凄音，碧清的池塘，水底平铺着翠色的水藻，波上被风吹起一弧一弧的皱纹，里边倒影着玉泉山的塔影；最好看是垂杨荫里，黄墙碧瓦的官房，点缀着这一条芳草萋萋的古道。

经过颐和园围墙时，静悄悄除了风涛声外，便是那啼尽兴亡恨事的暮鸦，在苍松古柏的枝头悲啼着。

他们的驴儿都走的很快，转过了粉墙，看见梅隐和揆并骑赛跑；一转弯掩映在一带松林里，连铃声衣影都听不见看不见了。我在后边慢慢让驴儿一拐一拐的走着，我想这电光石火的一刹那能在尘沙飞落之间，错错落落遗留下这几点蹄痕，已是烟水因缘，又哪可让他迅速的轻易度过，而不仔细咀嚼呢！人间的驻停，只是一凝眸，无论如何繁缛绮丽的事境，只是昙花片刻，一卷一卷的像他们转入松林一样渺茫，一样虚无。

在一片松林里，我看见两头驴儿在地上吃草，驴夫靠在一颗树上蹲着吸潮烟，梅隐和揆坐在草地上吃葡萄干；见我来了他们跑过来替我笼住驴，让我下来。这是一个墓地，中间芳草离离，放着一个大石桌几个小石凳，被风雨腐蚀已经是久历风尘的样子。坟头共有三个，青草长了有一尺多高；四围遍植松柏，前边有一个石碑牌坊，字迹已模糊不辨，不知是否奖励节孝的？如今我见了坟墓，常起一种非喜非哀的感觉；愈见的坟墓多，我烦滞的心境愈开旷；虽然我和他们无一面之缘，但我远远望见这黑色的最后一幕时，我总默默替死者祝福！

梅隐见我立在这不相识的墓头发呆，她轻轻拍着我肩说："回来！"揆立在我面前微笑了。那时驴夫已将驴鞍理好，我回头望了望这不相识的墓，骑上驴走了。他们大概也疲倦了，不是他们疲倦是驴们疲倦了，因之我这拐驴有和他们并驾齐驰的机会。这时暮色已很苍茫，四面迷蒙的山岚，不知前有多少路？后有多少路；那烟雾中轻笼的不知是山峰还是树林？凉风吹去我积年的沙尘，尤其是吹去我近来的愁恨，使我投入这大自然的母怀中沉醉。

惟自然可美化一切，可净化一切，这时驴背上的我，心里充满了静妙神微的颤动；一鞭斜阳，得得蹄声中，我是个无忧无虑的骄儿。

大概是七点多钟，我们的驴儿停在卧佛寺门前，两行古柏萧森，一道石坡欹斜，庄严黄红色的穹门，恰恰笼罩在那素锦千林，红霞一幕之中。我踱过一道蜂腰桥，底下有碧绿的水，潜游着龙眼红鱼，像燕掠般在水藻间穿插。过了一个小门，望见一大块岩石，狰狞像一个卧着的狮子，岩石旁有一个小亭，小亭四周，遍环着白杨，暮云里蝉声风声噪成一片。

　　走过几个院落，依稀还经过一个方形的水池，就到了我们住的地方，我们住的地方是龙王堂。龙王堂前边是一眼望不透的森林，森林中漏着一个小圆洞，白天射着太阳，晚上照着月亮；后边是山，是不能测量的高山，那山上可以望见景山和北京城。

　　刚洗完脸，辛院的诸友都来看我，带来的糖果，便成了招待他们的茶点；在这里逢到，特别感着朴实的滋味，似乎我们都有几分乡村真诚的遗风。吃完饭，我回来时，许多人伏在石栏上拿面包喂鱼，这个鱼池比门前那个澄清，鱼儿也长的美丽。看了一回鱼，我们许多人出了卧佛寺，由小路抄到寺后上山去，撰叫了一个卖汽水点心的跟着，想寻着一个风景好的地方时，在月亮底下开野餐会。

　　这时候暝色苍茫，远树浓荫郁蓊，夜风萧萧瑟瑟，梅隐和撰走着大路，我和云便在乱岩上跳蹿，苔深石滑，跌了不晓的有多少次。经过一个水涧，他们许多人悬崖上走，我和云便走下了涧底，水不深，而碧清可爱，淙淙的水声，在深涧中听着依稀似嫠妇夜啼。几次回首望月，她依然模糊，被轻云遮着；但微微的清光由云缝中泄漏，并不如星夜那么漆黑不辨。前边有一块圆石，晶莹如玉，石下又汇集着一池清水。我喜欢极了，刚想爬上去，不料一不小心，跌在水里把鞋袜都湿了！他们在崖上，拍着手笑起来，我的脸大概是红了，幸而在夜间他们不曾看见；云由岩石上踏过来才将我拖出水池。

　　抬头望悬崖削壁之上，郁郁阴森的树林里掩映着几点灯光，夜神翅下的景致，愈觉的神妙深邃，冷静凄淡；这时候无论什么事我都能放得下超得过，将我的心轻轻底捧献给这黑衣的夜神。我们的足步声笑语声，惊的眠在枝上的宿鸟也做不成好梦，抖颤着在黑暗中乱飞，似乎静夜旷野爆发了地雷，震得山中林木，如喊杀一般的纷乱和颤噤！前边大概是村庄人家罢，隐隐有犬吠的声音，由那片深林中传出。

爬到山巅时，凉风习习，将衣角和短发都（吹）起来。我立在一块石床上，抬头望青苍削岩，乳泉一滴滴，由山缝岩隙中流下去，俯视飞瀑流湍，听着像一个系着小铃的白兔儿，在涧底奔跑一般，清冷冷忽远忽近那样好听。我望望云幕中的月儿，依然露着半面窥探，不肯把团圆赐给人间这般痴望的人们。这时候，揆来请我去吃点心，我们的聚餐会遂在那个峰上开了。这个会开的并不快活，各人都懒松松不能十分作兴，月儿呢模模糊糊似乎用泪眼望着我们。梅隐躺在草上唱着很凄凉的歌，真令人愁肠百结；揆将头伏在膝上，不知他是听她姐姐唱歌，还是膜首顶礼和默祷？这样夜里，不知什么紧压着我们的心，不能像往日那样狂放浪吟，解怀痛饮？

陪着他们坐了有几分钟，我悄悄的逃席了。一个人坐在那边石床上，听水涧底的声音，对面阴浓萧森的树林里，隐隐现出房顶；冷静静像死一般笼罩了宇宙。不幸在这非人间的，深碧而飘渺的清潭，映出我迷离恍惚的尘影；我卧在石床上，仰首望着模糊泪痕的月儿，静听着清脆激越的水声，和远处梅隐凄凉入云的歌声，这时候我心头涌来的凄酸，真愿在这般月夜深山里尽兴痛哭；只恨我连这都不能，依然和在人间一样要压着泪倒流回去。蓬勃的悲痛，还让它埋葬在心坎中去辗转低吟！而这颗心恰和林梢月色，一样的迷离惨淡，悲情荡漾！

云轻轻走到我身傍，凄（然）的望着我！我遂起来和云跨过这个山峰，忽然眼前发现了一块绿油油的草地。我们遂拣了一块斜玻，坐在上边。面前有一颗松树，月儿正在树影中映出，下边深涧万丈，水流的声音已听不见；只有草虫和风声，更现的静寂中的振荡是这般阴森可怕！我们坐在这里，想不出什么话配在这里谈，而随便的话更不愿在这里谈。这真是最神秘的夜呵！我的心更较清冷，经这度潭水涛声洗涤之后。

夜深了，远处已隐隐听见鸡鸣，露冷夜寒，穿着单衣已有点颤栗，我怕云冻病，正想离开这里；揆和梅隐来寻我们，他们说在远处望见你们，像坟前的两个石像。这夜里我和梅隐睡在龙王堂，而我的梦魂依然留在那翠峦清潭的石床上。

文学馆

诗歌
石评梅精品选

断头台畔

狂飙怒卷着黄尘滚滚如惊涛汹涌,
朝阳隐了这天地只剩下苍黑之云;
一阵腥风吹开了地狱紧闭的铁门,
断头台畔僵卧着无数惨白之尸身。

黑暗的宇宙像坟墓般阴森而寂静,
夜之帷幕下死神拖曳着长裙飘动;
英雄呵是否有热血在你心头如焚,
醒来醒来呼唤着数千年古旧残梦。

红灯熄了希望之星陨坠于苍海中,
瞭望着闪烁的火花沉在海心飞迸;
怕那鲜血已沐浴了千万人的灵魂,
烧不尽斩不断你墓头的芳草如茵。

胜利之惨笑敌不住那无言的哀悼！
是叛徒是英雄这只有上帝才知道，
"死"并不能伤害你精神如云散烟消，
你永在人的心上又何须招魂迢迢？

这悠悠相思我与谁弹

酒尽烛残长夜已将完,
我咽泪无语望着狼藉杯盘,
再相会如这披肝沥胆知何年,
只恐怕这是最后的盘桓。

只恐怕这已是最后的盘桓,
冰天雪地中你知人生行路难;
不要留恋,不要哀叹,不要泪潸潸!
前途崎岖愿你强加餐。

前途崎岖愿你强加餐,
谁知道天付给你的命运是平坦艰险,
晨光下脱去你血泪斑驳的长衫,
挥剑斩断了烦恼的爱恋。

挥剑斩断了烦恼的爱恋,
你去吧,乘着晨星寥落霜雪漫漫,
几次我从泪帘偷看你憔悴的容颜,
多少话要说千绪万端。

多少话要说千绪万端,
你如有嘱咐叮咛告我勿再迟缓,
汽笛声中天南地北海滨隔重山,
这悠悠相思我与谁谈?

悼君宇

梦魂儿环绕着山崖海滨,
红花篮、青锋剑都莫些儿踪迹。
我细细寻认地上的鞋痕,
把草里的虫儿都惊醒。
我低低的唤着你的名字,
只有树叶儿被风吹着答应。
想变只燕儿展翅向虹桥四眺,
听听哪里有马哀嘶;
听听哪里有人悲啸。
你是否在崇峻的山峰,
你是否在浓森的树林。
呵!刹那间月冷风凄,
我伏在神帐下忏悔。
为了往日的冷落,

才感到世界的枯寂。
只有明月吻着我的散发,
和你在时一样;
只有惠风吹着我的襟角,
和你在时一样。
红花枯萎,宝剑葬埋,
你的宇宙被马蹄儿踏碎。
只剩下了这颗血泪淹浸的心,交付给谁?
只剩下了这腔怨恨交织的琴,交付给谁?
听清脆的鸡声,唱到天明,
雁群在云天哀鸣。
这时候,君宇,君宇,你听谁在唤你;
这时候,悽悽惨惨,你听谁在哭你。

紫罗兰

当她在我面前低着头,匆匆走过去的时候,
她的心弦鼓荡着我的心弦,
牵引着我的足踵儿,
到了紫罗兰的面前。
花上的蝶儿,猛吃一惊,嗔人扰她甜蜜的睡眠;
但是花儿很愉快的娜袅舞蹈着,
展开她一摺一摺的笑靥。
我想她心腔中,怀着什么疑团?
脑海里荡漾着什么波澜?
但是她准痴立着笑而不答!

当我无意中又遇着她的时候,
看到她的手里拿着鲜烂的花球,
衬着她玫瑰似的颊儿,乌云般的发儿,

水漾漾漆黑的眼珠儿，满溢着无穷的话头。
鸟儿的音韵好像她抑扬的歌声；
花儿的丰姿，不如她自然活泼的娉婷。
现着一点笑，
隐着一点愁。
她半喜半怨的倚着那紫罗兰不动。
人的痴心呵！
她恐怕旁人摘她的花。
朋友呵！假如你脑海里镌深了她，
你随时能发现一朵灿烂的花，
又何必怕旁人摘她？

车轮和我的心轮一样，相扭着旋转；
我的心却在紫罗兰前。
小鸟笑着说：
朋友呵！
沉寂里耐着点吧！
不要把血和泪，
染在花瓣上，
使她永镌着心痛；
忘不了你的怅惘沉闷！

灵魂的漫歌

一

我是人间驱逐的罪囚,
心情逃在檀香焚炽的炉内:
燃着浓馥的烟——在空中萦绕。
炉中有烧不尽的木屑,
将继续永久这样燃烧!
灵魂儿——附着几缕不绝的轻烟,
向云头浮漂。
听那!
人间的朋友们,
正在那浓梦内咀嚼!

二

宇宙之谜呵,
我终永难猜!
为什么春园繁华?
秋园萧瑟?
雁儿又要南北忙?
在这月光清辉的银幕下,
深邃黑暗里;
又满含着恐怖的神秘!
朋友呵!
在人类浓迷的梦里,
听听:
他们诉说的呓语是什么?

三

青山满被雪罩,
碧水都结冰屑;
园中的花木凋落!
墓头的青草枯黄!
朋友们呵!
都在冰天冻雪里缩抖着,
等那金红色美丽的太阳!
永久呵——希望,

永久呵——失望,

浮云已把美丽的太阳!

笼罩在那黑邃的深崖!

四

岸头堆遍了尸骸!

海流波荡着雪花!

朔风又乘着深夜——在松林里怒号!

那堪啊!

野鹜站在古木上冷笑;

饿狼伏在黄草中悲啸;

血呵——腥;

尸呵——腐;

清洁美丽的园儿,

变作了荒燕鸟兽的山薮;

这样冷酷似的宇宙,

莫有一只善鸣的鸟儿歌唱!

莫有一朵美丽的花儿开放!

只有静沉沉的海水,

流呵——流呵,

带着这腥臭的血波荡漾!

五

是谁把血变作了河?

是谁把尸骸堆满山？
只落得喂了野兽的肉，
满了饿狼的欲！
将繁华的园儿，
遮在这黯淡的幕下，
明锐的矛头，
霜雪的剑刀，
都在那雪花中——讪讽的微笑！

六

朋友们呵：
醒醒这醉迷的噩梦呵；
在云烟渺茫里，
去觅那女神的援助！
白玉的神座下，
祈祷着！
赠一杯玫瑰的甘露，
将人类所有的不平，
都融化在这碧玉杯内。

七

朋友们呵：
醒醒这醉迷的噩梦呵；
在云烟渺茫里，

去觅那女神的援助！

白玉的神座下，

祈祷着：

赐一支光明的烛枝；

将人类所有的黑暗，

都燃起了辉煌的华！

八

焚毁了这肮脏的宇宙！

烧断了那笼罩的尘网！

涌现出美丽的太阳！

射在那青翠的山峰，

映在那碧绿的沧海；

花儿在惠风里舞蹈！

夜莺在树林里歌唱：

一切重生了！

复新了；

宇宙原不是那么荒凉？

朋友呵！

这迷惘的浓梦醒来！

我附着在烟云中的灵魂，

爆裂了檀香焚炽的火炉！

又返到人间的故乡。

离梅窠前一日诗

一

依稀是风飘落花，
依稀是柳絮天涯；
问燕子离开旧巢，
含泪飞向谁家？

二

惠风撩乱了诗情，
晚霞横抹成诗境；
只点染了一轮月，
几株松，

惹我留恋着：
梅寨的烟云。

三

疏剌剌几枝梅花，
冷清清一盏孤灯；
听，
远处送来的古庙钟声，
窗前唱和着草虫低吟，
惹我留恋着：
梅寨的幻梦。

四

铸成了铁样的素心。
包住了海样的深情；
榻上遗下泪迹，
案上留着药馨；
风宵月夜，
少了个瘦影。

一瞥中的流水与落花

一

欢乐的泉枯了,
含笑的(花)萎了!
生命中的花,已被摧残了!
是上帝的玄虚?
是人类的错误?

二

曲水飘落花,悠悠地去了!
从诗人的脑海里,
能涌出一滴滴的温泉,

灌溉滋润那人类的枯槁——干燥。

三

曲水飘落花,悠悠地去了!
从诗人的心田里,
发出一朵朵绯红的花,
去安慰凄凉惨淡的人生。

四

流水寂寂,
落花纷纷;
何处是居停?
自然界一瞥中的安慰,
默默无言地去了;
在诗人脑海里,留下什么镌痕?

五

明媚的春景,
只留下未去的残痕,
青年人的心,一缕缕的传着,付与春光吧!

六

烂漫如锦的繁华，
一瞥，
朋友们的兴奋又受打击；
流水落花是生命中的踌躇。
进行啊！
空掬伤春泪，难挽回落花流水辞春归。

别　后

在沉默肃静的夜之幕下，
花影披离，
馨香飘浮；
映出那过去的幻影闪烁着！
迷离恍惚中，
我绊着柳丝儿，
回味那人间的酸辛，
猛忆起往年旧痕。

皎皎的明月，依然照着茜窗；
娴娜的人影，依然印在墙上；
未眠稳的黄莺儿，依然在枝上啼着
听何处送来的：
低徊小吟，

悠扬琴声？
猛感到别后有怅惘呵！

生命之花同时灿烂芬芳的时候；
命运之神呵；
在未来的光辉里，
闪烁着懊恼的残影，
笼罩着人间的悲哀！
忆哪！
黑云阴森的夜景，
光明的烛珠在沉沉的幕下燃着！
银铸起伏中，
载着幸福之船航去了！
那时我忍了一腔热血，
一松手把幸福之楫抛去；
人间的失望呵，
成了群中的遗物！

忆哪！
清风飘荡着花香，
皎月彩映着人影，
旧痕水镌呵！
那时我忍了一时悲哀，
把系在枯枝上的心摘下，
埋在那白云笼罩的红梅树下。

总可以大声的痛哭呵!
为了不能发泄的酸楚!
在别之后。
但一把麻木的神经,
付与命运之神的手中了。
梦中的追忆,
或有时能模糊的现出那淡淡底形,
深深的痕,
在你心底反映中……

一九二三,四,三,北京女高。

我告诉你,母亲!

一

我告诉你,母亲!
你不忍听吧这凄惨号啕的声音,
是济南同胞和残暴的倭奴扎挣,
枪炮铁骑践踏蹂躏我光华圣城;
血和泪凝结着这弥天地的悲愤。

青翠巍峨的泰山呵笼罩着烟氛,
烟氛中数千年圣宫化成了炉烬;
尸如山血成河残酷的毒焰飞进,
大明湖畔春色渲染着斑驳血痕。

二

我告诉你，母亲！
你要痛哭这难雪的隐恨和奇辱，
听胜利狞笑中恶魔正饮我髓血，
鹊华桥万缕垂柳都气的变颜色；
可叹狼藉已如落花这锦绣山河。
险恶人寰无公理无人道无同情，
生命的泯灭如逝去无痕的烟云；
祝那些刳肠剖腹血淋淋的弟兄，
安睡吧不要再怀念这破碎祖茔。

三

我告诉你，母亲！
你那忍看中华凋零到如此模样，
这碧水青山呵任狂奴到处徜徉，
晨光熹微中强扶起颓败的病身；
母亲你让我去吧战鼓正在催行。

你莫过分悲痛这晚景荒凉凄清，
我有四万万同胞他们都还年轻，
有一日国富兵强誓将敌人擒杀！
沸我热血燃我火把重兴我中华！

一九二八年五月二十五日写于白屋。

浅浅的伤痕

一

姑娘！你也许不记得我谁？
我到如今，也不愿见你，也不敢见你，
怕我这憔悴的枯颜吓的你惊颓！
如今，我要向天涯地角找寻我的墓地，
姑娘！临行前允许我再作这一次的忏悔。

二

姑娘！我只希望"梦"能给我暂时的沉醉，
此后孤清的旅途上啜你赐我的空杯。
往日甘香的浓醴已咽到我心里，

这虽是空杯残滴，但我那忍粉碎！
姑娘！允许我祝福你新杯里酿的浓醴。

三

姑娘！我那敢用我的痴愚怨恨你，
你如玉的精神，如花的皎颜，
是要令千万人颠倒与沉迷！
我，我只是小小的一只蝶儿，
曾傍着你的縠纱飞。

四

姑娘！你不认识我的心，
只为了你被虚荣蔽蒙；
我除了此心，再无珍贵的礼物馈赠。
愿，愿一天虚荣的粉饰剥落成灰烬，
姑娘！我的心，或能在你灵魂里辉映？

十五年二十月四日在白屋中。

抬起头来，我爱！

抬起头来，我爱！
看月儿投入你的胸怀，
忘了一切，忘了世界，忘了自己还在。
不要期待，不要期待，
热泪凝固了，便铸成悲哀。

抬起头来，我爱！
允许我再轻轻地吻你。
我要寻来生命的火焰，
在你澄清似水的眼里，
映入我的梦寐。

抬起头来，我爱！
你不要为了过去流泪。

已悄悄由身旁过去，
我们不久也会被黄土掩埋。

抬起头来，我爱！
露华已沾湿你的衣襟。
不要依恋呵，那以往的惆怅，
让悲哀紧紧地牵系住我俩，
盼着，盼着黎明的曙光。

抬起头来，我爱！
这黑暗的世界你不要战栗。
繁星在夜的深林里闪烁，
"希望"在那边招手唤你，
走向前去吧，毋须在回忆路上徘徊。

秋的礼赠

秋风秋雨惊醒我的秋梦,
披衣静听,秋在窗外低吟;
这凄寒秋夜里,什么都死寂沉静,
猛忆到秋将去,生命又逝去一程。

我替秋预备下临别的礼赠,
不是清爽高旷的秋郊,不是薄罗般秋云,
也不是疏星冷月幽寒的秋夜景;
不是秋林,不是秋菊,不是凛冽的秋风。

是几片离枝未残的红叶,赠作书签。
我收拣她们漂零的落叶,
在山巅水涯晚风前;
深夜里借月光,写些心爱的诗句在上边。

如梦,如梦,回忆旧景一瞥空,
生命的消逝如一去不返的征鸿。
系不住,绾不牢,这金箭似的光阴,
愿,愿过去的欢乐,能在这叶里红。

朋友,你偶然心海底吹绉起的波纹,
请将他缄寄在红叶的心中;
秋去了,梦也醒,往事都无踪,
你披卷细寻,这小小叶儿里有梦影秋痕。

我愿你

当我按着心潮，
伏在铜像下祈祷的时候，
惠风颤动的桃花，
像你含笑的面靥。
高悬穹苍的眉月，
似你蕴情的秋波；
翁郁林中的小鸟，
宛如你临纸哽咽的悲调；
暮霭笼空时的红霞落日，
描画出故人别后的缠绵呵！

我诚意的祈祷了；
仁爱的上帝呵！
我仅仅是个最小的希望；

我愿你如那花瓶中的芍药受人供养；
我愿你做那翱翔云里，
夷犹如意的飞鹏；
不愿你像那潇湘馆前，
黄金架上的红嘴鹦哥；
我愿你宛如雪梅的清高，
蕙兰的幽香；
在你生命之花灿烂的时候；
阳光永远照着！

生之期内，
朋友啊！
我愿为你时时祈祷着；
庄重的山岳，
澄清的瀑泉。
野鹤孤云的闲散呵！
自然之美与你造理想之园，
人类之爱与你建创造之塔。
那时你或者晓得。
宇宙之孤独者，
群众之热度者；
曾将他自己的血泪，
洒在你生命花上。

一九二三年，四，八，评梅。

流萤的火焰

心头堆满了人间的怅惘,
走进了静寂迷漫地夜园里;
藉着流萤的光焰,
访那已经酣睡的草花,
暗沉呵!
无明月之皎洁,
无繁星之灿烂,
无烛光之辉煌,
蝙蝠在黑暗里翱翔,
朔风吻着松林密语,
踽踽者笼罩在花影飘荡的亭上,
望着云天苍苍,
回忆那人间的前尘后影呵!
"前尘后影呵",

那堪回忆!
美艳的牡丹,
变作了枯紫的花片烂埋在地下;
青春地少女,
红粉化作了骷髅;
锦绣般地花园,
他年变了荒凉的古冢!
造物哟!
花呵不常红,
草呵不常青,
徒苦了勤恳地园丁!
香梦正酣的花儿,
可知道荷亭下有人悲恸?

夜寒衣薄,
倚着凄淡的梨花共寂寞!
没个鸟儿来同她共话?
没个虫儿来伴她幽唱?
只闻到风卷涛声。
激荡着宇宙之狂谜,
发挥那人间的激昂。
有这点声息,
我涌血的心房,静静地为自然高唱呵!
当我花心香焚炽的时候,
浓馥地烟云,
沉醉了众花的魂魄;

心之光，
复活了满园地的春色。
夜来香放出馨兰的气味，
诱着浮游的飞萤，
冷死在紫藤上，这是何等的凄凉呵！

留一点余光伴着孤寂的花儿。
她们都怨那流萤！
去的匆忙，
夜来香遗下了终生的怅惘。
她们为他挂起了鱼白色的云帐，
铺花瓣，毡苍苔，
杨柳千条挽他的余芳；
绿荫的松柏支起了灵床，
把飞萤的尸首葬在梨花树傍，
好拿梨花的悱恻，
慰他的寂寞凄凉！

花梦醒来，
流萤何在？
人间的落伍者呵！
在夜色迷漫的花里，
幻想着人间的悲哀，
败叶中都饱满了尸骸，
痴狂的梦境呵！
流萤呵！

你复活在紫藤上,

把你的光放大来,

人间的罪恶原没有沾染你?

明月的光——皎洁啊;

繁星的光——灿烂啊;

烛光爆开了红花——辉煌啊!

都赞美流萤的复活!

美艳的花枝婀娜着,

幽扬的鸟声歌唱着,

一轮红日捧出,光明了锦绣的花园;

人间的乐园出现了!

缥缈中奏着天乐。

一九二三,六,三,南京莫秋愁湖畔。

残夜的雨声

一点冰冷的心血,
转着低微的浪音;
在一叶的生命上,
又映着惨切的深秋!
朋友呵!
听窗外淅……沥,
想到了篱畔黄菊,
点了支光明的烛——
走出了梅窟。

花下映出我影儿的徬徨,
黯淡的月光——
照出我心中的凄凉;
树荫里落下的雨珠儿,

慢慢地向身上。
那时,
夜莺奏着深秋的挽歌!
篱旁黄菊,
她正在迷惘的梦中。

深霄远远底送来鸡声,
似银铃的摇荡,
惊醒了雨中阶下的痴魂!
执着熄了的烛儿。
回到梅窟。
斜倚着枕儿,坐送残夜;
听窗外芭蕉的滴沥,
梧枫叶满载着秋夜雨;
一声声,
一叶叶,
凄切切滴以天明,

十,十八,北京。

学馆

小说
石评梅精品选

归 来

　　四围山色中,一鞭残照里,我骑着驴儿归来了。过了南天门的长山坡,远远望见翠绿丛中一带红墙,那就是孔子庙前我的家了,心中说不出是什么滋味,这又是一度浩劫后的重生呢:依稀在草香中我嗅着了血腥;在新冢里看见了战骨。我的家,真能如他们信中所说的那样平安吗?我有点儿不相信。

　　抬头已到了城门口,在驴背上忽然听见有人唤我的乳名。这声音和树上的蝉鸣夹杂着,我不知是谁?回过头来问跟着我的小童:

　　"珑珑!听谁叫我呢!你跑到前边看看。"

　　接着又是一声,这次听清楚了是父亲的声音;不过我还不曾看见他到底是在那里喊我,驴儿过了城洞我望见一个新的炮垒,父亲穿着白的长袍,站在那土丘的高处,银须飘拂向我招手;我慌忙由驴背上下来,跑到父亲面前站定,心中觉着凄梗万分眼泪不知怎么那样快,我怕父亲看见难受,不敢抬起头来,也说不出什么话来。父亲用他的手抚摩着我的短发,心里感到异样的舒适与快愉。也许这是梦吧,上帝能给我们再见的机会。

沉默了一会，我才抬起头来，看父亲比别时老多了，面容还是那样慈祥，不过举动得迟钝龙钟了。我扶着他下了土坡，慢慢缘着柳林的大道，谈着路上的情形。我又问问家中长亲们的健康，有的死了，有的还健在，年年归来都是如此沧桑呢。珑珑赶着驴儿向前去了，我和父亲缓步在黄昏山色中。

过了孔庙的红墙，望见我骑的驴儿拴在老槐树上，昆林正在帮着珑珑拿东西呢！她见我来了，把东西扔了就跑来，喊了一声"梅姑！"似乎有点害羞，马上低了头，我握着她手一端详：这孩子出脱的更好看了，一头如墨云似的头发，衬着她如雪的脸儿，睫毛下一双大眼睛澄碧灵活，更显得她聪慧过人。这年龄，这环境，完全是十年前我的幻影，不知怎样联想起自己的前尘，悄悄在心底叹了一口气。

进了大门，母亲和一个不认识的女人坐在葡萄架下，嫂嫂正在洗手。她们看见我都喜欢的很。母亲介绍我那个人，原来是新娶的八婶。吃完饭，随便谈谈奉军春天攻破娘儿关的恐慌虚惊，母亲就让我上楼去休息。这几间楼房完全是我特备的，回来时母亲就收拾清楚，真是窗明几净，让我这匹跋涉千里疲惫万分的征马，在此卸鞍。走了时就封锁起来，她日夜望着它祷祝我平安归来。

每年走进这楼房时，纵然它是如何的风景依然，我总感到年年归来时的心情异昔。扶着石栏看紫光弥漫中的山城，天宁寺矗立的双塔，依稀望着我流浪的故人微笑！沐浴在这苍然暮色的天幕下时，一切扰攘奔波的梦都霍然醒了。忘掉我还是在这嚣杂的人寰。尤其令我感谢的是故乡能逃出野蛮万恶的奉军蹂躏，今日归来不仅天伦团聚而且家园依旧。

我看见一片翠挺披拂的玉米田，玉米田后是一畦畦的瓜田，瓜田尽头处是望不断的青山，青山的西面是烟火，人家，楼台城廓，背着一带黑森森的树林，树梢头飘游着逍遥的流云。静悄悄不见一点儿嘈杂的声音,只觉一阵阵凉风吹摩着鬓角衣袂,几只小鸟在白云下飞来飞去。

我羡慕流云的逍遥,我忌恨飞鸟的自由,宇宙是森罗万象的,但我的世界却是狭的笼呢!

追逐着,追逐着,我不能如愿满足的希望。来到这里又想那里,在那里又念着回到这里,我痛苦的,就是这不能宁静不能安定的灵魂。

正凝想着,昆林抱着黑猫上来了。这是母亲派来今夜陪我的侣伴。

临睡时,天暮上只有几点半明半暗的小星星。我太疲倦了,这夜不曾失眠,也不曾做梦。

红鬃马

　　那是一个春天的早晨，一轮赤日拖着万道金霞由东山姗姗地出来，照着摩天攀云的韩信岭。韩信岭下的居民，睡眼朦胧中，忽然看见韩侯庙里的塔尖上，插着一杆雪白的旗帜，在日光中闪耀着，在云霄中飘展着。这时岭下山坡上，陆陆续续可以看见许多负枪实弹的兵士，臂上都缠着一块白布，表示革命军特别的标志。

　　他们是推倒满清，建设民国的健儿。一列一列整齐的队伍过去，高唱着激昂悲壮的军歌，一直惊醒了岭下山城中尚自酣睡的居民。

　　韩信岭四周的山城，为了这耀目的白采，勇武的健儿们，曾起了极大的纷扰，但不久这纷扰便归于寂静；居民依然很安闲愉快地耕种着田地，妇人也支起机轮纺织布匹。小孩们还是在河沟里掏螃蟹，沙滩上捡石子地玩耍着。

　　在当时纷扰中，隐约的枪声里，我和芬嫂、母亲扮着乡下人，从衙署逃出来，那时只有老仆赵忠跟着我们。枪林弹雨中，我们和一群难民跑到城外，那时天已黄昏，晚霞正照着一片柳林，万条金线慵懒地垂到地上。树荫下纵横倒卧着的都是疲惫的兵士，我们经过他们的面前连看都不敢看，只祷告不要因为这杂乱的足声惊醒他们的归梦。离城有五里地了，赵忠从东关雇来一辆驴车，母亲告诉车夫去南王村，拿着父亲的一封信去投奔一个朋友。我那时才十岁，虽然不知为什么忽然这样纷扰，不过和父亲分离时，看见父亲那惊吓焦忧的面貌，和母亲临行前收拾东西的匆促慌急，已知道这不幸的来临，是值得我们恐怖的！

逃难时我不害怕也不涕哭，只默默地看着面前一切的惊慌和扰乱，直到坐在车上，才想起父亲还陷在恐怖危险中，为什么他不和我们一块儿出来呢！问芬嫂，她掩面无语；问母亲时，她把我揽在怀中低低地哭了！夜幕渐渐低垂，树林模糊成一片漆黑，驴车上只认出互相倚靠蜷伏的三个人影。赵忠和车夫随着车走。除了车轮的转动，和黑驴努力前进的呼吸外，莫有一点响声。广漠的黑暗包围着，有时一两声的犬吠，和树叶的飘落，都令人心胆俱碎！到了南王村已是深夜，村门上有乡勇把守，因为我们是异乡人不好走进村。后来还是请来了父亲的朋友王仁甫，问明白后才让我们进去。过了木栅门，王宅已派人拿了灯笼来接，这时我心中才觉舒畅，深深地向黑暗的天宇吐了一口气。坐上王宅车到他家时，我已在路上睡着了。

这一夜，母亲和芬嫂都未安眠，我们焦虑着父亲的吉凶。芬嫂和母亲说："早知道这样两地悬念，还不如在一块儿放心。"母亲愈想愈觉着难过，但是在人家这里也不愿现出十分悲痛的样子。第二天，母亲唤醒我，才知道父亲已派人送信来了，说城中一切都平静，革命军首领是我们同乡郝梦雄，他是父亲的学生，所以不仅父亲很平安，连这全县一百余村也一样平安。这消息马上便传布了全村，许多妇人领着自己的小孩来到王宅慰问我们！母亲很客气地接见了他们。那天午餐是全村的乡董公请，母亲在席上饮上三杯酒，庆祝这意外的平安！

午餐完毕，王宅用轿车送我们进城，这次不是那样狼狈了。一进城门，便看见军队排立着向我们举枪致敬。车进了大门，远远已看见父亲和一位雄壮英武全身军装的少年站在屏风门前迎接我们。下了车，我先跑过去拖住父亲，父亲笑着说："过去给你梦雄哥行礼，不是他，我也许见不着你们了。"这时真说不出是悲是喜，母亲和芬嫂都在旁边擦着眼泪，父亲笑声中也带了几分酸意。我走到梦雄面前很规矩的向他行了礼，他笑着握了我的手说："几年不见，妹妹已长大了，你还认识我吗？"他蹲下来捧着我的下颚这样问，我笑了，跑到母亲跟前去，父亲笑了，梦雄和赵忠他们都笑了。

　　过了几天，父亲和梦雄决定了一同进省，因为军旅中不便带女眷，所以把我们留在这里。在梦雄走的前一天，我们收拾好行装搬到南王村王仁甫家中暂住，等父亲派人来接我们。临行时父亲和梦雄骑着马送我们到城外，我也要骑马，父亲便把我抱在他的鞍上。时已暮春，草青花红，父亲和梦雄并骑缓缓地走过那日令我惊心的柳林，我忽然感到一种光荣，这光荣是在梦雄骑着的那匹红鬃马的铁蹄上！

　　到了东关外，父亲把我抱下马来，让我和母亲坐在车上去。我知道和父亲将要分离，心中禁止不住的凄哀，拉着父亲的衣角哭了！梦雄跳下马来，抚着我的额前短发，他说："妹妹，你不要哭，过几天便派人来接你去省城。你想骑马，我那里有许多小马，我送你一匹，你不要哭，好妹妹。"母亲、芬嫂下了车和父亲、梦雄告别后，——赵忠又抱我上了车。车轮动了，回头我见父亲和梦雄并骑站在山坡上，渐渐远了，我还见梦雄举扬着他的马鞭。

　　梦雄因为这次征服了岭南各县的逆军，很得当道的赞喜！回到省城后，全城的民众开大会欢迎他的凯旋。不久他便升了旅长，驻扎在缉虎营，保卫全城。在这声威煊赫后的梦雄，当时很引起我们故乡长老的评论。他家境原本贫寒，父亲是给人看守祠堂，母亲是个瞎子。他十岁时便离开家乡去漂泊，从戎数载，转战南北。谁都以为他早已战死沙场，那料到革命军纷起后,他遂首先回来响应。不仅他少年得志令人敬佩,最使人艳羡的他还有一位美丽英武的夫人,听说是江苏人,她的来历谁都不知道,但是她的芳名冯小珊是这城里谁都晓得的。

我们到了省城后,便和梦雄住在一条胡同内。小珊比我大十岁,我叫她珊姐。她又活泼又勇武,憨漫天真中流露出一种庄严的神采,教人又敬又爱。梦雄和她感情很好,英雄多情,谁也看不出英武的梦雄在珊姐面前缠绵柔顺却像一只小羊。

过了中秋节后四天,是我的生日。父亲特别喜欢,张罗着给我过一个愉快幸福的生辰。那天早晨,母亲给我换上玫瑰色缎子的长袍,上边加了一件十三太保的金绒坎肩,一排黄澄澄的扣子上镌着我的小名;芬嫂与我梳了两条松长的辫子垂在两肩,她又从小银匣内拿出一条珠链给我挂在颈上。收拾好,母亲派人来叫我,芬嫂拉着我走到客厅,在廊下便听见梦雄和珊姐的笑声!我揭帘进去。珊姐一见我便跑过来握着我的手说:"啊呀!好漂亮的小姑娘,你过来看看我送你的礼。""她一定喜欢我的,你信不信?"梦雄笑着向珊姐说。我走到母亲面前,母亲指桌上一个杏黄色的包袱说:"你还不谢谢珊姐给你的礼。"我过去打开一看,是一套黑绒镶有金边的紧身戎装,还有一顶绒帽。梦雄不等我看完,便领我走到前院,出了屏门那棵槐树下拴着两匹马,一匹是梦雄的红鬃马;还有一匹小马。周身纯白,鞍辔俱全。我想起来了,这是梦雄三月前允许了我的礼物。我真喜欢,转过身来深深地向他们致谢!那天收了不少的礼物,但是最爱的还是这两样。

不久我便进了学校,散课后,珊姐便和我骑着马去郊外,缘着树林和河堤,缓辔并骑;在夕阳如染,柳丝拂髻的古道上,曾留了不少的笑语和蹄痕。有时玩得倦了,便把马拴在树上,我们睡在碧茵的草地上,绿荫下,珊姐讲给我许多江南的风景;谈到她的故乡时,她总黯然不欢,我那时也不注意她的心深处,不过她不高兴时,我随着也就缄默了。

中学将毕业的前一年,梦雄和珊姐离开了我们去驻守雁门关。那时我已十六岁了,童年的许多兴趣多半改变。梦雄送给我的小白马,已长得高大雄壮。我想留着它不如送给珊姐自用,所以我决定送给她。在他们临行时,我骑着它到了城外关帝庙,父亲在那里设下了别宴。我下了马,和梦雄、珊姐握别时,一手抚着它,禁不住的热泪滴在它蒸汗的身上。珊姐骑着它走了三次,才追着梦雄的红鬃马去了。归途上,我感到万分的凄楚,父亲和母亲也一样的默然无语。斜阳照着疏黄的柳丝,我忽然想起六年前往事,觉童年好梦已碎,这一阵阵清峭的秋风,吹落我一切欢乐,像漂泊的落叶陨坠在深渊之中。

八年以后,暑假里,我由燕北繁华的古都,回到娘子关畔的山城。假如我尚有记忆时,真不信我欢乐的童年过后,便疾风暴雨般横袭来这许多人间的忧愁,侵蚀我,摧残我,使我终身墓葬于这荒冢寒林之中。此后只有在一缕未断的情丝上,回旋着这颗迂回而悲凄的心,在一星未熄的生命余焰里,挥泪瞻望着陨落的希望之星,和不知止于何处的遥远途程。这自然不是我负笈千里外所追求的,又何尝是我白发双亲倚闾所希望的。然而命运是这样安排好了,我虽欲挣脱终不能挣脱。

这八年中,我在异乡沉醉过,欢笑过,悲愁过,痛哭过,遍尝了人间的甜酸辛辣;才知道世界原来是这个罪恶之薮,而我们偶然无意中留下的鸿爪,也许便成了一种忏悔罪恶的遗迹。恍惚迷离中,一切虽然过去了,消逝了,但记忆磨灭不了的如影前尘,在回忆时似乎尚可得一种空幻的慰藉。

黄昏的灯光虽然还燃着,但是酒杯里的酒空了,梦中的人去了,战云依然深锁着,灰尘依然飞杨着,奔忙的依然奔忙,徘徊,依然徘徊的我忽然踟躇于崎岖荆棘的天地中,感到了倦旅。我不再追求那些可怜的梦影了,我要归去,我要回到母亲的怀里,暂时求个休息去。我倦了,我想我就是这样倒下去，我也愿在未倒时再看看我童年的摇篮，和爱我的双亲。

挣扎着由黑暗的旅舍中出来，我拂了拂衣襟上的尘土，抚了抚心上的创口，向皎洁碧清的天空深深地吐了一口气后，踏着月色独自走向车站。什么都未带，我不愿把那些值得诅咒，值得痛恨的什物，留在身畔再系绊我。就这样上了车，就这样刹那间的决定中抛弃了一切。车开行了，深夜里像一条蜿蜒在黑云中的飞龙，我倚窗向着那夜幕、庄严神秘的古都惨笑！惨笑我百战的勇士逃了！

谁都不晓得，这一辆车中载着我归来，当晨曦照着我时，我已离开古都有八百里，渐渐望见了崇岭高山，如笏的山峰上，都戴着翠冠，两峰之间的瀑布，响声像春雷一般。醒了，我一十余载的生之梦，这时被洞中水声惊醒了！禁不的眼泪流到我久经风尘的征衫！为了天堑削壁的群山，令我回想到幼年时经过的韩信岭，和久无音信的珊姐和梦雄。

下了火车，我雇了一只小驴骑到家；这比什么都惊奇，我已站在我家的门口了。湖畔一带小柳树是新栽的，晚风吹拂到水面，像初浣的头发，那边上马石前，卧着一只白花狗，张着口伸出血红的舌头，和着肚皮一呼一吸的，正看着这陌生的旅客呢！我把小驴系在柳树上，走向前去叩门，我心颤动着，我想这门开了后，不知将来的梦又是些什么？

到家后三天，家中人知我心境忧郁，精神疲倦。父亲爱怜我，让我去冠山住几天，他和小侄女蔚林陪着我。一个漂泊归来的旅客，乍承受了这甜蜜的温存和体帖，不觉感极涕下！原来人间尚有这块园地是会使我幸福的，骄傲的。上帝！愿永远这样吧！愿永远以这伟大的慈爱抚慰世上一切痛苦失望中归来的人吧！

山道中林木深秀，涧水清幽，一望弥绿，把我雪白的衣裳也映成碧色。父亲坐着轿子，我和蔚林骑着驴，缓缓地迂回在万山之间；只听见水声潺潺，但不知水在何处！草花粉蝶，黄牛白羊，这村色是我所梦想不到的。一切诅恨宇宙的心，这时都变成了欣羡留恋，一草一木，一山一水之微，都给与我很深很大的安慰。我们随着父亲的轿子上了几层山坡，到了我家的祖茔；父亲下了轿，领着我和蔚林去扫墓，我心中自然觉到悲酸。在父亲面前只好倒流到心里。烧完纸钱，父亲颤巍巍地立在荒墓前，风吹起他颚下的银须和飞起的纸灰。这一路我在驴上无心再瞻望山中的风景，恨记忆又令我想到古都埋情的往事。我前后十余年中已觉世事变幻，沧桑屡易，不知父亲七十年来其辛苦备尝，艰险历经的人事，也许是恶苦多于欢乐？然而他还扎挣着风烛残年，来安慰我，愉悦我。父亲！懦弱的女儿，应在你面前忏悔了！

远远望见半山腰有一个石坊，峰头树林蔚然深苍中掩映着庙宇的红墙，山势婉蜒，怪石狰狞，水乳由山岩下滴沥着，其声如夜半磬音，令人心脾凛然清冷。蔚林怕摔，下了驴走着，我也下来伴着她，走过了石坊不远便到了庙前，匾额写着"资福寺"。旁边有一池清泉，碧澄见底，岩上有傅青主题的"丰周瓢饮"四字。池旁有散发古松一株，盘根错节，水乳下滴，松上缠绕着许多女萝。转过了庙后，渡一小桥是槐音书院，因久无人修理已成废墟，荆棘丛生中有石碑倒卧，父亲叹了一口气，对我说，这是他小时读书之处。再上一层山峰至绝顶便到冠山书院，我们便住在这里。晚间，芬嫂又派人送来许多零用东西，和外祖母特别给我做的点心。

夜里眼侍父亲睡了后，我和蔚林悄悄走出了山门，立在门口的岩石上，上弦月弯弯像一只银梳挂在天边，疏星点点像撒开的火花。那一片黑漆的树林中时时听见一种鸟的哀鸣。我忽然感到这也许便是我的生命之林！万山间飘来的天风，如浪一样汹涌，松涛和着，真有翻山倒海之势。蔚林吓的拉紧了我的手，我也觉得心凉，便回来入寝。父亲和蔚林都睡熟了，只有我是醒着，我想到母亲，假如母亲在我身畔，这时我也好睡在她温暖的怀中痛哭！如今我仿佛一个人被遗弃在深夜的荒山之中，虎豺豹狼围着我，我不能抑制我的情感，眼泪如泉涌出！

鸡鸣了，我披衣起来，草草梳洗后便走出了山门，想看看太阳出山时的景致。一阵晨风吹乱了我的散发，这时在烟雾迷漫中，又是一番山景。我站在山峰上向四面眺望，觉天风飘飘，云霞烟雾生于足下，万山罗列，如翠笏环拱，片片白云冉冉飘过，如雪雁飞翔；恍惚如梦，我为了这非人间的仙境痴迷似醉。天边有点淡红的彩色，渐渐扩大了，又现出一道深紫的虹圈，这时已望见东山后放出万道金光，这灿烂的金光中捧出一轮血红似玛瑙珠的朝阳！

我下了石阶走去，那边林中有个亭子，已废圮倾倒，蛛丝尘网中抬头看见一块横额，写着"养志亭"三字。四周都是古柏苍松，陵石峻秀，花草缤纷，静极了，静得只听见自己呼吸的声音。我沉思许久，觉万象俱空，坐念一清，心中恍惚几不知此身为谁？走下了养志亭，现出一条石道，自己忘其所以地披荆棘，践野草走向前去，望见一带树林中，隐约现出房屋，炊烟飘散，在云端缭绕。

下了山，看见一畦一畦的菜园，红绿相间。粉墙一带，似乎是个富人的别墅，旁边有许多茅屋草舍，鸡叫犬吠俨然似个小村落。看看表已七点钟了，我想该回去了，不然父亲和蔚林醒来一定要焦急我的失踪呢！我正要回头缘旧径上山去，忽然听见马嘶的声音，而且这声音很熟，似乎在哪里听见过一样！我奇怪极了，重登上了山峰，向那村落望去，我看不见马在哪里！又越过一个山峰时，我可以看见那一带粉墙中的人家了，一排杨柳下，拴着两匹马，我失惊的叫起来，原来一匹是梦雄的红鬃马，一匹是他赠我，我又赠珊姐的小白马。我仔细的望了又望，看了又看，一点都没有错，确是它们。

我像骤然得到一种光荣似的，心中说不出的喜欢，哪想到我在这里无意中逢见它们。我又沉默了一会，觉着这不是梦。重新下了山，来到那个村落，我缘着粉墙走，看见一个黑漆大门，旁边钉着个铜牌写着郝宅，门口站着一个小姑娘，抱着一个小孩。我问她，这里是谁住着？她说是郝太太。我又问她："你是谁呢？"她指着怀中小孩说："这是郝少爷，我是她的丫头叫小蟾"。

我说明来历，她领我走到客厅，厅里满挂着写了梦雄上款的对联和他的像，收拾得很整洁。院子很大，似乎人很少，静寂的只听见蝉声和鸟唱。碧纱窗下种着许多芭蕉，映得房中也成了绿色。院中满栽着花木，花荫下放着乘凉的藤椅。我正看得入神时，帘子响了，回头见一个穿着缟素衣裳的妇人走过来。我和她一步一步走近了，握住手，但是一句话也说不出，四只眼睛瞪望着。我真想哭，站在我面前这憔悴苍老的妇人，便是当年艳绝一时天真活泼的珊姐。我呢？在珊姐眼中也一样觉得惊讶吧！别时，我是梳着双鬟的少女，如今满面风尘，又何尝是当年的我。她问我为何一个人这样早来？我告诉了她，父亲和蔚林在山上时，她即叫人去告诉我在这里，并请他们来她家午餐。后来我禁不住了，问到梦雄，她颜色渐渐苍白，眼泪在眶中转动着，她说："已在一年前死了！"我的头渐渐低下，珊姐紧紧握住我的手，我和她都在静默中哭了！

珊姐含泪领我到她的寝室，一进门便看见梦雄的放大像，像前供着几瓶鲜花。我站在他遗像前静默了一会，我心中万分凄酸；那知关帝庙一别便成永诀的梦雄，如今归来只余了一帧纸上遗影。我原想来此山中扫除我心中的烦忧，谁料到宇宙是如斯之小，我仍然又走到这不可逃逸的悲境中来呢！

"珊姐！难得我们在此地相见，今日虽非往日，但我们能在这刹那间团聚，又何尝不是一种幸福。你拿酒来，我们痛饮个沉醉后，再并骑出游，你也可以告我别后的情况，而且我也愿意再骑骑小白马，假如不是它的声音，我又哪能来到这里？"我似乎解劝自己又是解劝珊姐似的这样说。

珊姐叫人预备早餐，而且斟上了家中存着的陈酒。痛饮了十几杯后，我什么东西都没有吃，遂偕同珊姐走到后院。转过了角门，我看见那两匹马很疲懒的立在垂杨下。我望着它们时心中如绞，往日光荣的铁蹄，驰骋于万军百战的沙场，是何等雄壮英武！如今英雄已死，名马无主，我觉红鬃马的命运和珊姐也一样呢！我的白马也不如八年前了，但它似乎还认识故主，我走近了它时，它很驯顺地望着我。珊姐骑上梦雄的红鬃马，我骑上白马，由后门出来。一片绿原，弥望都是黄色的麦穗，碧绿的禾苗。珊姐在前领着道，我后随着，俨然往日童年的情景，只是岁月和经历的负荷，使我们振作不起那已经逝去的豪兴了。

远远望见一片蔚浓的松林，前面是碧澄的清溪，后面屏倚着崇伟的高山，我在马上禁不住的赞美这个地方。停骑徘徊了一会，抬头忽然不见了珊姐，我加鞭追上她时，她已转入松林去了。我进了松林，迎面便矗立着一块大理石碑，碑顶塑着个雕刻的石像，揽辔骑马，全身军装；碑上刊着："革命烈士郝梦雄之墓。"珊姐已下了马，俯首站在墓前，墓头种满了鲜花和青草，四周用石柱和铁环围绕着。

我把马拴在松树上，走近了石碑，合掌低首立在梦雄墓前，致这最后的敬意和悲悼！梦雄有灵也该笑了，他一生中所钟爱的珊姐和红鬃马，都在此伴着他这静默的英魂！偶然相识的我，也能今朝归来，祭献这颗敬慕之心。梦雄！你安息吧，殡葬你一切光荣愿望、热烈情绪在这山水清幽的深谷中吧！

珊姐望着石像哭了！我不知怎样劝慰她，只有伴她同挥酸泪！她两手怀抱着梦雄的像，她一段一段告诉我，他被害的情状，和死时的慷慨从容。我才知道梦雄第二次革命，是不满意破坏人民幸福。利益的现代军阀。他虽然壮志未酬身先死，但有一日后继者完成他的工作时，他仍不是失败的英雄。他的遗嘱便是让珊姐好好地教养他的儿子，将来承继他的未完之志去发扬光大，以填补他自己此生的遗憾！

自从听见了珊姐的叙述后，不知怎样，我阴霾包围的心情中忽然发现了一道白采，我依稀看见梦雄骑马举鞭指着一条路径，这路径中我又仿佛望见我已陨落的希望之星的旧址上，重新发射出一种光芒！这光芒复燃起我烬余的火花，刹那间我由这个世界踏入另一世界，一种如焚的热情在我胸头缭绕着——燃烧着！

白云庵

　　天天这时候，我和父亲去白云庵。那庵建在城东的山阜上，四周都栽着苍蔚的松树，我最爱一种披头松，像一把伞形，听父亲说这是明朝的树了。山阜下环绕着一道河水，河岸上都栽着垂杨，白巉巉的大小山石都堆集在岸旁，被水冲激的成了一种极自然美的塑形。石洞岩孔中都生满了茸茸的细草，黄昏时有田蛙的跳舞，和草虫的唱歌消散安慰妇人们和农工们一天的劳苦，还有多少有趣的故事和新闻，产生在这绿荫下的茶棚。

　　大道上远望白云庵像一顶翡翠的皇冠，走近了，碧绿丛中露出一角红墙，在烟雾白云间，真恍如神仙福地！庵主是和父亲很好的朋友，据说他是因为中年屡遭不幸，看破了尘世，遂来到这里，在那破庙塌成瓦砾的废址上结建了一座草庵。他并不学道参禅，他是遁潜在这山窟里著述他一生的经历，到底他写的是什么，我未曾看见，问父亲，也不甚了解；只知道他是撰著着一部在他视为很重要的著述。

　　早晨起一直到黄昏，他的庵门紧闭着，无论谁他都不招待不接见，每天到太阳沉落在山后，余霞散洒在松林中像一片绯纱时，他才开了庵门独自站在岩石上，望着闲云，听着松啸，默默地很深郁的沉思着。这时候我常随侍着父亲走上山吉，到松林里散步乘凉，逢见他时，我总很恭敬的喊一声"刘伯伯"。慢慢成了一种惯例，黄昏时父亲总带着我去白云庵，他也渐渐把我们看作很知己的朋友，有时在他那种冷冰如霜雪的脸上，也和晚霞夕照般微露出一缕含情的惨笑！

父亲和他谈话时，我拿着一本书倚在松根上静静地听着，他不多说话，父亲和他谈到近来南北战事，革命党的内讧，和那些流血沙场的健儿，断头台畔的英雄，他只苍白着脸微微叹息！有时他很注意的听，有时他又觉厌烦，常紧皱着眉峰抬头望着飘去飘来的白云。我不知他是遗憾这世界的摒弃呢，还是欣慰这深山松林、白云草庵的幽静！久之我窥测出他的心境，逆料这烟云松涛中埋葬着一个悲愁的惨剧，这剧中主人翁自然是这位沉默寡言，行为怪僻的"刘伯伯"。

有一天父亲去了村里看我的叔祖母，我独自到松林里的石桌上读书，那时我望着将要归去的夕阳，有意留恋；我觉一个人对于她的青春和愿望也是和残阳一样，她将悄悄地逝去了不再回来，而遗留在人们心头的创痕。只是这日暮时刹那间渺茫的微感，想到这里我用自来水笔写了两行字在书上：

　　黄昏带去了我的愿望走进坟茔，
　　只剩下萋萋芳草是我青春之魂。

我握着笔还想写下去，忽然一阵悲酸索绕着笔头，我放下了笔，让那一腔凄情深深沉没隐埋在心底，我不忍再揭开这伤心的黑幕，重认我投进那帏幕里的灵魂，这时我背后传来细碎的足音，沉重而迟缓，回过头来见是白云庵中的"刘伯伯"。我站起来。他问我父亲呢，我方回答着，他就坐在我对面的石凳上，俯首便看见我那墨水未干的两行字，他似乎感触着一种异样的针灸，马上便陷进深郁的沉思里。半天他抬头向我说："蕙侄，你小小年纪应该慧福双修，为什么写这样的悲哀消极的句子？"他严肃的面孔我真觉有点凛然了，这怎样解说呢！我只有不语。过了一会他深深地叹了口气，他又望着天边最后的余霞说："我们老年人总羡慕你们青年人的精神和幸福，人老了什么也不是，简直是一付储愁蓄恨的袋子，满装着的都是受尽人生折磨的残肢碎骨，我如今仿佛灯残烛尽，只留了最后的微光尚在摇幌，但是我依然挣扎着不愿把这千痕百洞的心境揭示给你们年青人，蕙侄！像你有什么悲愁？何至于值的你这般消极？光明和幸福在前途等候着，你自前去迎接罢！上帝是愿意赐福给他可爱的儿女。"到了最后一句时他有点哽咽了，大概这深山草庵孤身寄栖的生活里，也满溢着他伤心的泪滴呢。这时云淡风清，暮色苍茫，他低了头苦不胜其所负荷的悲愁，松涛像幽咽般冲破这沉静的深山，轻轻唤醒了他五十余年的旧梦，他由口袋里拿出他的烟斗，燃著飘渺的白烟中，他继续的告我他来到这里的情形，他说："蕙侄！我结庵避隐到这山上已经十年了，我以前四十余年的经过，是一段极英武悲艳的故事，今天你似乎已用钥匙开开我这秘密的心门，我也愿乘此良夜，大略告诉你我在人生舞台上扮演过的角色。

　　三十年前我并不是这须发苍白的老翁，我是风流飘洒的美少年，我的祖父和父亲都是亡国盛朝的大臣，我是在富贵荣华的府邸中长大，我的故乡是杭州，我也并不姓刘，因为十年前我遭了一次极重要的案件，我才隐姓埋名逃避在这里。

　　西子湖畔苏堤一带，那里有我不少的马蹄芳踪，帽影鞭痕，这是我童年欢乐的游地，也是我不幸的命运发轫之处。有一年秋天，我晚饭后到孤山去看红叶，骑着马由涌金门缘着湖堤缓辔游行，我在马上望见前面有一个淡青竹市衫，套着玄青背心的女郎；她右手提着一篮旧衣服向湖边去。我把鞭子一杨，马向前跑了几步，马的肚带忽然开了，我翻镫下马来扣时，那女郎已姗姗来到我面前了。她真是我命中的女魔，我微抬头便吃了一惊！觉眼前忽然换了一个世界，我恍如置身在广寒宫里，清明晶洁中她如同一朵淡白莲花！真是眉如春山微颦，眼似碧波清澈；我的亲眷中虽不少粉白黛绿，但是我从未曾看见过这样清秀幽美的女郎。当时把我的马收拾好，她已转到湖边去了，我不自禁的牵了马跟着她，她似乎觉得我是在看她，她只低了头在湖边浣衣，我不忍令她难堪，遂悄悄地骑了马走了。从此以后，我天天到这堤上来徘徊，但总没有再逢见她，慢慢这个影响也和梦中的画景一样，成了我灵台中供养着的一朵莲花。这一瞥中假如便结束了这段因缘，那未尝不是一个绮丽神仙的梦境。那知三个月之后，我从嫂嫂房里出来，逢见赵妈领着一个美丽的姑娘进了月亮门，走近了，她抬起头来，吓了我一跳！这是奇遇，你猜她是谁，她就是苏堤上逢见的浣衣女郎，她两腮猛然飞来两朵红云，我呆呆地站在走廊上。

后来我问嫂嫂的丫头，才知道她是赵妈的女儿，名字叫"梅林"，那年她才十六岁，我的母亲喜欢她幽闲贞静，聪明伶俐，便留在我家里住，不久我们便成了一对互相爱恋的小儿女，我那时十八岁。这当然是件不幸的事件，我们这样门第，无论如何不许我娶老妈子的女儿，我曾向我母亲说过，爱我的母亲只许我娶亲以后，可以收她做我的妾，我那时的思想遂被这件不幸的婚姻问题所激动，我便想当一个家庭革命者，先打破这贫富尊贱的阶级和门阀的观念，后来父亲听见这消息。生气极了，教训了我一顿，勒令母亲马上驱逐赵妈出去，自然，"梅林"也抱着这深沉的苦痛和耻辱出了我家的门。

在她们没有走的前一天夜里，我和梅林在后门的河沿上逢见，她望着垂柳中的上弦月很愤怒的向我说："少爷！我今天听太太房里的兰姑告我，说老爷昨天在上房里追问着我和少爷的事，他生气极了，大概明天就要我和我妈回去。少爷，这件事我现在不能说什么话，想当初我原不曾敢高攀少爷，是少爷你，再三的向我表示你对我的热感。我岂不知我是什么贫贱的人，那敢承受你的爱情，也是你万般温柔来要求我的。如今，我平空在你家闹了这个笑话，我虽贫贱，但我……唉！我家里也有三亲六故，朋友乡里，教我怎样回去见人呢？"她说着低了头呜呜地哭了！这真是晴天的霹雳！我那时还是个不知世故的小孩，我爱梅林纯粹是一腔天真烂漫的童心，一点不染尘俗的杂念，那知人间偏有这些造作的桎梏来阻止束缚我们。我抚着她的肩说："梅林！你不用着急，假若太太一定让你回去，你就暂时先回去，我总想法子来成全我们；如果我的家庭真是万分不叫我自由，那我也要想法子达到我们的目的，难道我一个男子不能由我自己的意志爱我所爱的人吗？不能由我自己的力量去救一个为我牺牲的女子吗？至于我的心，你当然相信我，任海枯石烂，天塌地崩，这颗爱你的心是和我的灵魂永远存在。梅林！我总不负你，你抬起头来看！我对着这未圆的月儿发誓：梅林我永不负你。"她抬起头来说："少爷！从前的已经错了，难道我们还要错下去吗？我呢！原是很下贱的人，在你们眼底只是和奴婢一样的地位……至于说到深层的话，少爷，梅林没有那么大的福分，就是你愿意牺牲上你的高贵来低就我，我也绝不作那非分之想。谁叫我们是两个世界中的人，假如我是宦门小姐，或者你是农夫牧童，老天就圆满了我们的心了。假如少爷慈悲爱怜梅林，只要在你心里有一角珍藏梅林之处，就是我不幸死去，也无所憾！少爷，其他的梦想，愿我们待之来生吧！"

　　她走后，我被父亲派到海宁去看病的姑母，我回来便听见她们说梅林死了，说她回去后三天便投湖死了！当时我万分悲痛，万分忏悔，我天天骑着马仍到逢见她的苏堤上去徘徊凭吊，但这场噩梦除了给我心头留下创痕外，一切回忆，渺茫轻淡，恍如隔世。这样过了二年，我憔悴枯瘦的如一个活骷髅，那翩翩美丽的青春和幸福，都被这一个死的女郎遮蔽成阴森、惨淡、悲愁的黑影，因之我愤恨诅咒这社会和家庭，以及一切旧礼教的藩篱。于是我悄悄的离开家庭走了。

戊戌政变时，我在京师大学堂，后来又到上海当报馆主笔，那时我已和家庭完全绝裂，父亲和我的思想站在两极端不能通融，他是盛朝的耿耿忠心的大臣，我是谋为不轨的叛徒。太后临朝，光绪帝被囚于瀛台，康梁罢斥的时候，封闭报馆，严拿主笔，我和一个朋友逃到日本，那时我革命的热心更是拼我头颅，溅此鲜血而不顾。以我一个文弱书生，能这样奋斗，我自己的思想建筑在革命的程途上，这自然都是一个女子的力量——我爱敬的梅林姑娘。

在日本晤孙文和宫崎寅藏，庚子那年我回国随着唐才常一般人，奔走于湘鄂长江，两粤闽浙间，后来在汉口被官兵破获，才常等甘余人均死。我那时幸免于难，又第二次逃到日本。不久联军入北京，太后挚光绪出走，父亲母亲和全家都在北京被害，只剩了杭州家里者姨太养着的我的三弟，从此以后我湖海飘零，萧然一身，专心致志于革命事业者十余年，其间我曾逢见不少异国故乡的美婉女郎，她们也曾对我表示极热烈的愿望，但是我都含泪忍痛的拒绝了。因为我和梅林有海枯石烂永不相忘的誓言。

我的少年期，埋葬这一段悲惨的情史在我心底，以后我处处都是新疮碰上我的旧创。在日本我逢见黄君璧女士，她是那时在东京最有名的中华女侠，她学医我学陆军，我们是天天见面，肝胆相照的朋友，但是我心头有我的隐恨埋殡着，永不曾向她有超过朋友情谊的表示和要求。

辛亥革命，我二次回国投身军界，转战南北，枪林弹雨中车逃出这付残骸来。民国以后我实指望着革命是得到了真正的成功，那知专制的帝王虽推倒，又出了不少的分省割据的都督将军，依然换汤不换药的是一种表面的改革，我觉悟了中国人的思想，根本还是和前一样，渐渐我和这般革命元勋，旧时同志，发生了意见，我乃脱甲投戈又回到日本。

袁氏称帝，那一般同志在日本重新旗鼓的预备挞伐，我也随着回来，这次我去向一个伟人抛掷炸弹，未中，我扮着乡人逃出北京，回到杭州看了看我的三弟，和已经出嫁并生有子女的妹妹。这时我才觉着我漂泊生活，已如梦一般把我那青春幸福的时代逝去了。我那时候更凄楚的想到梅林，我独自去苏堤一带又追寻了一番我们廿年前的旧梦。她一个勇武柔美，霜雪凛然的女郎，激发我做了这许多轰轰烈烈的事业，但如今我独自在苏堤上，回想起来更增加我的悲痛！廿余年中我像怒潮狂焱，任忧愁腐蚀，任心灵燃烧，到如今灵焰成灰烬，热血化白云，我觉已站在上帝的面前，我和人间一切的愿望事业都撒手告别。宇宙本无由来，主持宰制之者惟我们的意欲情流；人生的欢乐，结果只留过去的悲哀；人生的期望，结果只是空谷的回音，这和巍峨的宫殿，峥嵘的宝塔一样，结果只是任疾风暴雨，摧残欺凌，什么美人唇边的微笑，英雄手中的宝刀，都是罪罚的象征，都是被梦来戏弄。地狱，死刑，暗杀；事业，爱人，金钱，在我的心底呵！从前都是热血的结晶，如今都化成苍白的流云飞上天边去了！"他说到这里忽然站起来，用手向星月灿然的天空指着，他的血又从新沸腾了，苍白的月色下，我看他的脸却和刚才的晚霞一样红，额下银须被晚风吹的在襟头飘拂着。

"蕙侄，你知道吧！我从前的雄心壮志，爱国热诚，革命思想，也和现在的青年们一样狂热呢！那时悬赏捕我的风声日紧一日，我也不能再振作我往日的雄心了，一切都和太阳下的融雪一样，我不能再挣扎支持上这孤独，悲哀，空虚的躯壳，和无穷的前途奋斗征战了！我遂肩行李云游到这山中。我爱这里有水涧瀑布，翠峦青峰。微雨和风，白云明月之下，我找了这一块干净土，把五十年雄心壮志，绮情蜜意都一齐深葬此山。任天下怎样鼎沸混乱，人民怎样流离痛苦，我不闻问了，我将深藏此深山松篁中，任白云飘过我的头顶。我老了，我的担子青年人已接过去了，我该休息了，整理完成这廿年中的日记后，我想可以寻梅林去了！只恐怕她还是青春美丽的少女之魂，而我已经是龙钟苍老的白头翁了！"他手里拿着烟斗，微仰着头望着松林中透露出的半弦月神，他心里又想起廿年前那夜的月色，和梅林最后诀别的河畔蜜语。

　　我始终未曾打断他的话，这时我看他已不能再说什么了，我说："刘伯伯！人生的悲剧，都是生活和思想的矛盾所造成。理想和现实永远不能调和，人类的痛苦因之也永无休止。我们都在这不完善的社会中生活，处处现实和理想是在冲突，要解决这冲突的原因，自然只有革命，改变社会的生活和秩序。不过这不是几个人几十年就能成功的，尤其因为人生是流动的进步的，今天改了明天也许就发现了毛病，还要再改，革了这个社会的命，几年后又须要革这革过的命。这样我们一生的精力只是一小点，光阴只是一刹那。自然我们的幸福愿望便永远是个不能实现的梦了。一方面肉体受着切肤的压迫，一方面灵魂得不到理想中的安慰，达不到梦中的愿望，自然只有构一套悲剧了事。伯伯！你五十多岁了，也是一个时代的牺牲者，那知我二十多岁也是一样作了时代的牺牲者！说句不怕伯伯笑话的话吧！我如今消极的思想，简直和你一样。虽然我是个平常的女孩儿，并不曾有过什么惊天动地的作为，建过什么爱国福民的事业，和伯伯似的倦勤退隐。不过近来我思想又变了，我自己虽然把人生已建在消极的归宿处——坟墓之上；但是我还是个青年，我希望我为了自己的悲愁就这样悄悄死去的。我要另找一个新生命新生活来做我以后的事业。因之，我想替沉没浸淹在苦海中的民众，出一锄一犁的小气力，做点能拯救他们的工作，能为后来的青年人造个比较完善的环境安置他们。伯伯，假如你愿意，你便把你那付未卸肩的提子交付给我，我肩负上伯伯这付五十年湖海奔走，壮志如长虹的铁担。"

　　他听了这一番话，冰森冷枯的脸上，忽然露出浅浅的笑痕，他放下了烟斗，站起来伸过他瘦枯如柴的手来握住我的右手，他说："蕙侄！二十年来我这时是第一次得意！你这番话大大令我喜欢！你们青年，正该这样去才是光明正坦的大道，才可寻得幸福的人生。蜷伏在自己天鹅绒椅上哼哼悲愁，便不如痛痛快快，去打倒，去破坏这使你悲愁的魔鬼。革命的动机有时虽因为是反抗自己的痛苦，但其结果却是大多数民众的福利，并不能计较到自己的福利。所以这并不是投机求利的事业，虽然为了追求光明幸福而去，但是这也是梦想，你不要因为失望便诅咒他，我从前曾有过这样错误思想，现在先告诉你，蕙侄，你去吧！你去用你的血去溅洒这枯寂的地球去吧！使她都生长成如你一样美丽的自由之花。我在这洲里日夜祷告你的成功，你接上这付铁担去吧！事完后你再来这里和我过这云烟山林的生活，我把我整理好的日记留给你。假如我不幸死去，蕙侄！我也无恨憾了，你已再造了我第二次的生命！"他说到这里，山下远远看见一盏红灯隐现在森林中，走近时原来是我家的仆人，母亲叫他燃着来接我的。我向刘伯伯说："天晚了，明天我再来和伯伯说。这样大概我行期要提早，也须这一星期便可动身。谢谢伯伯今天给我讲的故事，令我死灰复燃，壮志重生。"他望着我笑了！我遂和来人点着母亲的红灯下了山，归路上月色凄寒，回头望白云庵烟雾缭绕，松柏森森中似乎有许多火萤飞舞，星花乱迸，这是埋葬在这里的珠光剑气罢！

　　我默想着松林下桌傍的老英雄，他万想不到他和梅林的一番英雄儿女的侠骨柔情，四十年后还激动了一个久已消沉的女子。

流浪的歌者

碧箫是一个女画家，近来因为她多病，惟一爱怜她的老父，伴她到这背山临海的海丰镇养病。海丰镇的风景本来幽雅，气候也温和，碧箫自从移居到这里后，身体渐渐地恢复了健康。

他们的房子离开海丰镇的街市还有四、五里地，前面凭临着碧清浩茫的大海，后面远远望见，云气郁结，峦峰起伏的是青龙山蜿蜒东来的余脉；山坡上满是苍翠入云的大森林，森林后隐约掩着一座颓废的破庙。这是碧箫祖父的别墅，几间小楼位置在这海滨山隅，松风涛语，静寂默化中，不多几天，碧箫的病已全好了。黄昏或清晨时，海丰镇上便看见一位银须如雪的老人，领着一个幽雅淡美的女郎在海岸散步，林中徘徊。

有时她独自一个携着画架，在极美妙的风景下写生，凉风吹拂着她的衣角鬓发，她往往对着澄清的天宇叹息！她看见须发苍白的老父时，便想到死去已久的母亲。每次她悄悄走进父亲房里时，总看见父亲是在凝神含泪望着母亲的遗像沉思；她虽然强为欢笑的安慰着父亲，但不能制止的酸泪常会流到颊上。这样黯淡冷寂的家庭，碧箫自然养成一种孤傲冷僻的易于感伤的性情，在她瘦削的惨白的脸上，明白表现出她心头深沉的悲痛。

这时正是月亮尚未十分圆的秋夜，薄薄的几片云翼，在皎朗的明月畔展护着，星光很模糊，只有近在天河畔的孤星，独自灿烂着。四围静寂的连犬吠声都没有，微风过处，落叶瑟瑟地响，一种清冷的感触，将心头一切热念都消失了，只漠然引起一缕莫名的哀愁。

碧箫服侍父亲睡后，她悄悄倚着楼栏望月，这里并不是崇岭瀑泉，这时也不是凄风苦雨，仅仅这片云中拥护的一轮冷月，淡淡地悠悠地，翻弄着银浪，起颤动流漾时，已波动了碧箫的心弦，她低了头望着地上的树影冥想沉思。这时候忽然由远处送来一阵悠扬的琴声，夹和着松啸涛语，慢慢吹送到这里，惊醒了碧箫沉思之梦。她侧着耳朵宁神静气的仔细听，果然是一派琴音，萦绕在房后的松林左右。这声音渐渐高了，渐渐低地，凄哀幽咽中宛转着迂回缠绵的心曲，似嫠妇泣诉，夜莺哀啼；悲壮时又满含着万种怨恨，千缕柔情，依稀那树林中每一枝叶，都被这凄悲的音浪波动着。碧箫禁抑不住的情感，也随着颤荡到不能制止，她整个的心灵都为这月色琴音所沉醉了。忽然间一切都肃然归于静寂，琴声也戛然而止，月色更现的青白皎洁，深夜更觉得寒露侵人，她耳畔袅袅余音，仿佛还在林中颤动流漾。那一片黑森森的树林，荫翳着无穷的悠远，这黑暗悠远的难以探索，正和他渺茫的人生一样呢！

碧箫想：这是谁在此深夜弹琴，我来到此三个月了，从未曾听见过这样悲壮哀婉的琴音。她如醉如痴的默想着，心中蜷伏抑压的哀愁，今夜都被这琴声掘翻出来：她为这热烈的情绪感动了，她深深地献与这无限的同情给那不知谁何的歌者。

晨曦照着了海丰镇时，多少农夫和工人都向目的地工作去了，炊烟缭绕，儿童欢笑的纷扰中，破了昨夜那个幽静的好梦。

碧箫在早晨时，发现她父亲不在房里了。下楼去问看门老仆，他说：

"清早便见主人独自向林中去了。"她匆匆披了一件外衣,出了栅门向北去,那时空气新鲜,朝霞如烘,血红的太阳照在渐渐枯黄的森林,如深秋的丹枫一样。走进了森林,缘着一条一条草径向破庙走去,那面有路通着海丰镇的街市。她想在这一路上,一定可以逢见父亲在这里散步回来。不远已看见那破庙的山门,颓垣残塔,蔓草黄叶,显得十分凄凉肃森。她走上了台阶,忽然听见有人在里面低吟,停步宁神再听时,父亲正从那面缓步而来。她遂下了台阶,跑了几步迎上去说:"爸爸,我来寻你的,你去了那里呢?""到镇上看了看梓君,他病已好了,预备再过两星期就要回去。他问我们还是再住几天,还是一块儿回去呢。"她听见父亲这话后,低了头沉思了一会,这里的环境,却是太幽静太美丽了,她真有点留恋不肯去呢!她又想北京父亲还有许多事要办理,那能长久伴她住在这里。因之她说:"爸爸,如果你急于回去,我们就同梓君一块儿去,不然再多住几天也好,爸爸斟酌吧!他们等着我们吃早餐呢,我们回去吧。"走到铁栅门时,服侍碧箫的使女小兰在楼上扬着手欢迎他们,碧箫最爱的一只黑狗也跑出来跟随在她的足下唤着。这时她心中充满了无限的衷感,这些热烈的诚恳的表情,都被她漠然不加一瞬的过去了。

　　碧箫同她父亲用完早餐后,她回到房里给她的朋友写一封信,正在握笔凝思的时候,忽然又听见一缕琴音由远而近,这时琴音又和昨夜不同,虽然不是那样悠远,但也含着不少穷途漂零,异乡落魄的哀思。这声音渐渐近了,似乎已到了栅门的左右,她放下笔走出了房门,倚着楼栏一望,果然见她家铁栅门外站着一个颀长的男子,一只手拿着他的琴,一只手他抚着前额,低头站在一颗槐树下沉思;浓密的树叶遮蔽了,看不清楚他的面容。她觉这个人来的奇怪,遂叫小兰下去打听一下,他在那里徘徊着做什么呢?

　　小兰跑下去,开了栅门。他惊惶的回过头来,看见栅门傍立着一个梳着双辫，穿碧绿衣裳的小姑娘。他挟着琴走向前；嗫嚅着和她说："姑娘！我是异乡漂游到此的一个遇难的旅客，我很冒昧，我很惭愧的，请求姑娘赏我点饭吃！"

小兰虽是个小女孩，但她慈悲的心肠也和她女主人一样。她自己跑到厨房向厨子老李要了一盆米饭，特别又给他找了点干鱼、干饽饽一类的东西拿给他。

小兰在槐树下拾石子玩耍，等他吃完了，她才过来收回碗碟。他深深向小兰致谢，他说；"姑娘！我不知用什么言语来代表我的谢忱，我只会弹琴，我弹一曲琴给姑娘听吧。"

他脸上忽然泛浮着微笑！轻轻地又拨动了他的琴弦。小兰回头望望楼上的碧箫，她憨呆地倚着栅门，等他弹完后走到林中去了，才闭门回来告诉她的小姐。

碧箫在楼头望着他去远后才回到房里，她想这个人何至于流落到求乞呢！他不能去做个琴师吗？不能用他的劳力去求一饱吗？他那种谈吐态度真是一个有知识的人，何至于缘门求乞，而且昂藏七尺之躯也不应这样践踏；也许他另有苦衷不得不如此吗？她吩咐小兰告诉厨子，以后每天都留点饭菜给他。

从此每夜更深人静时，便听见琴声在树林中回萦；朝阳照临时，他便挟着琴来到她家门口，讨那顿特赐的饱食。吃饱后他照例在槐荫下弹一曲琴，他也不去别处；但过了两三天后，这左右的农家都互相传说着，海丰镇来了个弹琴的乞丐。

两个星期后，碧箫的病已全好了，父亲和她商量回北京去。

临行的前一天，将到黄昏时候，碧箫拿了画架想到海边画一幅海上落日图。她披了一件银灰色的斗篷，携了画架颜色向海边去。走不多远已望见那苍茫的烟海，风过处海水滔滔，白浪激天，真是海天寥阔，万里无云。她捡了一块较高的沙滩把架子支起来，调好了颜色，红霞中正棒着那一颗落日，抹画的那海天都成了灿烂的绯色，连她那苍白的面靥都照映成粉白嫣红，异常美丽。她怀着惊喜悲怆的复杂心绪很迅速的临画着；只一刹那，那云彩便慢慢淡了，渐渐褪去了鲜色又现出苍茫的碧海青天。一颗如烘的落日已沉没到海底去了，余留的一点彩霞也被白浪卷埋了，这寂寞的宇宙骤然现得十分黯淡。她掷了画笔呆呆地望着大海；她凄恋着一切，她追悼着一切，对着这浩茫的烟海，寄托她这无涯的清愁。

这时候她忽然听得背后有沉重的足步声，回过头看，原来是那个流浪的歌者，他挟着琴慢慢地向这里走来。这次她才看清楚他的面貌：他有三十上下年纪，虽然衣履褴褛，形容憔淬，但是还遮不住他那温雅丰度，英武精神；苍白瘦削的靥上虽流露着饥寒交迫的痛苦，那一双清澈锐利的目光，还是那样炯炯然逼人眉宇。她心里想："真风尘中的英雄。"

他走近了碧箫的画架，看见刚才她素腕描画的那一幅海上落日，他微微叹息了一声，便独自走到海岸的高处，在这暮色苍茫，海天模糊的黄昏时候，他又拨动着他那悲壮愤怨如泣如诉的琴弦。这凄凉呜咽的琴音，将他那沦落风尘，悲抑失意的情绪，已由他十指间传流到碧箫的心里。

晚风更紧了，海上卷激起如山的波浪，涛声和着忽断忽续的琴弦更觉万分悲凉！吹得碧箫鬓发散乱，衣袖轻飘，她忍不住的清泪已悄悄滴湿了她的衣襟，惨白的脸衬着银灰色的斗篷。远远看去浑疑是矗立海边的一座大理石的神像呢！是那么洁白，那么幽静，那么冷寂！

她觉得夜色已渐渐袭来，便收拾起画架，一步懒一步的缘着海岸走回来。半路上她逢见小兰提着玻璃八角灯来接。到了铁栅门口，她无意中回头一望，远远隐约有一个颀长的黑影移动着。

这一夜她的心情异常复杂，说不出的悲抑令她心臆如焚！她靠在理好的行装上期待着，期待那皎皎的月光亲吻照她；但只令她感到幽化的搏声。黑暗的恐怖，月儿已被云影吞蚀了；去那卷着松涛的海风一阵阵吹来，令她觉得寒栗惊悸！小兰在对面床上正鼾声如雷，这可怕的黑夜并未曾惊破她憨漫的好梦。

她期待着月色,更期待着琴声,但都令她失望了;这一夜狂风怒号了整夜,森林中传来许多裂柯折枝的巨响,宇宙似乎都在毁灭着。

翌晨十时左右,碧箫正帮着父亲装箱子,小兰走进来说:"有小姐一封信,我放在你桌子上了。"

她把父亲箱子收拾好后,回到自己房里果然见书桌上放着一封信,她拿起来反复看了一遍,觉这信来的奇怪,并没有邮票也没有写她的名字,只仅仅写着一个姓。她拆开来那信纸也非常粗糙,不过字却写的秀挺饱满,上面是:

小姐:

　　我应该感谢上帝,他使我有机缘致书于你,藉此忏悔我的一切罪恶,在我崇敬的女神之足下。我不敢奢望这残痕永映在你洁白的心版上,我只愿在你的彩笔玉腕下为我落魄人描摹一幅生命最后的图画。

　　到现在我还疑惑我是已脱离了这恶浊的世界,另觅到一块美丽欢乐的绿洲呢!但是如今这个梦醒了,我想永随着这可爱的梦境而临去呢。原谅我,小姐,我这流浪欲狂的囚徒来惊扰你;但是我相信你是能可怜我的同情我的,所以我才敢冒昧陈词,将我这最后的热泪鲜血呈献给你!小姐,求你念他孤苦伶仃,举世无可告语,允许他把这以下种种,写出来请小姐闪动你美丽的双睛一读。

　　我的故乡是在洛阳城外的一个大镇,祖父在前清是极有威权的武官,我家在这镇上是赫赫有名的巨族,我便产生在这雕梁画栋,高楼大厦的富贵家庭中。十八岁时我离开了家去北京游学,那时祖父已死了,还剩有祖母父母弟妹们在洛阳原籍住着。

近数年内，兵匪遍地，战云漫天，无处不是枯骨成丘，血流漂橹；我的故乡更是蹂躏的厉害，往往铁蹄所践，皆成墟墓。三年前我那欢乐的家庭不幸变成了残害生灵的屠场，我的双亲卧在血泊中饮弹而亡，妹妹被逼坠楼脑碎，弟弟拉去随军牧马，只剩下白发衰老的祖母逃到我的乳妈家中住着，不久也惊气而亡，一门老少只余了我异乡的游子，凭吊泣悼这一幕惨剧，当时我愤恨的复仇心真愿捣碎焚毁这整个的宇宙呢！

从此我便成了天涯漂泊的孤独者，我虽竭力想探得我弱小弟弟的行踪，但迄今尚无消息，也许早已被战马的铁蹄践踏死了，在这样的环境下煎熬着、悲苦着，我更彻底的认识了这万恶的社会，这惨酷的人生，不是人类所应有。生命的幸福欢乐既都和我绝缘，但是人是为了战胜一切而生存的，我不得不振作起来另找我的生路，想在我们的力量下，改造建设一个自由的和平的为人民求福利的社会和国家。因之我毅然决然把这七尺残躯交付给我所信赖的事业，将为此奋勉直到我死的时期。

这几年中流浪于大江南北，或用笔或用枪打死了无数的敌人，热血在我腔中汹涌着，忘了自己生命上的创痕；虽然仍在惊险危急中生存，我总自诩我是一勇敢的战士。假使这样努力下去，那我们最后的成功指日可待。谁想世事往往如此，在这胜利可操的途程上，内部忽然分裂，几个月后嫉妒争夺，金钱淫欲，都渐渐腐化了我们勇武的健儿，敌方又用各种离间拉拢的手段来破坏我们的集团，从前一切值得人赞美钦佩的精神勇气，都变成人人诅咒的罪恶渊薮。我当时异常灰心，异常愤怒，便发表了一篇长文劝告这些在前敌在后方的同志，那知因此便得罪了不少的朋友，不久我便被人排挤陷害，反成了众人攻击的箭垛，妄加我许多莫明其妙的罪名。我也明知道黑幕日深，前途黯淡，这日深一日的泥泽，也不是我一人的精力所能澄清，遂抱了无语的懊丧与失望离开了他们。我无目的去了上海，那里住着我一很好的女朋友朱剑霄，我想顺便看看她。并且愿藉此机会往外国再念几年书，重新来建设我信赖的事业，目下中国的时局确实太浑浊，新兴势力既为腐化所吞蚀，一时恐绝无重振的希望。

到了上海我并未寻见朱剑霄，到她寓处说她去广东了，我也毫不迟疑她怀有异心。那想到第三天我在旅馆里正弹着我新买的琴时，忽然去了许多军警把我逮捕到龙华，也未加审诉便把我下了监牢，这真是一个闷葫芦，后来有人告我是朱剑霄告发了我，说我来沪带着危险的使命，先请我在监狱中暂住几天，防我意外的暴动。

我倒是很感谢她！进了监狱后身体上虽略有痛苦，但我精神上非常舒适，初从一种忙乱嚣杂的环境里逃出，冷静寂寞的狱中反给我不少心灵上的反省和忏悔。我觉这世界为什么永远是这样污浊黑暗呢！因为人类的心太残忍冷酷了的原故吧！这几年牺牲了青年英雄多少头颅，多少热血，然而所建设的功绩依然渺如云烟。给人民争得的福利不知梦在哪里，而人民流离颠沛的痛苦，确是我们的努力所促成。我原是家破人亡的孤子，为了拯救别人才奋勇去投效从军；那知我这一番热心忠诚，反是促成破人家、亡人人的罪魁，回忆我枪炮声中所目观的惨剧，又何尝不是我心头的惨剧呢！

我并不怨恨我走的道路错了，我也绝对不怀疑我的主义事业有何足以疵议，我只可惜我们同志们的毅力太薄弱了，抵不过恶势力的包围和腐化而亡。叹息这次失败的自然不仅是我，和我抱此澄清宇宙，再图发扬的一定还有人在，我想以后得到机会再舒伸我的未遂的壮志。因此我在狱中很安静的过了三个月。

一天夜里我忽然听见枪声连续的响，渐渐近了，我望见天空中缭绕的黑烟和火星。天将明时，我见许多因犯都聚集在院中，狱卒也不知都哪里去了。后来我们便都破狱出来，那时已无人管看我们。枪林弹雨一我挟着我的琴躲在一个小店内，等到黄昏时候我乘着混乱离开酒店，缘途求乞，一个星期后才来到海丰镇，我已精疲力竭，不得不暂时在这里休息几天。

那一夜我悄悄逃到这森林中的破庙，当时可怜我除此琴外，别无长物，孤苦伶仃，饥寒交逼，蜷伏在这颓荒的墙角，激荡着如焚的怅惘！那时我真惶悔，早知道今日这样落魄异乡，我宁愿作个永久监禁的囚徒，平安舒适的在狱中住着，不强似这漂流无定，饥寒侵凌的乞丐生活？

翌晨，我穿过松林弹着琴来到你家门口，我在树影里远远看见你伫立楼头。那时我虽领受了你的厚赐，但是我心中却充满了莫名的惭愧和羞愤。

多谢你慈善的小姐，救活了街头的饿莩。这许多天你赐给我的，我想并不是那仅仅果腹的一餐，我曾在生命的海中，踏上了青春美丽的绿洲，而你便是那指导我接引我去的女神！

今晨我在你家门口探得你将离此的消息。我似乎惊醒了一个梦，才知道自己目前的境遇，和将来的企图，该如何处置？

黄昏时来到海边，望着雪浪汹涌的大海，猛然看见生命的神光在那里闪耀，似乎唤醒我这昏醉的灵魂！我望着一团一团的浪花涌来，又化作白沫溅散在四周，刹那间冲洗尽我一这颗尘封血凝的碎心，化成了万千只自由翱翔的海鸥在水面上沉浮。海呵！海呵！你是我母亲温柔的怀抱罢！我愿永眠在这雪浪银涛之中求她的蜜吻。这纷扰的，破碎的世界有何留恋？在这枯骨战壕，血肉屠场找生命的幸福和欢乐吗？我早无望了。如今人海漂零，孑然只身，挣扎着去战斗罢，也不过是痛苦着自己的心神，去作些殃民祸国的勾当。我的主义事业也终于是空虚的幻想，愿他永远留在我的梦里。因之，我决意把这创伤的躯壳在此求死，不再向扰攘的人群中腼颜去求生。

这时却巧逢见你来海边绘画，本想冒昧过去面谢你的一切恩惠，那知道我走到面前望见你那惨白的皎颜时，又令我踌躇不前。你是那样幽淡高傲，令我凛凛然不敢侵犯，只好借琴弦来致此最后的虔诚，但万想不到你竟为我这哀酸迂回的心曲而落泪沾襟？

我不希求什么了，这宇宙间虽未曾赐给我一点安慰，但我已在这时邀得你的同情，这几滴珍贵的同情之珠泪，便可淹没埋葬我这黯淡凄凉的生命，在你那光明洁白的心海中了。

我由海边回来，觉着我须要给你一封信，叙述我的一切，让你知道；但既无笔墨，又无灯烛，阴云弥漫怕今夜更无月色。这时候我猛然想到小衫上还有一个金质的领章，这是中学时代一个最爱我的老牧师赠给我的，十年了从未一刻离开我。我就拿了它到镇上换买了纸笔蜡烛，伏在灰尘的神案上给你写这封信。

夜是这样恐怖，狂风由颓垣中袭来，几次吹熄我这萤火摇曳似的烛光，令我沉没于可怕的黑暗。这也许便是我一生的象征吧！我闭目时看见含笑的母亲，她在张臂欢迎着我！

明晨还到你家门口领那最后的一餐。不过你用惊奇的心情披读我这封信时，我已挟着我最爱的琴投向碧海中去了！

去了，带着人间一切的悲哀去了。再见吧小姐！原谅我的唐突，接受我的感谢，我用在天之灵替小姐祝福！

你不必知道我是谁？在你心里，只是一个流浪的歌者。

海丰镇上忽然起了一阵惊扰，这消息传布的很快，不久便到了小兰的耳中，"海边沙滩上漂浮着一个男子的尸体"。她急忙跑上楼来告诉她的小姐。

一推门，见碧箫伏在桌上，她跑过去扶起她的头，见她玉容惨淡，神情颓丧，苍白的脸上挂着两行清莹的珠泪。

匹马嘶风录

一

　　一切都决定了之后,黄昏时我又到葡萄园中静坐了一会,把许多往事都回忆了一番,将目前的情况也计划了一下,胸头除了梗酸外,也不觉怎样悲切。天边冉冉飘过的白云,我抬头望着她惨笑,愿残梦就这样醒来吧!

　　这小园是朝朝暮暮常来的地方,在这里也曾沉思过,也曾落泪过,然而今夜对之略无留恋之情,我心中汹涌的热血,将这些悲秋伤逝之感都淹没了。青天的云幕慢慢移去,露出了皎洁晶莹的上弦月,三五小星散落在四周,夜景清寂中,我今晚最后在这古城望月,明天这时也许已在漂泊的途程上了。

　　出了葡萄园闭上那木栅门,我又回头望了望,月儿一丝丝的银辉,射放在一棵棵的树林里,仿佛很甜蜜的吻着,满园的花草也都沉睡在月光中，低垂着慵懒的腰肢。我不知为什么，忽然这样痴迷如醉，像饮了浓醴一般。

远远听见犬吠声时，才独自回来。屋内零乱极了，满地都是书籍和衣服，我望着它们真不知如何整理？呆呆地对灯光想了半天，才着手去收拾。先把信件旧稿整理了一下，这都是创痕，我也不忍揭视，把它们都收集在字纸篓中，拿到阶前点着火烧了，风吹着纸灰飘飞了满院，在烟气缭绕中映出件件分明的往事。把信烧完后，将这些书装在箱里，封上了号数，存在采之处。身边只剩下一个小箱，装着衣服和应用东西一块毡子放在外边。其余零星什物都堆在墙角，赏给这里的佣人们。

收拾完，已是夜里三点钟。

这次离开P城是秘密的，我谁也不让他们知道，免却许多纠缠。云生他要送我到C岛，顺路我去G城看看我的姑母。我们都是把生命付与事业的，所以云生对于我这次走又鼓励又留恋，但是我怎能不走，为了我们的工作。他和我一块儿去又不能，因为他在这里有很重要的职务，不能脱身。今天他同我在路上逢见亚芬后，他就问我："雪妹，假如你走后，我不幸在这里遇了险，你怎样呢！"我笑着说："不管你怎样，我也和亚芬对死了的天华一样。"他很黯然！我还笑着说："云哥，英雄点吧！我们事业成功后，一切的悲愁烦恼便都解决了。"

我忽然又想到碧茜，这次走前途茫茫，吉凶未卜，我和她总是多年相知，虽然这回做的怎样斩钉斩铁，也该告诉她一声。我坐在案旁，披笺濡毫，写这封信：

碧茜：

这时月儿也许正抚吻着你的睡靥，在你梦中我倚装写这个短笺向你告别。想多年相知的你，对我这次大自然也许是意中事而不觉惊奇。

五年来频遭不幸，巨创深痛中，含泪挣扎走上了这最后的途程，这是我的思想在残酷的磔刑下迸散出的火花,这火花呵!虽能焚毁那万恶社会的荆棘，但不能有所建白时也能用以自焚呢！但是朋友我只有不顾一切的去了。

此后我残余的生命交给事业了。以我抛弃了这花园派小姐的生活，去向枪林弹雨中寻找一个流浪飘泊的人生。前途的黑暗惨淡我也早已料及，不过我是欢迎一切的毁灭去的，我并不畏惧那可怕的将来。当我欣然而去的时候，朋友，你也不必为我那不堪想到的命运悲哀罢！

碧茜：纸短情长，后会有期，再见呵，愿你文笔日健！

何雪樵

更柝声又响了，一声声在深夜里,令我这要远行的人听见更觉凄凉！拧熄了灯，月光照的屋里和白昼一样，我倚在行装上静静地坐着，斑驳的树影在窗上摇曳，心潮的浪花打激在我的脑海里，不禁想到自己畸零的身世。三年前父母在 A 城，被土匪驱逐到山洞里，在里面燃着青椒，外面封住口。活活地熏死！去年哥哥又被流弹打死在铁道旁，现在还未找到尸身，只剩了一个叔父，三四年无音信，也不知流落何处？我自恨为什么生在这乱世，从小就受着残酷的蹂躏和践踏，直到现在弄的人亡家散，天涯孤身，每一念及，令我愤恨流涕，痛不欲生。如今，我更去那远道漂泊，肩负那毁灭一切的使命去了，但是我不能挣扎时，想到自己的前尘不更觉这样挣扎是罪恶吗？

毕业后到 F 城逢见云生，那时他正从海外回国，四处寻找同志，预备组织一个团体，我们经朋友的介绍便认识了。他沉静寡言秉性敏慧，文字交五载，他不仅是我的良友而且是我的严师，我遭了几次的不幸，都是他竭尽心力的帮助我，安慰我。我何尝不知他迂回宛转的心曲，但是我千疮百洞的残躯，又怎忍令云生为我牺牲他前途的快乐和幸福呢！

云山弥漫中，我爱天边的虹桥，然而虹桥永不能建在地上，愿云生就是我心中的虹桥罢！我怎能说爱他。

二

昨夜倚着行装不知何时睡去，醒来窗前已露鱼白色，晨鸡喔喔地叫了，破晓的角声，从远处悲沉的吹起。我翻身起来草草梳洗后，遂到前院去寻见赵竹君，我告诉她要去Ｇ城看姑母，也许要住几天须得请人代课的话。她一一都答应了，送我到门口上了车，太阳出来，红霞弥漫树梢时我已到了车站了。云生已和采之在等着我，此外还有许多同志来送行。七时车开，采之笑着说，"云生好好地护送雪樵一程，希望雪樵常常有信给我们。"我和云生立在车窗前边和送行的人们笑说："再见。"一霎时便看不见这庄严苍老的古都，一片弥绿都是一望无际的春郊。云生坐在我的对面笑了！我问他笑什么？他说："我笑你的行色呢！"我也笑了，然而这欢笑的幕后便是悲哀，想到眼前暂聚久别的情境，又不禁泫然！

一路上云生告诉我许多的风景和他往日的生活，沿途颇不寂寞，我一点没有想到这次旅行的苦楚，和将来置生命于危险的悲戚。

到了Ｇ城下了车，云生去看他的朋友，我去看姑母，惠和表妹见我来了，喜欢的她跳出跳进的给我预备午餐，收拾房屋。我不敢向姑母说别的话，我只说有点事去Ｃ岛。姑母要我多住几天，我因为云生不能久待，所以在第二天的早晨遂乘车向Ｃ岛去。

午后到了Ｃ岛，我们住在大东旅舍，云生心里似乎极不高兴，常独自长吁！我也明知道他心中的烦恼，但是我该怎样安慰他呢！我们终须要撒手分离的。在餐后这里的分部开会,在那里逢见从前的同学王学敬,她预备和我一块儿去 A 埠,这也好,省的路上寂寞。

开完会回到旅社已黄昏了,明晨云生就要回 P 城去,晚饭后他要我去海边玩。

C 岛的街市,清静的宛如一座公园,这时正是春天,路旁的松柏都发出青翠的苞芽,柳条嫩黄的鲜艳,风过处一阵阵芬芳的草香,沁人如醉。我和云生顺路进了外国坟茔的园门,那里边苍松翠柏,花红草碧,汉白玉的塑像,大理石的墓碑,十字架,都很幽静的峙立着,这都是些异国漂泊的孤魂,战士忠勇的英灵。

我坐在石头上,云生伏在碑上,他的面色很苍白,背过脸去似乎在暗暗咽泪!我也默望松林中夕阳残照余辉沉思。这垒垒芳冢都是不相识者,我们哀悼谁呢,这只有上天知道。

出了坟茔的门向海边去,正是月圆时候,一轮皎洁的明月照的这宇宙像水晶世界,静悄悄地海边只听见低微的涛语,像夜莺哀啼,嫠妇呜咽一样的悲幽凄凉!我们缘着沙岸走,那黑影高耸,斜上去的土阜便是炮台旧址。这时海风滔滔,海雾濛濛,月光下冲激的浪花和烂银一般推涌着,一波过去,一波又来,真是苍天碧海,一望无际,我忽然觉着自己太渺小了,对着这苍茫的大海不禁微有所感。想我这孤苦伶仃,湖海漂零的弱女子,在这样地狱般的人间挣扎着,也许这里便是我二十年来最后奋斗的坟墓了,又何必到异乡建设什么事业去!云生见我这样驻了足呆想,他低声问我:"雪妹!你怎么了,冷吗?说着便把我的大衣递过来,我穿上后他给我扣好了扣,扶着我的肩说:"不许你现在想心思,有心思明天我走了你再想吧!我们聚时无多,后会难知,在这样伟大雄壮的大海边,冷静凄悲的月夜下,我就借天上的星月当蜡烛,地上的青草当桌子,我们把带来的这瓶酒喝完。我拣这个地方来给你饯别,虽然简陋,但也还别致吧!良会难再,明天此时怕我和你已撒手分道在天涯海角了！唉！碧海青天无限路，更知何日重逢君……"他说到这里已硬咽不能成声。风声涛语中夹着云生这悲壮的别辞，猛然抖起我心头的旧恨新愁，禁不住的倚着云生悄悄地咽泪！月儿照着这一对将离的人影，似不忍见这黯然惜别的情况，她也姗姗地躲进了云幕，宇宙顿现了灰暗之象。

夜深了，他和我又向前走了几步，拣了一块干燥点的沙岸坐下，这时云散月霁，波平浪静，云生将酒瓶打开，我把姑母昨天给我的熏鸡撕着就这样邀明月对苍海的痛饮起来。

喝了几杯后，我似乎有点醉了，我对着这无际苍茫的大海，一清如洗的明月，和云生说："云哥！我此去好像断线的风筝，也不知停栖何处？大概是风晨月夕，枪林弹雨，黄沙碧血中匹马嘶风的驰骋着！如今，我把生命完全付给事业，我现在除了自己外，举目无亲，别无系恋，像我这样的命运和遭际，我个人的幸福快乐此生是无望了，我也不再希冀什么，只求我们的事业成功罢。云哥：你也是热血的青年，忠诚的同志，我们此后便这样努力好了。目前呢，都是不如意的世界，我们不去牺牲谁去牺牲呢？你不要太儿女情长，英雄气短。我们多年好友，彼此相知，我这样畸零孤苦的境遇，蒙你鼓励劝勉才有今日，不然我早随着父母的幽灵在地下了。你看！前面是四无边际的大海，后面是崇峦如笋的高山，星光灿烂，明月皎洁，这时候这宇宙是我们统治着，这般良辰美景，我们在此叙别，又悲壮，又绮丽，你还不喜欢吗？我们的生命虽然常在风波之中，但也不见得真个后会无期。云哥！我们饮尽此杯！"我喝完时便把那个盛着半盏葡萄酒的杯子投入大海，月光下碧海中打了一个螺旋的波纹，那杯子已滴溜溜沉下去了。他勉强苦笑着道："何必呢！不过也好，就在今夜深埋在这海中罢，那杯子便算我们的坟墓。"

海风起了，海里鼓涌着的波浪渐渐冲到我们坐着的河岸上来，我和云生站起来，抬头望那一轮圆月又高又小，涛声正凄凄咽咽，似叙说我们心头的惆怅！我向云生说："回去吧！人间没有不散的筵席，只是今天的别宴太好了。这令我永不能忘。"他没有说什么话，走了几步忽然又回去，把那个酒瓶也投入大海，海面上依然起了一个水泡。

三

今天刚起来打开窗户，茶房便进来了，他手里拿着一封信道："吴先生已经走了，这封信他教我交给您。"我急忙打开来，上边写的是：

雪樵：

你也许要怪我不辞而别，不过请你原谅我！我不愿明天再看见你了，见了你时怕我更要比今夜还不英雄呢！我知道你现在已经睡了，但是这样明月，这样静夜，我无论如何这凄楚的心情不能宁贴，教我如何能睡。今夜海边的别宴，太悲壮了，也太哀艳了，可惜我不是诗人，不是画家，不能把那样美丽雄壮之景，缠绵婉转之情描写出。雪妹，我们离别这并不是初次，这漂浪无定的行踪，才是我们的本色，我何至于那样一说别离就怯懦呢！不过连我自己都莫明其妙，常怕你这次远道去后，我们就后会无期了。

学敬的哥哥敏文在 C 城，我已写信去了，你到了那里他自然能招呼你，这次走有学敬伴你到 A 埠，一路上我也可放心了。有机会我这里能脱身时，我就去找你，愿你忘掉一切的过去，努力开辟那光明灿烂的将来。谁都是现社会桎梏下的呻吟者，我们忍着耐着，叹气唉声的去了一生呢，还是积极起来粉碎这些桎梏呢！我和你都是由巨创深痛中挣扎起来的人，因悲愤而失望，便走了消极不抵抗的路，被悲愤而激怒，来担当破坏悲哀原因的事业，就成了奋斗的人了。雪妹！你此去万里途程，力量无限，我遥远地为我敬爱的人祷祝着！

至于我，我当效忠于我的事业。我生命中是有两个世界的，一个世界是属于你的，愿把我的灵魂做你座下永禁的俘虏，另一个世界我不属于你，也不属于我自己，我只是历史使命中的一个走卒。我俩生活日在风波之中，不能安定，自然免不了两地悬念，因之我盼望你常有信来，我的行踪比你固定，你有了一定驻足处即寄信来告我。

雪妹！千言万语我不知从何处说起，也不知该如何结束。东方已现鱼肚色，晨曦也快照临了，我就此在你梦中告别吧！雪妹，"一点墨痕千点泪，看恋笺都渍殷红色，数虬箭，四更彻。"这正是替我现时写照呢！再见吧，我们此后只有梦中相会！

吴云生

我看完后喉头如梗，眼泪扑簌簌的流下来，把信纸都湿透了，这时我才感到自己孤身在旅途中的悲哀！想这几年假使不是云生这样爱护我安慰我，勉励我，怕我已不能挣扎到现在。如今我离开他了，此去前途茫茫，孤身长征，怎能咽下这一路深痛的别恨。但转念一想，我既走上这条路，那能为了儿女私情阻碍我的前途，我提起了理智的慧剑斩断了这缠绵惜别的情丝。

吃完早点，我给云生写了封信。正预备出门时学敬来了，她说船票已都买好，明天上午八时开船，她的事情都办清楚了，让我今天就到她家去，明天一块儿上船。

翌晨八时，我已和学敬上了船。船开后她有点晕船，我还能挣扎着，睡在床上看小说。黄昏时我到船头上看海中的落日，和玛瑙球一样，照的船栏和人间都一色绯红。我默倚着船栏看那船头涌起的浪花，落下便散作白沫，霎时白沫也归于无处寻觅。我旁边站着一个老人须发苍白，看去约有七十多岁了，我看他时他似乎觉着了，抬起头来和我笑了笑！问我去那里，我告诉他去 A 埠，后来我就和他攀谈起来，他姓王，和小孩一样处处喜欢发问，并且很高兴的告我他过去四十年经商的阅略。他的见解很年青，绝不像个老年人，而且他很爱国，他愿看到有一日中国的旗插在香港山巅上。这更是一般主张无抵抗主义——投降主义的学者们所望尘莫及了。

回到舱内，学敬睡着了，隔壁有人在唱，我心情也十分凄楚不能睡着，回想一切真如春梦，遗留在我心底的只是浅浅的痕迹，和水泡起灭一样的虚幻，什么人生的折磨，事业的浮沉，谁是成功，谁是失败，都如波浪、水泡一样，渺茫如梦。这时风起了，波浪涌击着舱窗，又扑的一声落下，飞溅起无数的银花，船更颠簸了，这宛如我的生命之海呢！

远远我似乎听见云哥唱歌的声音，声音近了，我看见云哥走近我的床来，我张手去迎他，忽然见他鲜血满身！我吓的叫了一声，惊醒后那里有云哥的影子，想想才知是梦。但是这梦太可怕了，我的心惊颤着！我跪在床上祷告！上帝！愿你保佑他，我惟一的生命之魂影！

我伏在床上哭了！这一只大船，黑夜里正在波涛中冲冲挣扎着前进！

四

到了 A 埠，见着敏文，是学敬的二哥，他领我到他家去住，许多旧友都来看我，他们见我能这样抛弃了旧日安乐的生活，投向这个环境中来，自然都异常欢迎！在他们这种热烈的空气中，我才懊悔来晚了。一切的烦恼桎梏都落在我的足下，我的勇气真能匹马单骑沙场杀敌！

在这里又逢见三年未见的琦如，他预备和我去 C 城。第三日我们遂离 A 埠。海道走了三天，琦如和我谈这几年漂泊的生活，人生的变化，在路上还不寂寞。到了 C 城，这里正是战区，军队已开走了，三四天内还要出发大队。我和琦如见了学敬的大哥敏慧，他说云生来信他已收到了，问我愿意在那部做工作，我说要去前敌，他说去前敌就是宣传队和红十字会救护队，救护要有点医学研究的才能去呢！我道："做看护还可以，我们因为五卅事件发生后，学校里曾组织过救护班，而且我们还到过医院实习过。缚缚绷布总能会呢！"他们都笑了！

第二天敏慧同我到医院找王怀馨，她是日本毕业的，回国后便在 C 城服务，在东京时和云生他们都认识。她颀长的身腰，凤眼柳眉，穿着军装，站在我面前真是英气凛然，令人起敬！她告我说，救护队分两种，一种是留在 C 城医院救济运回的伤兵，一种是随军临时救护，问我愿意那一种。我说去从军。她道："那更好了，这次出发一共去一百人，你就准备吧！队长是黄梦兰，她从前在 P 城念书，也许你们认识的，我令人请她来介绍一下。"一会工夫梦兰来了，似曾相识，她握着我手说："欢迎我们的新同志。"我们都笑了！

在这里住了三天，一切都准备好了，我早已换上军装，她们都说是很漂亮呢！明天就出发，这时我们真热闹，领干粮，领雨衣，领手枪，领子弹，其余便是我们的药品袋和救护器具。

到夜里她们都睡了，我给云生写了封长信，告诉他昨天我就出发的消息，和我近来的生活，别的话都没敢写，我让他写信时寄 C 城王怀馨转我。到了这里不知为什么，心中一切的烦恼都消失了，只是热血沸腾着想到前线去，尝尝这沙场歼敌是什么滋味？

天还黑着我们就起来了，结束停当后我们先到集合场去，这时晨雾微起，四周的景物都有点模糊，房屋树林都隐约的藏在黎明的淡雾下。等到七点钟集合号响了，这时公共运动场上一排一排的集合了有三万多人，军乐悠扬中，我们出动了，街市上两旁都是欢迎我们的群众，当我们武装的救护队宣传队过去时，妇女们都高声的呐喊着，——我们都挺着胸微笑了！火车开动时敏慧来看我，他又给了我一件工作，令我写点战场上的杂感给他编辑的《前锋周刊》。我和冯君毅坐在车窗边，他告我 P 城的消息很紧，云生久无信来，我真念他呢！

车道旁碧水长堤，稻田菜圃，一点都没有战云黯淡的情景，这样锦绣的山河，为什么一定要弄的乌烟瘴气，炮火弥漫呢！但是我们的军队是民众的慈航，为了歼灭和规民众之敌，我们不得不背起枪来。午餐便是随身带的干粮，不知为什么，我们大家吃起来，都觉着十分香甜。这一车的同志们，英武活泼，看起来最低限的程度也是高小毕业，又都是志愿从军，经过训练的，自然较比那些用一个招兵旗帜拉来的无知识的丘八，不啻天渊之别；这样的军队不打胜仗我真不信呢！

第二天傍晚到了 F 镇，景象非常之惨淡，据云匪军刚刚退去，我们的前线在这里的已有五千人。下了火车我们整齐队伍走到龙王庙，一路的男女老少都出来看我们，而且惊奇的都低低的互相传说：“还有女兵呢！”在他们无恐怖的面色上，我知道我们军队是和人民一体的。

到了龙王庙我们可以休息了，其余的军队是驻扎在附近的兵营里。我把身上的累赘东西放下后，就拉了梦兰到后边去看，走到殿上忽然看见神座下放着三四副棺材。梦兰走进去，她忽然叫起来，她告我说：“有一个棺材板正蠕动呢！”我走近了看时，原来棺板未钉，外面还露着灰布的衣角。也许是听见我们说话的声音了，棺材内有微微喘息的声气，梦兰说：“一定还没有死呢！我去叫人去打开看看。”我在殿上等着，少时她带了二个粗使的人来，让他们揭起棺板，里面原来迭放着两个死兵，上边的这一个脸伏在底下那个的肋间。把他提出来翻了个身，果然是个活人，面色虽苍白如纸，但还有呼吸！底下那个已死了，梦兰教他们重新把棺板钉好，一齐连那几副棺都抬出去找个空地掩埋了。把那个未死的伤兵抬到前面去。给他灌了点药，检查后，他的伤在腰部，子弹还未拿出呢！于是我们设法取出加以医治。

在我军攻击F镇时，敌军伤兵太多，因无人救护就都活着掩埋了。这有棺材装着的大概还是官长吧！

翌晨黎明我们骑着马到离F镇三十里的T庄去，这一带便是前几天的战场，树木枝柯，被炮打击的七零八落，田中禾苗都践踏成平地，邻近乡村的房屋，十室九空，被流弹穿了许多焦洞，残垣断桥间，新添了许多凸起的新土，这都是无定河边骨，深闺梦里人。五年前我的故乡，我的家园，何尝不是这样的蹂躏，在炮火声中把我多年卧病在床的祖母惊吓死！谁能料到呢！当年那样娇柔孱弱的小姐，如今也居然负枪荷弹，匹马嘶风驰驱于战场之上，来凭吊这残余的劫后呢！

在马上我又想起云生，假使他这时和我鸾铃并骑，双枪杀敌，这是多么勇武而痛快的事。如今别来将及一月了，还未见他一字寄来，我心惊颤极了，他在P城好像在虎狼齿缝间求生活，危险时时就在眼前！

正午时前线有消息来，说敌军败溃B山，T庄全在我军手里了。那时我正给一个伤兵敷药，听见后他抬起头来和我笑了笑，表示他牺牲的光荣。

五

今天下午我们便去T庄驻防，缘途情状惨极了，黄沙碧血，横尸遍野，田畔的道路上，满弃着灰色制服，破草鞋，水壶，饭盒，狼藉黯淡真不忍睹。到了那里他们已给我们找好地点，军队在野外扎着帐篷。宣传队男男女女正在街市上讲演呢？

黄昏时我约了文惠骑着马去街市上看看，走到一家门口，忽然看见一堆人正在院里围着哭呢，喜动的文惠下了马跑进去看，我也只好随她进去，他们见我们追来，都不哭了，但还在抽咽着！文惠问："你们哭什么？我们的军队来嘈扰你们吗？"一个老婆婆过来，擦眼抹泪的说："告诉你们也不要紧，唉！我们都是女人。我的两个女儿死了，不是好死的，是那可杀的土匪兵昨天弄死的。一个出嫁了，怀着七个月身孕，一个还未出嫁呢，才十二岁，刚才埋殡了，这时大女婿来了，我们说起来伤心的哭呢！"

我们听了自然除了愤恨这残暴的兽行外，只好安慰这老婆婆几句。她见我们这情形慈悲，又抽咽着说："你们要早来一步，就救了她们了。这时已晚了。"这是什么世界，想当初我父母和哥哥的惨死，也都是这些土匪兵害的，恶魔们为了争地盘闹意见，雇上这般豺狼不如的动物四处去蹂躏残害老百姓，把个中国弄的阴森惨淡连地狱都不如。

辞别了那伤心流泪的老婆婆，我们到征收局去看冯君毅，到了办公处见他们几个人都垂头丧气默无一言的坐着，顽皮的文惠说："打了胜仗还不高兴，愁眉苦眼的干吗？"君毅叹了口气说："这比败十几个仗的损失都大呢，真是我们的厄运。"我莫明其妙的问："到底是什么事，这样吞吞吐吐？"君毅说："敏慧刚才由 C 城来一密电，说 P 城的同志都被捕去，三天之内将三十余人都绞死了！""云生和采之呢？"我很急的问。他不说话了，只是低着头垂泪！我已经知道这不幸的噩耗终于来了！云生大概已成了断头台畔的英雄，但是我还在日夜祷祝盼望他的信呢！我觉的眼前忽然有许多金星向四边迸散，顿时，全宇宙都黑了，我的血都奔涌向脑海，我已冥然地失了知觉！

睁开眼醒来时，文惠和君毅、梦兰都站在我面前，我的身子是躺在办公处的沙发上，我勉强坐起来，君毅说："雪樵！你自己要保重，又在军旅中一切都不方便，着急坏了怎么好，这样热的天气。这种事是不得已的牺牲，我们自然不愿他们死，他们的死，就是我们组织细胞的死。不过到不得不死时，我们也不能因为他们死就伤心颓毁起自己来。你不要太悲痛吧！雪樵，我们努力现在，总有一天大报了仇，这才是他们先亡烈士希望于我们未死者的事业呢！你千万听我的话。"梦兰和文惠也都含着泪劝我。我硬着心肠挣扎起来，一点都不露什么悲恸，我的脑筋也完全停滞了思想，只觉身子很轻，心很空洞。这时把我一腔热血，万里雄心马上都冰冷了！刚由巨创深痛中挣扎起来，我也想从此开辟一个境地，重新建筑起我的生命，那知我刚跨上马走了几步就又陷入这无底的深洞！云哥！我只有沉没了，我只有沉没下去。

君毅们见我默默无言的坐着，知我心中凄酸已极！文惠她们和我回到宿处后，又劝了我一顿，我只低着头静听，连我自己都不知为什么这样恍惚，想到云生的死只是将信将疑。

晚餐时她们都去了大厅，我推说头痛睡在床上。等她们走了，我悄悄起来，背上我的枪，拿上我的日记，由走廊转到后院，马槽中牵了我那小白马。从后门出来。这时将近黄昏，景物非常模糊，夕阳懒懒地放射着最小的余辉，十分默淡。我跨上马顺着大道跑去，凉风吹面，柳丝拂鬓，迎面一颗赤日烘托着晚霞暮霭，由松林中慢慢地落下，我望着彩云四散，日落深山，更觉惆怅！这和我的希望一样，我如今孤身单骑，仿惶哀泣，荒林古道已是日暮穷途。

我也不知去哪里，只任马跑去，一直跑的苍茫的云幕中，露出了一弯明月，马才停在一个村店的门口。看着小白马已跑得浑身是汗，张着嘴嘶喘！我也觉着口渴，下了马走进村店去，月光下见席篷下的板凳上坐着一个老者，正在打盹呢。我走近去唤醒他，他睁眼看见我这样子，吓的他站直了不敢动。我道："我是过路的，请你老给点水喝，并饮饮我的马。"他急忙说："那可以，那可以，请军爷坐下等一等。" 回身到里面去了，不一会出来一个十二三岁的小孩提着水壶，拔着鞋揉着眼，似乎刚醒来的样了。我也不管干净与否，拿起那黄瓷大碗喝了一碗。那老者手里执着个油灯出来，把灯放在石桌上回头又叫"三儿，你把马饮饮去！"三儿遂把马牵到水槽傍去。我由身上掏了一张票子给他，也不知是多少，我说："谢谢你老，这是茶钱。"翻身上马又顺着大道下去。

这时才如梦醒来，想到自己的疯狂和无聊。但这一气跑我心中似乎痛快，把我说不出来的苦痛烦恼都跑散了！这时我假如能有暴风在右手，洪水在左手，我一定一手用暴风吹破天上的暗云，一手将洪水冲去地上的恶魔！那时才解消我心头抑压的愤怒！

夜已深了，天空中星繁月冷，夜风凄寒，这仿佛一月前海边的情景又到眼底，怎忍想呢！云哥已是绞台上的英魂了，这时飘飘荡荡魂在何必呢！沉思着我的马又停住了，抬头看，原来一条大河横在眼前，在月下闪闪发着银光，静悄悄地只有深林幽啸，河水呜咽。我下了马，把它拴在一棵白杨上，我站在它旁边呆呆地望着河水出神。

后来我仰头向天惨笑了一声！把我的手枪握在右手，对着我的脑门扳着机。冷铁触着我时，浑身忽然打了一个寒噤，理智命令我的手软下来了。"我不能这样死，至少我也要打死几个敌人我再死！这样消极者的自杀，是我的耻辱，假使我现在这样死了便该早死，何必又跑到这里来从军呢！我要挣扎起来干！给我惨死的云哥报仇！"我想如今最好乘这里深夜荒野，四无人烟，前是大河，后是森林，痛痛快快的哭哭云哥，此后我永不流泪了！我也再无泪可流。"露寒今夜无人问"，我只有自己挣扎了。拾起地下的手枪，解开我的马，我想归去罢！它似乎知道我的心思，走到我身边抬起头来望着我，我一腔悲酸涌上心头，不由的抱住它痛哭起来！

噩梦中的扮演

我流浪在人世间，曾度过几个沉醉的时代，有时我沉醉于恋爱，恋爱死亡之后，我又沉醉于酸泪的回忆，回忆疲倦后，我又沉醉于毒酒，毒酒清醒之后，我又走进了金迷沉醉五光十色的滑稽舞台。近来我整天偷工夫到这里歌舞欢呼，终宵达旦而无倦态。

我用粉红的绸纱，遮住我遍体的创痕，用脂粉涂盖住我苍白血庞，我旋转在狂热的浪漫的舞台上，被各种含有毒汁生有荆棘的花朵包围着。我是尽兴地歌，尽兴地舞！毫无忌惮，各种赞颂我毁谤我的恶魔在台下做各种鬼脸。他们看着我，我也看着他们。

如今：我任一切远方怀念我的朋友暗地里挥泪，我任故乡的老母替我终身伤感。但，我是不再向这人间流半滴泪了，我只玩弄着万物，也让万物玩弄着我这样过去，浑浑噩噩无所知觉地过去。我还说什么呢？我整天混迹在人海中，扰扰攘攘都是些假面具，喧哗嚣杂都是些留声机，说什么，说向谁去？想到这里时，我就披上那件忘忧的舞衣到剧场去了，爽性我自己就来一个虚伪的角色，妃色的氛围中遮掩了我这黑色的尸身，把一切灵感回忆都殡埋于此。这是我的一种新发现，使我暂时晕绝的麻醉剂。上帝！我该向你再祈求什么呢？除此而外？

灯光暗淡，人影散乱时，我独自从魔鬼狂呼声中逃到清冷的街头：那一带寒林，那一弯残月，那巍然插上云霄的剧场，像一个伟大的狮王，蹲着张开那血盆的巨口预备噬人。这刹那间我清醒了！我身体渐渐冷得发抖，我不知那里面暖融融是梦，这外面还冷清清是梦？这时我瞪着眼嚼着唇在寒林下飞奔回来，立在那面衣镜前，看见一个披发苍白寒缩战颤的女郎时，我不能认识了；那红绒毡上，灯光照耀着的美丽的高贵的庄严的神采，不知何处去了。

我对镜凝视后，便颓然倒在地上。这时耳畔隐隐有低呼我名字的声音，我便在这种幻想的声音中睡去。半夜里我会抱着桌子腿唤着母亲醒来，有时我梦见我的灵魂之影来了，扑过去会碰在板壁上哽咽着醒来！总之，我是有点不能安定的心灵了。翌晨，我依然又披上舞衣，涂上脂粉，作出种种媚人娇态，发出种种醉人的清音，来扮演种种的话剧，这时我把自己已遗失了，只是一付辗转因人的尸体。

我本是几个朋友拯救起来的一个自甘沦落的女子，那时我从极度伤心中扎挣起来也含有不少的希望：希望我成一个悲剧的主人翁，希望成一个浪漫的诗人，希望成一个小说家，更希望成一个革命先驱，或政治首领。东西南北漂游归来，梦都做过了，都不能满足我，都不能令我离开苦痛；最后才决定做戏子，扮演滑稽剧给滑稽的人们看着寻开心。

有几次我正在清歌妙舞逸兴遄飞时，忽然台下露出几个熟悉的面孔，他们虽不识我本来面目，不过我看见他们却引起我满腔悲愁，结果我没有等闭幕便晕倒在琴台旁了！以后我的含忍力强了，看见了他们也毫不动心，半年后我简直也不识他们了。我恐怖过去的梦影来扰我，我希望我的环境中都是些不相识的，新来的观众！

上帝！愿你有一天能告诉我的母亲和系念我的朋友们说："我已找到我的墓在我愿意殡埋的那个地方了。"

毒　蛇

　　谁也不相信我能这样扮演：在兴高采烈时，我的心忽然颤抖起来，觉着这样游戏人间的态度，一定是冷酷漠然的心鄙视讪讽的。想到这里遍体感觉着凄凉如冰，刚才那种热烈的兴趣都被寒风吹去了。回忆三月来，我沉醉在晶莹的冰场上，有时真能忘掉这世界和自己，目前一切都充满了快乐和幸福。那灯光人影，眼波笑涡，处处含蓄着神妙的美和爱，这真是值得赞颂的一幕扮演呢！

　　如今完了，一切的梦随着冰消融了。

　　最后一次来别冰场时，我是咽着泪的；这无情无知的柱竿席棚都令我万分留恋。这时凄绝的心情，伴着悲婉的乐声，我的腿忽然麻木酸痛，无论怎样也振作不起往日的豪兴了。正在沉思时，有人告诉我说："琪如来了，你还不去接她，正在找你呢！"我半喜半怨地说："在家里坐不住，心想还是来和冰场叙叙别好，你若不欢迎，我这就走。"她笑着提了冰鞋进了更衣室。

　　琪如是我新近在冰场上认识的朋友，她那种活泼天真，玲珑美丽的丰神，真是能令千万人沉醉。当第一次她走进冰场时，我就很注意她，她穿了一件杏黄色的绳衣，法兰绒的米色方格裙子，一套很鲜艳的衣服因为配合得调和，更觉十分的称体，不仅我呵，记得当时许多人都曾经停步凝注着这黄衣女郎呢。这个印象一直现在还能很清楚地忆念到。

星期二有音乐的一天，我和浚从东华门背着冰鞋走向冰场；途中她才告诉我黄衣女郎是谁？知道后陡然增加了我无限的哀愁。原来这位女郎便是三年前逼凌心投海、子青离婚的那个很厉害的女人，想不到她又来到这里来了。我和浚都很有意地相向一笑！

在更衣室换鞋时，音乐慷慨激昂，幽抑宛转的声音，令我的手抖颤得连鞋带都系不紧了。浚也如此，她回头向我说："我心跳呢！这音乐为什么这样动人？"

我转脸正要答她的话，琪如揭帘进来，穿着一件淡碧色的外衣，四周白兔皮，襟头上插着一朵白玫瑰，清雅中的鲜丽，更现得她浓淡总相宜了。我轻轻推了浚一下，她望我笑了笑，我们彼此都会意。第二次音乐奏起时，我和浚已翩翩然踏上冰场了，不知怎样我总是望着更衣室的门帘。不多一会，琪如出来了，像只白鸽子，浑身都是雪白，更衬得她那苹果般的面庞淡红可爱。这时人正多，那入场的地方又是来往人必经的小路，她一进冰场便被人绊了一交，走了没有几步又摔了一交，我在距离她很近的柱子前，无意义地走过去很自然地扶她起来。她低了头腮上微微涌起两朵红云，一只手拍着她的衣裙，一只手紧握着我手说："谢谢你！"

我没有说什么，微笑地溜走了，远远我看见浚在那圈绳内的柱子旁笑我呢！这时候，连我自己也莫名其妙，忽然由厌恨转为爱慕了，她真是具有伟大的魔术呢！也许她就是故事里所说的那些魔女吧！

音乐第三次奏起，很自然地大家都一对一对缘着外圈走，浚和一个女看护去溜了，我独自在中间练我新习的步法，忽然有一种轻碎的语声由背后转来，回头看原来又是她，她说："能允许我和你溜一圈吗？"

她不好意思地把双手递过来，我笑着道："我不很会，小心把你拉摔了。"

这一夜是很令我忆念着的：当我伴她经过那灿烂光亮如白昼的电灯下时，我仔细看着她这一套缟素的衣裳，和那一双文弱的玉腕时，猛然想到沉没海底的凌心，和流落天涯的子青，说不出那时我心中的惨痛！栗然使我心惊，我觉她仿佛是一条五彩斑烂的毒蛇，柔软如丝带似的缠绕着我！我走到柱子前托言腿酸就悄悄溜开了，回首时还看见她那含毒意的流波微笑！

浚已看出来了，她在那天归路上，正式地劝告我不要多接近她，这种善于玩弄人颠倒人的魔女，还是不必向她表示什么好感，也不必接受她的好感。我自然也很明白，而且子青前几无还来信说他这一生的失败，都是她的罪恶；她拿上别人的生命，前程，供她的玩弄挥霍，我是不能再去蹈这险途了。

不过她仍具有绝大的魔力，此后我遇见她时，真令我近又不是，避又不是，恨又不忍，爱又不能了。就是冷落漠然的浚也有时会迷恋着她。我推想到冰场上也许不少人有这同感吧！

如今我们不称呼她的名字了，直接唤她魔女。闲暇时围炉无事，常常提到她，常常研究她到底是种什么人？什么样的心情？我总是原谅她，替她分辩，我有时恨她们常说女子的不好；一切罪恶来了，都是让给女子负担，这是无理的。不过良心唤醒我时，我又替凌心子青表同情了。对于她这花锦团圆，美满快乐的环境，不由要怨恨她的无情狠心了，她只是一条任意喜悦随心吮吸人的毒蛇，盘绕在这辉煌的灯光下，晶莹的冰场上，昂首伸舌地狞笑着；她那能想到为她摒弃生命幸福的凌心和子青呢！

毒蛇的杀人，你不能责她无情，琪如也可作如斯观。

今天去苏州胡同归来经过冰场的铁门，真是不堪回首呵！往日此中的灯光倩影，如今只剩模糊梦痕，我心中惆痕之余，偶然还能想起魔女的微笑和她的一切这也是一个不能驱逐的印象。

我从那天别后还未再见她，我希望此后永远不要再看见她。

只有梅花知此恨

　　这是夜里十点多钟，潜虬坐在罩了碧罗的电灯下，抄录他部里的公文。沙发旁边放着一个白漆花架。紫玉的盆里正开着雪似的梅花。对面墙上挂一幅二尺多长的金漆钻花玻璃镜框，里面的画片是一个穿着淡绿衫子的女郎，跪在大理石冢前，低了头双手抱着塑在墓前的一个小爱神。后面是深邃的森林，天空里镌着半弯秋月，几点疏星。

　　潜虬似乎有点儿疲倦，写不了几个字，他就抬起头来，看看这幅画片，有时回头向铜床上望，盖着绣花紫绸棉被的，已经入梦的夫人。

　　今夜不知为了什么，飘浮在他脑海上的都是那些纤细的银浪，是曾经淹没过他整个心魂的银浪。他无意识地站起来，伸了伸懒腰，遂慢慢踱到那盆梅花跟前，低了头轻轻吻着。一直到清香咽入温暖的心房时，沉醉地倒在沙发上，那时皎洁辉煌的灯光，照着他泛着红霞面靥！

　　这时候忽然客厅的电话铃响，他迷惘中睁开眼惊讶地向四周望了望：停了一息，差人进来说："周宅请老爷说话。"他想了想说："问清楚是找我吗？"差人低低地说："是的，老爷。"

他慢慢踱进那间庄严富丽的客厅，电灯上黄白流苏的光彩，照着他惺忪睡眼：脑海里像白雁似的思潮，一个个由茫远处急掠地飞过！沉思了半晌，才想起他是来接电话的，遂坐在电话旁边的一个玫瑰绒躺椅上：

"喂！你哪儿！找谁！"

"你是谁？呵！你是潜虬吗？……你是八年前北京大学的潜虬吗？"

"是的，我是潜虬……声音很熟。呵！你莫非薏妹吗？"

"潜虬，我是薏蕙，我是你西子湖畔的薏妹，你近来好吗？你一直莫有离开北京吗？咳！潜虬，八年我们莫有通消息了。但是你能想到吗？我们在公园的荷花池前曾逢到一次，崇效寺枯萎了的牡丹前，你曾由我身边过去。"

"薏妹，真做梦都想不到你今夜会打电话给我，你怎么知道我的号数呢？"

"今天下午我到一个朋友家赴宴，无意中我看见一本你们部里的人名录，翻出你的名字，我才知道你原来也在北京，后来我更知道你的住址，和电话号头。"

"薏妹，想不到今夜我们还有个接谈的机会，咳！我毕业以后，一直就留在北京；后来因为家乡被海寇扰乱的缘故，民国十二年的八月，我回南把家搬出来。你大概不知道我是死？是活？更不知道我是近在咫尺，还是远在天涯？但是我，在这八年里，我什么都知道你。你是民国十年由天津来到这里，又由西城搬到东城；现在你不是就住在我们这个胡同的北口吗？去年腊月底，有一天我去衙门，过你们门口时，确巧逢见你牵了你那六岁的女孩上汽车。那时你穿着一身素服，面色很憔悴；我几乎要喊你。你自然哪能想到风沙扑面，扰扰人海的北京市上，会逢到你八年前的潜虬呢？我此后不愿再过你门口；因此我去部里时，总绕着路走。薏妹！薏妹！你怎么不理我呢？怎么啦！现在你还难受吗？

咳！我所以不愿意和你通消息的缘故，就是怕你苦痛！"

"潜虹，你怎知道我怎样消磨这八年呢？我是一点泪一滴血地挨延着：从前我是为了母亲，现在呢我又忍不下抛弃了小孩们。我告诉你，我母亲在去年腊月底已经死了，你逢见我的那一天，我正是去法源寺上祭。我从来不愿意埋怨父母，我只悲伤自己的命运，虽然牺牲的对得住父母，但是他们现在都扔下我走了，世界孤零零的只留着我。"

"薏妹！何尝是孤零零的只留着你，你岂不知世界上还有我是在陪着你吗？八年前的黄浦江上，我并不是莫有勇气，收藏起我的血泪沉在那珀石澄澄的江心；那时我毫无牵系，所以不那样做的缘故，当然纯粹是为了你，为了成全你的孝心，我才牺牲了一生幸福，为了使你不念到我的苦痛，我在这为了在这孤零零的世界上陪你。我常想那怕我们中间有高山，有长流；但是我相信天边明月，一半是你的心，一半是我的心！现在你不要难受，上帝怎样安排，我们就怎样承受：你的责任，便是爱你的丈夫，爱你的儿女，我的责任，也是爱我的妻子。生命是很快的，转瞬就是地球上我们的末日，光华的火焰终于要灭熄的！"

"我现在很好，很安于我的环境；早已是麻木的人了，还有什么痛苦，不过我常想毁灭我们的过去，但是哪能办到呢？我愿意我永久这样，到我离开世界的那一天。你近来部里事情忙吗？你很久莫有在报上作文章了。"

"我本想毕业后就回乡村去，这污浊纷纭的政治舞台我真不愿意滥竽唱随；但是我总不愿意离开北京。部里事忙得很，工作烦多是减少繁思的妙法，所以我这八年的生活，大都消磨在这个'忙'字上。"

"喂！潜虹！子和已在上星期去了上海了，假如这时期你愿意见到我时，我可以见你……"

"你应该满意现在的隔离，侯门似海，萧郎路人，这是我们的命运；我们是地球上最后的胜利者，我们是爱神特别祝福的人！我现在不能见你，我莫有理由、勇气去见你；你应该知道社会礼教造成的爱，是一般人承认的爱，他的势力压伏着我们心灵上燃烧的真爱。为了这个，薏妹，我不愿见你；并且以后你连电话都不要打。这是痛苦，已经沉寂了的湖，你让它永久死静好了。薏妹！你怎么了？薏妹，你不要难受！呵！你怎么不理我呢？喂！喂！"

沉寂了，一切像秋野荒冢一样的沉寂；潜虬晕倒在那个玫瑰绒的躺椅上，旁边也一样放着一盆桃色的红梅，一阵阵冷香扑到他惨白的脸上。

弃 妇

一个清晨，我刚梳头的时候，琨妹跑进来递给我一封信，她喘气着说："瑜姐，你的信！"

我抬头看她时，她跑到我背后藏着了。我转过身不再看她，原来她打扮得非常漂亮：穿着一件水绿绸衫，短发披在肩上，一个红绫结在头顶飞舞着，一双黑眼睛藏在黑眉毛底，像一池深苍的湖水那样明澈。

"呵！这样美，你要上哪里去。收拾得这样漂亮？"我手里握着头发问她。

"母亲要去舅妈家，我要她带我去玩。上次表哥给我说的那个水莲公主的故事还未完呢，我想着让他说完。再讲几个给我听；瑜姐，你看吧，回来时带海棠果给你吃；拿一大篮子回来。"说到这里她小臂环着形容那个大篮子。

"我不信，母亲昨天并莫说要去舅妈家。怎么会忽然去呢？"我惊疑地问她。

"真的，真的。你不信去问母亲去；谁爱骗你。母亲说，昨夜接着电报，姥姥让母亲快去呢。"她说着转身跑了，我从窗纱里一直望着她的后影过了竹篱。

我默想着，一定舅妈家有事，不然不会这样急促地打电报叫母亲去。什么事呢？外祖母病吗？舅父回来了吗？许多问题环绕着我的脑海。

梳好头，由桌上拿起那封信来，是由外埠寄来的，贴着三分邮票，因为用钢笔写的，我不能分别出是谁寄来的。拆开看里面是：

瑜妹：

　　我听说你已由北京回来，早想着去姑母家看望你，都因我自己的事纠缠着不得空，然而假使你知道我所处环境时，或许可以原谅我！

　　你接到这信时，我已离开故乡了，这一次离开，或者永远莫有回来的机会。我对这样家庭，本莫有什么留恋；所不放心的便是茹苦含辛，三十年在我家当奴隶的母亲。

　　我是踢开牢狱逃逸了的囚犯，母亲呢，终身被铁链系着，不能脱身。她纵然爱我，而恶环境造成的恶果，人们都归咎到我的身上；当我和这些恶势宣战后，母亲为她不肖的儿子流了不少的泪，同时也受了人们不少的笑骂！

　　我更决心，觉着母亲今日所受的痛苦，便是她将来所受的痛苦；我无力拯救母亲现实的痛苦，我却有力解除她将来的痛苦；因之我才万里外归来，想着解放她同时也解放我，拯救自己同时也拯救她。

　　如今我失败了，我一切的梦想都粉碎了！我将永远得不到幸福，我将永远得不到愉快，我将永远做个过渡时代的牺牲者，我命运定了之后，我还踌躇什么呢？我只有走向那不知到何处是归宿的地方去。

我从前确有一个梦想,这个梦想像一个毒蟒缠绕着我,已经有六年了。我孕育了六年的梦想,都未曾在任何人面前泄露,我只隐藏着,像隐藏一件珍贵的东西一样的,我常愿这宝物永远埋葬着,一直到黄土掩覆了我时,这宝物也不要遗失,也不要现露。这梦想,我不希望她实现,我只希望她永久做我的梦想。我愿将我的灵魂整个献给她,我愿将我的心血永远为她滴,然而,我不愿她知道我是谁?

我园里有一株蔷薇,深夜里我用我的血我的泪去灌溉她,培植她;她含苞发蕾以至于开花,人们都归功于园丁,有谁知是我的痴心呢!然而我不愿人知,同时也不愿蔷薇知。深夜,人们都在安息,花儿呢也正在睡眠;因之我便成了梦想中的园丁。

我已清楚地认识了自己的命运,我也很安于自己命运而不觉苦痛;但是,这时确有一个人为了我为了她自己,受着极沉长的痛苦,是谁呢?便是我名义上的妻。

我的家庭你深知。母亲都是整天被人压制驱使着做奴隶,卅年到我家,未敢抬起头来说句高声话。祖母脾气又那样暴烈,一有差错,跪在祖宗像前一天不准起来。母亲这样,我的妻更比不上母亲了,她所受的苦痛,更不堪令人怀想她。可怜她性情迟钝,忠厚过人;在别人家她可做一个好媳妇,在我家里,她便成了一个仅能转动的活尸。

我早想着解放了她,让她逃出这个毒恶凌人的囚狱;无论到什么地方去,都比我的家自由幸福多了,我呢,也可随身漂泊,永无牵挂;努力社会事业以毁灭这万恶的家庭为志愿;不然将我这残余生命浮荡在深涧高山之上,和飞鸟游云同样极止无定地漂浮着。

决志后,我才归来同家庭提出和我的妻子正式离婚。那知道他们不明白我是为了——她。反而责备我不应半途弃她;更捕风捉影的,猜我别有怀抱。他们说我妻十年在家,并未曾犯七出例条,他们不能向她家提出。更加祖父和他祖父是师生关系,更不敢起这个意。他们已经决定要她受这痛苦,我所想的计划完全失败了。不幸的可怜的她,永远地在我名下系缚着,一直到她进了坟墓。这是多么残酷的事情,我懊丧着,我烦恼着,也一直到我进了坟墓,一切都完了,我还说什么呢?

瑜妹!我给你写这封信的动机,便是为了母亲。母亲!我本能不留恋的便是母亲!我同家庭决裂,母亲的伤痛可想而知,我不肖,不能安慰母亲。瑜妹!我此后极止何处,我尚不知。何日归来,更无期日;望你常去我家看看我的母亲,你告诉她,我永远是她的儿子,我永远在天之涯海之角的世界上,默祝她的健康!

瑜妹!我家庭此后的情形真不敢想。我希望他们能为了我的走,日后知道懊悔。我一步一步离故乡远了,我的愁一丝一丝的也长了。

再见吧!祝你健康!

徽之

我读完表哥的信,母亲去舅舅家的原因我已猜着了,表哥这样一走,舅母家一定又闹得不得了,不然不会这样焦急地催母亲去。我同情母亲的苦衷,然而我更悲伤表嫂的命运,结婚后十年,表哥未曾回来过,好容易他大学毕业回来了;那知他又提起离婚。外祖母家是大家庭,表嫂是他们认为极贤德的媳妇,那里让他轻易说道离婚呢?舅父如今不在家,外祖母的脾气暴躁极了,表哥的失败是当然的,不过这么一闹,将来结果怎样真不敢想；表哥他是男人，不顺意可以丢下家庭跑出去；表嫂呢，他是女人，她是嫁给表哥的人，如今他不要她了，她怎样生活下去呢？想到这里我真为这可怜的女子伤心！我正拿着这封信发愣的时候，王妈走进来说："太太请小姐出去。"

我把表哥的信收起后，随跟着王妈来到母亲房里。母亲正在房间里装小皮箱里的零碎东西，琨妹手里提着一小篮花；嫂嫂在台阶上看着人往外拿带去的东西。

"瑜！昨夜你姥姥家来电，让我去；我不知道为的什么事，因此我想着就去看。本来我想带你去。因为我不知道他们家到底有什么事，我想还是你不去好。过几天赶你回京前去一次就成了，你到了他们家又不惯拘束。琨她闹着要去，我想带她去也好，省的她留在家里闹。"

母亲这样对我说的时候，我本想把表哥的事告诉她。后来我想还是不说好了，免得给人们心上再印一个渺茫的影子。

我和嫂嫂送母亲上了车，回来时嫂嫂便向我说："瑜妹，你知道表哥的事吗？挺说他在上海念书时，和一个女学生很要好，今年回来特为的向家庭提出离婚。外祖母家那么大规矩，外祖母又那么严厉，表嫂这下可真倒霉极了。一个女子——像表嫂那样女子，她的本事只有俯仰随人，博得男子的欢心时，她低首下心一辈子还值得。如今表哥不要她了，你想她多么难受呢！表哥也太不对，他并不会为这可怜旧式环境里的女子思想；他只觉着自己的妻不如外边时髦女学生，又会跳舞，又会弹琴，又会应酬，又有名誉，又有学问的好。"她很牢骚地说着。我不愿批评，只微微的笑了笑；到了家我们也莫再提起表哥的事。但是我心里常想到可怜的表嫂，环境礼教已承认她是表哥的妻子——什么妻，便是属于表哥的一样东西了。表哥弃了她让她怎样做人呢？她此后的心将依靠谁？十年嫁给表哥，虽然行了结婚礼表哥就跑到上海。不过名义上她总是表哥的妻。旧式婚姻的遗毒，几乎我们都是身受的。多少男人都是弃了自己家里的妻子，向外边饿鸦似的，猎捉女性。自由恋爱的招牌底，有多少可怜的怨女弃妇践踏着！同时受骗上当妾的女士们也因之增加了不少，我想着怎样才能拯救表嫂呢？像她们那样家庭，幽怨阴森简直是一座坟墓，表嫂的生命也不过如烛在风前那样忽悠！

　　过了三天，母亲来信了。写得简单，她报告的消息真惊人！她说表哥走后，表嫂就回了娘家，回去的第二天早晨，表嫂便服毒死了！如今她的祖父和外祖母闹得很厉害，舅父呢不在家，表哥呢，他杀了一个人却鸿飞渺渺地不知那里去了。因此舅母才请母亲去商量怎样对付。现在还毫无头绪，表嫂的尸骸已经送到外祖母家了，正计划着怎样讲究的埋葬她！母亲又说琨妹也不愿意在了，最好叫人去接她回来，因为母亲一时不能回来，叮咛我们在家用心服侍父亲。

　　嫂嫂看完母亲的信哭了！她自然是可怜表嫂的末遇，我不能哭，也不说话，跑到院子里的葡萄架下站着，望着晴空白云枝头小鸟，想到表哥走了，或者还有回来的一天。表嫂呢，她永远不能归来了！为了她的命运，我低首默祷她永久地安眠！

祷告——婉婉的日记

九月三号

今天是星期日，她们都出去了。这屋子往日多么热闹，如今只觉得空寂可怕。我无地方可去，也无亲友可看，结果只好送她们去了，我孤身回来。天天忙着，我是盼有一天闲，但是闲了又这样情绪不宁感到无聊。

晚饭后，魏大夫叫我送一束花给四十四号的吴小姐，她是个极美丽的姑娘，虽然因为病现的清癯点。和她谈了半天才知道她就是吴文芳的侄女。我问到文芳，她说她自从辞了医院事情后，不久就和一位牙医生结婚，如今在青岛。正谈着，她的母亲来了。我便把花插在瓶里，把魏大夫写的那个英文片子放在花瓶前，我和她们笑了笑就开门出来了。

路过大楼时，想进去看看赵牧师，我心忽然噪烦起来，不愿意去了。

回到寝室楼，依然那样空寂，我真有点害怕，静默得可怕！推开娟玉的房门，雪帐低垂着，一缕花香扑鼻而来。她未曾回来，风吹着帐帷正在飘动！站在这里呆了一会，我回到自己的床上来。我想睡，睡了可以把我安息在幸福的梦里；但心情总是不能平静，像黑暗中伸出无数的苍白手臂在接引我。睡不成，我揭被起来，披了一件斗篷，走到楼下回廊上看月亮。

夜静极了，只有风吹着落叶瑟瑟，像啜泣一样击动我的心弦。天空中一碧如洗，中间镶着繁星，一轮秋月又高又小，照得人清寒彻骨。我合掌跪在这晶莹皎洁的月光下，望见自己不知道来处的影子。

世界上最可怜最痛苦的大概是连自己都不知是谁的人罢！连自己的父母都不知道是谁，连自己的父母都不知在那里的人罢？你照遍宇宙照尽千古的圆月，告诉我，我的父母是谁？他们在那里？你照着的他们是银须霜鬓的双老，还是野草黄土中的荒冢呢？

落叶在阶前啜泣时，抬头或者还认得他的故枝。我是连树叶都不如，这滔滔人海，茫茫大地中，谁是亲昵我的，谁是爱怜我的？只有石桥西的福音堂，是可怜的婉婉的摇篮。这巍峨高楼的医院，是可怜的婉婉栖居的地方；天天穿上素白的长袍，戴上素白的高冠，咽着眼泪含着笑容，低声柔气，服侍许多呻吟愁苦的病人，这是可怜的婉婉的伴侣和职务罢！

主啊！只有你知道，夜静时候，世界上有一个可怜无父无母无兄弟姊妹的孤女，在月光下望着一堆落叶咽泪！

夜深了，我回来，斜倚在枕上，月光很温柔地由窗纱中射进来，她用纤白的玉臂抱吻着我。我希望做梦，或者梦中可以寻见认识了我的父母，或者我还能看见我的姊妹弟兄。我真不敢想下去了；今天看见吴小姐的母亲时，我才知道世界上还有那么亲爱自己的一个女人，她是自己的母亲。

婉婉！你自己的母亲呢？

九月五号

昨夜刮了整夜的风,今天忽然觉着冷。早晨三十号来了一位病人,患着脑膜(炎)。头疼得他一直喊叫着,我给他枕上冰囊似乎止住点痛。他是一个银行的办事员,送他进来的是几个同事,和他年纪仿佛的青年。魏大夫看过了,告诉我劝他平静些,不能让他受刺激,最好不要接见亲友。晚上再吃药,这时候最好先令他静静地安眠。

我拉过绿幕遮住射进来的阳光,将他的东西都安放在橱里。整理好后,拿了花瓶到后园折了几枝桂花。当我悄悄送花来时,他已醒了,睁着很大的眼望着我。我低头走进去,把花瓶放在病榻畔的小几上。

"要水吗?先生!"我问他。他摇了摇头。我就出来了。

十二点钟午餐来了,我请他少用一点,他不肯。再三请他,他才在我手里的杯子内喝了三口牛乳。这位病人真奇怪,进来到现在,他未曾说过一句话,时时都似乎在沉思着严重的问题。

给他试验温度时,我拿起他床前的那个纸牌,他的名字是杨怀琛,和我同姓。

夜里魏大夫把配好的药送来,我服侍着吃完了药,换上冰袋,临走时我告诉他:要东西时,只要把电铃一按便有人来。在楼梯上逢见娟玉,问她去那里,她说要去值夜,在大楼上。

到了寝室很远便听见她们的笑语声,我没有去惊动她们,一直走到我的房里。书桌上放着一本书,走过去一看是本精装的《圣经》。里边夹着个纸条。上边写着:

婉婉:那天你送花来,母亲看见你,说你怪可爱的。我已告诉了她你待我的好处,她更觉喜欢,今天送东西时给你带来一本《圣经》。她叫我送给你,她说这本书能擦去你一切的眼泪!

——吴娴

我捧着这本书,把这短笺回环地读了四五遍。因为别人的母亲偶然施与的爱,令我想到我自己的母亲。《圣经》,我并不需要它;我只求上帝揭示我谁是我的母亲,她在哪里?只有她能擦去我一切的眼泪。主啊!只要你告诉我她在哪里,我马上赴汤蹈火去寻找她。然而默默中命运涎着脸作弄我,谁知道何时何地才能实现我如意的梦。

惨淡的灯光照在圣母玛丽亚的像上,我抬头默然望着她!

九月九号

昨夜我做了一个梦,梦见我走到一个似乎乡村的地方,一带小溪畔有几间茅屋,那里透露出灯光来。我走到茅屋前,听见里面有细碎的语声。窗外映着淡淡的月光。我轻轻推开门,月光投射进来。黑暗的屋角里看见床上坐着一个老妇人,她合掌念着佛。一盏半明半暗的油灯,照见她枯皱的脸上挂着两道泪痕!我走进一步,跪下去伏在她膝头上痛哭!

不知何时醒来,枕衣上已湿了一大块。

今晨梳洗时,在镜子里照见我自己,我自己孤苦伶仃的一个人在这世界上挣扎,转眼已十九年了。自从我进了福婴堂到现在没有一个亲人来看过我,也没有一个人认识我。我找不着我亲爱的父母和姊妹兄弟,他们也一样不曾找到我。记得我在福婴堂住了七年,七年后我服侍一个女牧师,她教我读《圣经》,做祷告。十四岁那年她回国去了,把我送到一个外国医院附设的看护学校习看护,三年毕业后,魏大夫就要我在这医院里当看护,已经有两年了,我想假使这时候我的母亲看见我,她也许不认识我。

三十号那个病人已经来了四天了。他病还见好,魏大夫说只要止住痛就不会有什么危险。今天他已和我攀谈起来,问我那里人?家里还有些谁?唉!让我怎么回答他呢?连我自己都不知道,怎样能告诉他?这是我一生的耻辱,我只有低下头咽泪!他大概也理会到我有不能说出的苦衷,所以不曾往下追问。

他的病不能移动,所以他只可静静地躺着。晚饭后我给他试验口温,我低头用笔在簿上记录时,他忽然向我说:"姑娘,我请求你一件事,你可肯替我办?"

"什么事?"我问。

他又几次不肯说。后来他叫我从衣橱里拿出一本日记,里面夹着信纸信封。他告诉我了,原来是请我给他写一封信。他念着我写:

文蕙妹鉴:

你信我已收到,事已如斯,夫复何言。我现已移入病院,将来生死存亡,愿妹勿介意,人生皆假,爱又何必当真。寄语方君,善视妹,则我瞑目矣。

怀琛

写好,他又令我在日记里找着通信地址;原来也是姓吴。我心里真疑惑是吴文芳的姊妹,什么时候去问问文芳侄女便知道究竟了。信封也写好后,我递给他看。看完他很难受,把眼睛紧紧闭上,牙齿嚼着下唇,脸一阵阵现的苍白。我把日记放在他枕头畔,给他喝了几勺开水,我轻轻问他:"这信付邮吗?"他点点头。我轻轻闭门时,听到一声最哀惨的叹息!

晚风吹在身上，令我心境清爽一点，望着星月皎洁的天空深深地吐了一口气。

我凝视着手中这封信，假如这真是最后消息时，不知这位文蕙小姐看了该怎样难过？最可怜这生病的青年，进来医院这许久，未曾来过一个人，或者一封信一束花是慰问讯候他的。

今夜晚间本来不是轮我去。不过我看见他那种伤心样子真不放心。十二点了。我又从魏大夫那里拿了药亲自给他送去，一推门我便看见他正在流泪！我给他吃了药，他抬起那苍白的脸望着我，他说："姑娘，我真感谢你，然而我怕今生不能报答你了，但是我有个唐突的请求，我愿知道姑娘的芳名。"我完全被他那清澈的，多情的目光摄去了我的灵魂，当淡绿的灯光映在他脸上时，我真觉得这情况太惨了。我抖战着说："我叫婉婉，和先生同姓。"他不曾往下问，我也未曾多告诉他一点。

十二点半钟了，我的责任应该请他休息，我用极诚恳的态度和他说："先生，你宽怀养病，不要太愁苦，我求上帝赐福给你。"

"谢谢你，婉婉姑娘，祝你晚安！"他含着泪说。

九月十二号

昨夜魏大夫告诉我今天陪他到城外出诊，我的职务已另请一位看护代理。我从衣橱里拿出我那件外衣和帽子围巾，这三件东西是那女牧师临回国时送我的，因为我不常出去，所以虽然它们的式样已经不时髦，不过还很新。

收拾好已九点钟，我想去大楼看看三十号的病人。走到他病室前，我忽然有点迟疑，因为自己的装束现在已不是个看护了，我来看他不是不便吗？我立在门口半天，终于推开门进去。他看见我忽然惊惶的坐起来。眼睛瞪视着问我："你是文蕙吗？我没有想到你会来看我呀！"他伸着双臂问我，他哭了！啊呀！这一吓把我直退到门口。

我定了定心神才告他说："先生！我是婉婉，你不要吃惊。"我说着走过去扶他睡下。

我等他休息了一会，我才告他我今天要出城去，职务已有人代理。我问他要不要什么东西给他带来，他这才和我说："你今天的装束真像她。原谅我对姑娘的失礼，因为我是在病中。"他说着流下泪来。我真不忍看了，也不知该怎样安慰他好，只呆呆地立在他床前。

"姑娘，你去吧！我不要什么，我在这世界上没有需要的东西了。"

"你好生静养，晚间我回来给你读《圣经》，"我把他的被掩好，慢慢走出来。

汽车已在医院门前，魏大夫站在车口等着我。

在车上饱看着野外的秋色，柳条有点黄了，但丝丝条条犹想牵系行人。满道上都是落叶，汽车过去了，他们又和尘土落下来。平原走尽，已隐隐看见远处的青山。魏大夫告诉我，我们要去的地方便在那青山背后，渐渐到了山根，半山腰的枫树，红的像晚霞一样，远看又像罩了一层轻烟软雾。

走进了村庄，在一个别墅门前车停了，这时已十点多钟。我们进到病房里，是一位小姐患着淋巴腺结核，须用手术医治。我帮着魏大夫，割完已经一点半钟了。主人是个五十多岁的老人。很诚恳地招待我们。用完午餐我们就回城来，一路上我不看景致了，只想着三十号那个病人，真懊悔今早不应这样装束去看他，令他又受一个大刺激。

到了城里又去看了一个患肺病的人，七点钟才回到医院。我在花店买了两个精巧玲珑的小花篮，里面插满了各色的菊花和天东草。

今天一天真疲倦，回到医院我就到自己房里来。叫人送一个花篮给吴小姐，另一个花篮我想送给三十号的病人。

本想今夜亲自送去，不过不是我轮值，因为早晨又惊扰了他，现在也不愿再去了。连我自己也奇怪呢，为什么我这样可怜他，同情他？我总想我应该特别注意关照他，好像他是我的哥哥，或者是弟弟一样。

夜里我替他祷告，我想到他心中一定埋藏着一件伤心的历史，那天我给他写信的那个女子，一定就是使他今日愁病的主人。不知他有父母没有！也许他和我一样孤苦呢！今天我忽然想也许他是我的哥哥，因为他也姓杨。最奇怪的是我心里感到一切令我承认他是我的哥哥。

我想明天去大胆问问他，他有莫有妹妹送到福婴堂，在十九年前。

九月十三号

今晨七点钟，我抱着那个花篮到大楼去，在楼梯下我逢见两个人抬着软床上来。我心忽然跳起来，不知为什么我忽然想到他不好的消息，急忙跑上楼，果然那间房子门口围着许多人，我走进去一看，他死了！僵直的卧在床上，嘴边流着口液，两眼还在半开着，手中紧握着一张像片。

这时软床已上来，把他抬到冰室去。

我一直靠在墙上，等他们把他抬走了，我才慢慢走到他床前。咽着泪收拾他的床褥。在枕头畔我又发现了他那本日记。我把他的东西整理好，包了一个小包和我那个花篮一块儿教人送到冰室去。不知道这是不是犯罪，他的日记我收起来了。我想虽未得到同意，但是我相信在世界上知道他抱恨而终的大概只有我，承受他最后的遗什的也许只有我。

说不出来我心头紧压的悲哀，我含着泪走进了冰室。里面已有几个人在，大概就是送他进来的那些银行同事们。地上放着一个大包袱，他们正在那里看殓衣。我一张望，见他的尸骸已陈列在墙角的木板上，遍体裹着白布，他的头偏向里面，地下放着那个花篮。

唉！我悔，昨夜未来看他，如今我站在他面前时，他已经脱离了人间的一切烦恼而去了。可怜他生前是那样寂寞孤苦的病着，他临终也是这样寂寞孤苦的死去，将来他的坟头自然也是无人哭吊无人祭献的寂寞之墓。我咽着泪把花篮放在他的头前，我祷告：他未去远的灵魂，接受世界上这孤女的最后祭献！

我走出了冰室，挟着这本日记，我不敢猜想这里面是些什么记叙。朝霞照着礼拜堂的十字架，我低头祷告着回来。

余 辉

日落了，金黄的残辉映照着碧绿的柳丝，像恋人初别时眼中的泪光一样，含蓄着不尽的余恋。垂杨荫深处，现露出一层红楼，铁栏杆内是一个平坦的球场，这时候有十几个活泼可爱的女郎，在那里打球。白的球飞跃传送于红的网上，她们灵活的黑眼睛随着球上下转动，轻捷的身体不时地蹲屈跑跳，苹果小脸上浮泛着心灵热烈的火焰，和生命舒畅健康的微笑！

苏斐这时正在楼上伏案写信，忽然听见一阵笑语声，她停笔从窗口下望，看见这一群忘忧的天使时，她清癯的脸上现露出一丝寂寞的笑纹。她的信不能往下写了，她呆呆的站在窗口沉思。天边晚霞，像绯红的绮罗笼罩着这诗情画意的黄昏，一缕余辉正射到苏斐的脸上，她望着天空惨笑了。惨笑那灿烂的阳光，已剩了最后一瞬，陨落埋葬一切光荣和青春的时候到了！

一个球高跃到天空中，她们都抬起头来，看见了楼窗上沉思的苏斐，她们一齐欢跃着笑道："苏先生，来，下来和我们玩，和我们玩！我们欢迎！！"说着都鼓起拿来，最小的一个伸起两只白藕似的玉臂说："先生！就这样跳下来罢，我们接着，摔不了先生的。"接着又是一阵笑声！苏斐摇了摇头，她这时被她们那天真活泼的精神所迷眩，反而不知说什么好，一个个小头仰着，小嘴张着，不时用手绢擦额上的汗珠，这怎忍拒绝呢！她们还是顽皮诞脸笑容可掬地要求苏斐下楼来玩。

苏斐走进了铁栏时，她们都跑来牵住她的衣袂，连推带拥地走到球场中心．她们要求苏斐念她自己的诗给她们听，苏斐捡了一首她最得意的诗念给她们，抑扬幽咽，婉转悲怨，她忘其所以的报容发泄尽心中的琴弦，念完时，她的头低在地下不能起来，把眼泪偷偷咽下后，才携着她们的手回到校舍。这时暮霭苍茫，黑翼已渐渐张开，一切都被其包没于昏暗中去了。

那夜深时，苏斐又倚在窗口望着森森黑影的球场，她想到黄昏时那一幅晚景和那些可爱的女郎们，也许是上帝特赐给她的恩惠，在她百战归来，创痛满身的时候，给她这样一个快乐的环境安慰她休养安息她惨伤的心灵。她向着那黑暗中的孤星祷告，愿这群忘忧的天使，永远不要知道人间的愁苦和罪恶。

这时她忽然心海澄静，万念俱灰，一切宇宙中的事物都在她心头冷寂了，不能再令她沉醉和兴奋！一阵峭寒的夜风，吹熄她胸中的火焰，觉仆仆风尘中二十余年，醒来只是一番空漠无痕的噩梦。她闭上窗，回到案旁，写那封未完的信，她说：

钟明：

自从我在前线随着红十字会做看护以来，才知道我所梦想的那个园地，实际并不能令我满意如愿。三年来诸友相继战死，我眼中看见的尽是横尸残骸，血泊刀光，原只想在他们牺牲的鲜血白骨中，完成建设了我们理想的事业，谁料到在尚未成功时，便私见纷争，自图自利，到如今依然是陷溺同胞于水火之中，不能拯救。其他令我灰心的事很多，我又何忍再言呢！因之，钟明，我失望了，失望后我就回来看我病危的老母，幸上帝福佑，母亲病已好了，不过我再无兄弟姊妹可依托，我不忍弃暮年老亲而他去。我真倦了，我再不愿在荒草沙场上去救护那些自残自害，替人做工具的伤兵和腐尸了。请你转告云玲等不必在那边等我，允许我暂时休息，愿我们后会有期。

苏斐写完后，又觉自己太懦弱了，这样岂是当年慷慨激昂投笔从戎的初志。但她为这般忘忧的天使系恋住她英雄的前程，她想人间的光明和热爱，就在她们天真的童心里，宇宙呢？只是无穷罪恶无穷黑暗的渊薮。

被践踏的嫩芽

梦白毕业后便来到这城里的中学校当国文教员，兼着女生的管理。虽然一样是学校生活，但和从前的那种天真活泼的学生时代不同了。她宛如一块岩石在狂涛怒浪中间，任其冲激剥蚀，日子长久了，洁莹如玉的岩石上遂留下不少的创洞和驳痕。黑影掩映在她的生命树上，风风雨雨频来欺凌她惊颤的心，任人间一切的崎岖，陷阱，罗网，都安排在她的眼前，她依然终日来来往往于人海车轨之中，勤苦服务她这神圣的职业。

她是想藉着这车马的纷驰，人声的嘈杂，忘掉她过去的噩梦，和一切由桃色变成黑影的希望。

不知道梦白身世的人，都羡慕她闲散幽雅的兴趣，和蔼温柔的心情；所以她在这学校内很得她们一群小天使的爱敬。她自己，劫后残灰，天涯飘萍，也将这余情专诚的致献于她们，殡埋了一切，在她们洁白的小心里。

有一天梦白正在办公处整理她的讲义，一阵阵凉风由窗纱吹进来，令她烦热的心境感到清爽舒畅。这时候已经日暮黄昏，回廊上走过一队一队挟书归去的白衣女郎，有时她们偶然抬头和她们相触的目光嫣然微笑！

钟声息了，只剩下这寂寞的空庭，和沉沉睡去的花草，梦白为了这清静的环境沉思着！散乱的讲义依然堆集在桌上。这时忽然有轻轻叩门的声音，门开了走进一个颀长淡雅的女郎，丰容盛鬋，眉目如画，那种高洁超俗的丰度，令人又敬又爱。梦白认识她是这校中的高材生郑海妮。

海妮走到梦白的桌子前，她嗫嚅着说："先生！我有点事来烦扰您"。说着把书包打开拿出一束信来，这一束信真漂亮，颜色是淡青、淡黄、淡紫、淡红，还有的是素笺角上印着凸起的小花。梦白笑了！她说。"呵！这一段公案又来了。"

海妮脸上轻泛起那微醉的酡红，薄怒娇嗔的告诉梦白这束信的来历和那厌烦的扰人，为了免除家庭的责难，同学的嘲笑，她希望梦白向学校提出，给她一种惩罚，不要再这样来扰人讨厌。梦白翻着这一束信静听她絮烦的妙语，她心现着有点醉了！"海妮！把这信留在这里我看看，你先回去，明天应该怎么办，我再和你商量"。"谢谢先生！"海妮微微弯着腰，姗姗地走出去了。

晚餐后，梦白在灯下坐着看学生的试卷，她忽然想起海妮给她一束信，她遂把试卷放在一边，她把那束信抽出来看：

海妮：

假如上帝安排下他的儿女是应该相爱的，那我就求你接到这信时你不必惊讶！我仅仅是个中学生，既不是名画家，更不是大诗人，我不能把我崇敬爱慕的女郎，用我的拙腕秃毫来描写于万一；我不须要赞美，我只求心灵有一块干净地方来供奉她，人间采一朵幽淡如兰的鲜花来祭献她，再用我的血泪灌溉这朵花永远是盛开着，令她色香不谢。

昨天我独自在图书馆看书，正是心神凝注时。门帘动了，你姗姗地由我身边走过去。借完书，你又姗姗地惊鸿一瞥似的走出去。就是这样一来一去，把我平静的心波鼓荡的狂涛怒浪，山立千仞。我不能在这里枯坐，遂挟了书走到操场的树荫下。我想在那噪杂人声中，来往人影里，消失了我心头的倩影。谁知道你偏又和你的同伴来到操场上散步。我明知道是我自己的心情恍惚；但是我那时真恨你，并且恨那和你同行的女伴。

我自己也莫名其妙，在学校已经三年半了，女性的同学我见过数百人，在万花群艳中未曾令我神夺志移，但是你来了之后我就觉的两样了，几次自己想驱逐这幻影的来临，但是终于无效。海妮！这些诉告在你自然是值的卑视讪笑的，我本不愿把这些难邀一笑的言语来扰你清听，但是我的心在悄悄地督催我，我也觉真心的祭献是不至于令神嗔怪的！

林翰生

梦白看完后，觉得这信写的很真诚别致，还不怎样令人不能往下看，海妮的情书自然也该超出于旁人吧！她想着不禁笑了！接着又抽看第二封：

海妮：

我早知道你是不理我的，也知道你对于这渴慕你的人们，环绕于你足下的人们是一样的与以冷笑！我不能把我自己怎样超拔于群侪，令你垂青，我只是一个中学生，我毫无特别的才能建设值的你敬慕。

　　我现在是求学时代,不幸便无意中受了爱神的戏弄,令我由光明的前途,沉溺于黑暗的陷阱,我那敢怨你,我自然是痛恨诅咒那嘲弄人的命运,我好似驰骋山野的骏马,忽然自愿把鞍辔加上,任人鞭骑,这是令我日夜痛心怆然下泪的遭逢呵!海妮!不论怎样,我永远珍藏这颗心至永久罢!我不敢说是爱你。

　　我应该告诉你我的身世,我是孤儿,父母都在十年前相继弃我而去,族叔抚养我到如今,我从未曾分望过人间的幸福,只求能有点树立时,不辜负叔父一场教养。在我这十八年凄空清寂的生活里,微微有点余温使我生命之火星光彩闪烁的就是你了,你的学问品格处处都令我敬慕,我才不自主的把这颗幼小被伤的嫩芽,重献到你的足下来求践踏。

　　你是名门闺秀,富室千金,天赋给你的是人间的欢乐和幸福,我也明白,到什么时候我和你也是两个世界的人,侯门似海,我终于是徘徊在朱门外的流浪者。我本不必把我的哀曲向你弹述,希望求你的怜恤,你是不能衷同情于我的;但是海妮,我能够珍藏你于方寸灵台之中,我就不再奢求什么了。

林翰生

　　梦白连读了几封信后,她的神色异常颓丧,她觉这信里所说的话,好像十年前也有人这样向她说过一样。前尘梦影又涌现到她的回忆边缘上来,令她默默地向着灯光沉思。她不知怎样来处理这一段公案。

　　翌晨,梦白同海妮商量,海妮的意思还要令梦白提出校务会议,因为不给他惩罚时,怕他还要再写信来,频频相扰。她是想藉此申明表白给她的家庭同学看一看的。梦白原想探一探海妮的口吻，如果她能通融和缓时，她是不愿意声明这件事的，因为这事的结果，在她素有经验的心中已都安排好了；林翰生又是品学皆优的高材生，她怕他受不住这无情的风波！但是海妮这样坚决她也无计再能调剂。这严重的空气，遂允许了海妮的要求，在当天下午把这件事情提出校务会议。

会议室里一张长桌上，铺着雪白的桌布，放着瓶花，四周都坐满了穿长衫西装的人们；这都是校中的重要职员。门开了，梦白手里拿着那一束鲜艳的信笺进来，他们都很注意的问道："这是什么？"开会时，梦白先把这一束信的公案报告了一遍，主席一面读着信一面征求各位的意见。有的主张重办，有的主张从宽，众见纷坛，莫衷一是。主席后来把两种意见折衷办理、议决给林翰生一个行为不检的特别惩戒，由本级级任面加训迪。这是姑念他平常品学皆优，所以这次才不出牌示给他包留情面。林翰生做梦也不知道，他写给海妮的情书遭了这般厄运，在这庄严堂皇的会议席上，互相传观。

三天后的早晨正是狂风暴雨时候，海妮神色仓忙，面穿灰白，又来到梦白的办公处，她站在梦白面前嘤嘤因泣！梦白不知她受了何人的委曲，再三问她，她由衣袋中拿出一封信来递在梦白手中，拆开来写的是：

海妮：

　　我不怨你对我这样绝情。就是这一点行为不检的惩戒，我也不介意；不过我三年多在学校里师长同学面前，我未曾失意过，这次事情发生后，似乎一切人们都觉着我是个轻薄可鄙的少年，将不齿于友俦，这是令我最痛心的。

　　到如今我在情感上并不忏悔我过去是错误，我用天真忠诚的心血，滴沥着写给你的估，就是枪眼对着心口，钢刀放在颈上，我也不懊悔那是罪恶的表现，不道德的行为。他们那些假道学的人们，根本不能来讪笑我，虽然我自始至终，对于这件事我不愿有所表白。海妮！为了你的绝情，陷我于这黑暗的深渊，不能振作。但是我已另外发现了路途了。我已和叔父商议好，明日便束装回里，我不愿再在这学校逗留，这里对我无一点留意，海妮！就是你，我也不再向你说什么了，我为了你的清静，我从此不再写信，也不再在这里停留，愿我们从此永远隔绝好了。

　　本可以不必写信给你，不过我想告诉你我此后的消息，你也该放心了。海妮！我自然爱你一如往日，此后不论漂泊到天涯地角，我也遥远的替你祝福！也希望你慧心里不要忘了这被你践踏的嫩芽，海妮！海妮！从此你的倩影日离我远了，也许是日距我近了。假如你是有情人，愿你将来心幕上不要留今日的残痕。至于宇宙对我的命运和安排，我也不怨恨冷酷，因为我能在极短的时期中认识你，而且又与你以微小可纪的印象，我已曾满足了。夜深了，我按着惨痛的心灵，向你告别，向我认识你的学校告别！

林翰生

　　梦白看见这封信，她并不惊奇，不过她心头感到万分的凄酸！抬头见海妮还在低低的泣！纯是个不懂事的儿女态度，她本想说她几句，后来因她已经心碎便忍住了。

　　一阵风吹开了窗帷，梦白忽然见阶前的一株不知名的紫花被风雨欺凌的落红满地。这时雨直如注，狂风卷着雨丝把纸窗都湿了，梦白低低的向海妮说了声："也许这时候他已经走了。"

忏　悔

许久了，我湮没了本性，抑压着悲哀，混在这虚伪敷衍，处处都是这箭簇，都是荆棘的人间。深深地又默窥见这许多惊心动魄，耳聋目眩的奇迹和那些笑意含刀，巧语杀人的伎俩。我战栗地看着貌似君子的人类走过去，在高巍的大礼帽和安详的步武间，我由背后看见他服装内部，隐藏着的那颗阴险奸诈的心灵。有时无意听得许多教育家的伟论，真觉和蔼动人，冠冕堂皇；但一转身间在另一个环境里，也能聆得不少倾陷、陷害，残鄙过人的计策，是我们所钦佩仰慕的人们的内幕。我不知污浊的政界，也不知奸诈的商界，和许多罪恶所萃集的根深处，内容到底是些什么？只是这一小点地方，几个教室，几个学生，聚天下英才而教育之的学校里，也有令我无意间造成罪恶的机会。我深夜警觉后，每每栗然寒战，使我对于这遥远的黑暗的无限旅程更怀着不安和恐怖，不知该如何举措，如何忏悔啦！

我不愿诅咒到冷酷无情的人类，也不愿诽议到险诈万恶的社会，我只埋怨自己，自已是一个懦弱无能的庸才，不能随波逐流去适应这如花似锦的环境，建设那值得人们颂扬的事业和功绩。我愿悄悄地在这春雨之夜里，揩去我的眼泪，揩去我忍受了一切人世艰险的眼泪。

离母亲怀抱后，我在学校的荫育下优游度日。迨毕业后，第一次推开社会的铁门，便被许多不可形容描画的恶魔系缚住，从此我便隐没了。在广庭群众，裙屐宴席之间周旋笑语，高谈阔论的那不是我；在灰尘弥漫，车轨马迹之间仆仆之风霜，来往奔波的那不是我；振作起疲惫百战的残躯，复活了业经葬埋的心灵，委曲宛转，咽泪忍痛在这铁蹄绳索之下求生存的，又何尝是我呢？五年之后，创痕巨痛中，才融化了我"强"的天性，把填满胸臆的愤怒换上了轻浅的微笑，将危机四伏，网罟张布的人间看作了空虚的梦幻。

有时深夜梦醒，残月照临，凄凉（静）寂中也许能看见我自己的影子在那里闪映着。有时秋雨渐沥，一灯如豆，惨淡悲怆中也许能看见我自己的影子在那里欷歔着。孤雁横过星月交辉的天空，它哀哀的几声别语，或可惊醒我沉睡在尘世中的心魂；角鸥悲啼，风雨如晦的时候，这恐怖战栗的颤动，或可能唤回我湮没已久的真神。总之，我已在十字街头，扰攘人群中失丢了自己是很久了。

其初，我不愿离开我自己，曾为了社会多少的不如意事哀哭过嗟叹过，灰心懒意的萎靡过，激昂慷慨的愤怒过；似乎演一幕自己以为真诚而别人视为滑稽的悲剧。但如今我不仅没有真挚的笑容，连心灵感激惭愧的泪泉都枯干了。我把自己封锁在几重山峰的云雾烟霞里，另在这荆棘（的）人间留一个负伤深重的残躯，载着那生活的机轴向无限的旅程走去，——不敢停息，不敢抵抗的走去。

写到这里我不愿再说什么了。

近来为了一件事情，令我不能安于那种遗失自己——似乎自骗的行为；才又重新将自己由尘土中发现出，结果又是一次败绩，狼狈归来，箭锋刺心，至今中夜难瘥，隐隐作痛；怕这是最后的创痛了！不过，我愿带着这箭痕去见上帝，当我解开胸襟把这鲜血淋漓的创洞揭示给他看的时候，我很傲然地自从我是人间一员光荣归来的英雄。

自从我看了亚米契斯的《爱的教育》之后，常常想到自己目下的环境，不知不觉之中我有许多地方都是在试验她们，试验自己。情育到底能不能开辟一个不是充满空虚的荷花池，而里面有清莹的小石，碧澈的小波，活泼美丽的游鱼？

第一次我看见她们——这幻想在我脑中成了一个亟待解决的问题，许多活泼纯洁、天真烂漫的苹果小脸，我在她们默默望着我行礼时，便悄悄把那付另制的面具褪去了。此后我处处都用真情去感动她们

有一次，许多人背书都不能熟读，我默然望着窗外的铁栏沉思，情态中表示我是感到失望了。这时忽然一个颤抖的声音由墙陬发出：

"先生！你生气了吗？我父亲的病还没有好，这几天更厉害了，母亲服待着也快病了。昨夜我同哥哥替着母亲值夜；我没有把书念熟。先生！你原谅我这次，下次一定要熟读的。先生！你原谅我！"

一个十二岁的小女孩，她的头只比桌子高五寸。这时她满含着眼泪望着我，似乎要向我要怒宥她的答复。"先生？芬莱的父亲因为被衙门裁员失业了，他着急一家的衣食，因此病了。芬莱的话，请先生相信她，我可以作证。"中间第三排一个短发拂额的学生，站起来说。

"先生！素兰举手呢！"另一个学生告诉我。

"你说什么？"我问。

"先生！前天大舅母死了，表姊伤心哭晕过去几次，后来家人让我伴她到我家，她时时哭！我心里也想着我死去五年的母亲，不由得也陪她哭！因此书没有念熟，先生……"

素兰说着哽咽的又哭了！

我不能再说什么，我有什么理由责备她们？我只低了头静听她们清脆如水流似的背书声，这一天课堂空气不如往常那样活泼欣喜；似乎有

一种愁云笼罩着她们，小心里不知想什么？我的心确是非常的感动，喉头一股一股酸气往上冲，我都忍耐的咽下去。

上帝！你为什么让她们也知道人间有这些不幸的事迹呢！？

春雨后的清晨，我由别校下课赶回去上第二时，已迟到了十分钟。每次她们都在铁栏外的草地上打球跳绳，远远见我来了，便站一直线，很滑稽的也很恭敬的行一个童子军的举手立正（礼），然后一大群人拥着我走进教室，给我把讲桌收拾清楚，然后把书展开，抬起她们苹果的小脸，灵活的黑眼睛东望西瞧的不能定一刻。等我说："讲书了。"她们才专神注意的望着我看着书。不过这一天我进了铁栏，没有看见一个人在草地上。走进教室，见她们都默然的在课堂内，有的伏着，有的在揩眼泪，有的站了一个小圆圈。我进去行了礼，她们仍然无精打采的样子。这真是哑谜，我禁不住问道：

"怎么了？和同学打架吗？有人欺侮你们吗？为什么不高兴，为什么哭？因为我迟到吗？"我说到后来一句，禁不住就笑了。"不是，先生，都不是。因为波娜的父亲在广东被人暗杀了！她今天下午晚车南下。现在她转来给先生和同学们辞行。你瞧！先生，她眼睛哭得像红桃一样了。"自治会的主席，一个很温雅的女孩子站起来说。"什么时候知道的！唉！又是一件罪恶，一支利箭穿射到你们的小心来了！险恶的人间，你们也感到可怕吗？"我很惊惶的向她们说。

"怕！怕！怕！"许多失色苍白的小脸，呈现着无限恐怖的表情，都一齐望着我说。

我下了讲堂，走到波娜面前，轻轻扶起她的头来，她用双手握住我，用含着泪的眼睛望着我说：

"先生！你指示我该怎样好，母亲伤心的已快病倒了。我今天下午就走。先生，我不敢再想到以后的一切，我的命运已走到险劣的道上了，我的希望和幸福都粉碎成……"她的泪珠如雨一般落下来。

"波娜！你不要哭了，这是该你自己承受上苦痛挣扎的时候到了。我常说你们现在是生活在幸福里，因为一切的人间苦恼纠葛，都由父母替你堵挡着，像一个盾牌，你们伏在下面过不知愁不认忧的快乐日子。如今父亲去了，这盾牌需要你自己执着了。不要灰心，也不要过分悲痛，你好好地持奉招呼着母亲回去。有机会还是要继续求学，你不要忘记你曾经告诉过我的志愿。常常写信来，好好地用功，也许我们还有再见的机会……"

我说不下去了，转身上了讲台，展开书勉强镇静着抑压着心头的悲哀。

"我们不说这回事了，都抬起头来。波娜！你也不要哭了，展开书上这最后一课吧！你瞧，我们现在还是团聚一堂，刹那后就风吹云散了。你忍住点悲哀罢，能快活还是向这学校同学、先生同乐一下好了。等你上了船，张起帆向海天无际的途程上进行时，你再哭吧！听我的话，波娜！我们今天讲《瘗旅文》"

我想调剂一下她们恋别的空气，自己先装作个毫不动情漠然无感的样子。

无论怎样，她们心头是打了个不解的结，神情异常黯淡。

下课铃摇了！这声音里似乎听见许多倾轧陷害，杀伤哭泣的调子。我抬起头望了望波娜，灰白的脸，马上联想到（她那）僵毙在地上，鲜血溅衣惨遭暗害的父亲。人间这幕悲剧又演到我的眼前；如此我只有走了。匆匆下了课，连头都不曾抬就走出了教室。隐约听见波娜和她们说话的声音，和许多猛受了打击的惊颤小心的泣声。

我望望天上无心的流云，和晴朗的目光；证明这不是梦，也不是夜呢！

第二天上课时，她们依然神情颓丧，我的目光避躲着波娜的空位子，傍近她的同学都侧着身体坐着，大概也是不愿意看见那个不幸的地盘。

那日下午那个空位子我就叫素兰填补了。

自从那天起我们都不愿意谈到波娜,她们活泼的笑容也减少了,神态中略带几分恐怖顾虑的样子,沉默深思,她们渐渐地领略了。我怨恨这戏毒万恶的人间呢!污染了这许多洁白的心灵!求上帝,允许谅恕我的忏悔吧!我愿给我以纯真如昔的她们,不再拿多少未曾经见的罪恶刺激残伤她们。

平常一件不经常的小事,有时会弄到不可收拾、救药的地位。罪恶都是在这样隐约微细中潜伏着,跃动着。

学校里发生了一宗纠葛不清的公害,这里边牵涉到素兰。我一直看着她宛转在几层罗网几堵石壁中挣扎,又看见她在冷笑热讽威吓勒逼中容忍;最后她绞思焦虑出许多近乎人情的罪恶来报恩,她毅然肩负了一切,将自己作了一个箭垛,承受着人们进攻射击而坦然无愧于心。多少委曲求全,牺牲自己来护别人的精神,这是最令我惭愧的,汗颜的。

我曾用卑鄙的态度欺凌她,我曾用失望的眼光轻视她;我曾用坚决的态度拒绝她,我曾用巧语诱惑她。如今我忏悔了,我不应随着多数残刻浅薄的人类,陪她在极苦痛中呻吟着;将她的义气侠性认为罪恶,反以为这是自己的聪明。

当她听了我责备她的话时,她只笑了笑说:"先生!我希望你相信我,我负了这件罪恶时,却能减少消失一个人的罪恶,我宁愿这样做,我愿先生了解我,我并不痛苦!"她面色变为灰白了。

"我爱我死(去)的母亲之魂,如我的生命;先生!我请母亲来鉴谅我,这不是罪恶,这是光荣。"她声音颤抖的说。

当我低头默想这件事的原因时,她已扶着桌子晕过去了!

四周都起了纷扰,吓的许多女孩望着她惨白的面靥哭了!我一只手替她揩着眼泪,一只手按着她博跃的心默默祷告着,愿她死去的母亲之灵能原谅我的罪过,我悄悄说:"让她醒来吧!让她醒来吧!"

从三点钟直到五点钟，她在晕迷中落泪，我也颤抖着心，想到人间的险艰，假如她真个是牺牲上自己代别人受过时，那么我们这些智慧充分，理智坚强的人，不是太对不住她了吗？可怜她幼无母亲的抚爱，并遭继母的仇视，因此她才得了神经衰弱之疾，有一点刺激便会昏厥不醒的。她在无可奈何中，寄居在舅母家，这种甘苦我想绝不是聪明的人所能逆料到的吧！每次读到有关慈母或孝养的书时，她总泪光模糊的望着我。我同情她，我也可怜她，因此我特别关心挂想这无人抚管的小孤女。但是这一次我是不原谅她，因为我自认她曾骗过我。

　　她晕厥归去的那一夜，我曾整夜转侧不能入寐，想到她灰白的面庞和黑紫的嘴唇，我就觉得似乎黑暗中有种细小的声音在责备我。我一直在悬心着怕她有意外，假如她常此失去健康，那我将怎样忏悔这巨大的罪戾呢？我想到母亲，她在炮火横飞的娘子关内，这时正在枕畔向我祝福吧！母亲！我真辜负了你濒行的教诲和嘱咐。

　　翌晨我去学校，打听了她的住处，我拟去看素兰，后来莲芬说我不去好，怕她见了我又伤心。打电话去问时，说她病已有转机了。

　　为了这件事，我痛心到万分，自己旧有的创痕也因此崩溃。

　　几周后，素兰来校上课了，她依然是那样沉默着，憔悴的脸上，还隐约显着两道泪痕，我不忍仔细注视她，只微微笑了笑，这也许表示忏悔，也许是表示欣慰。

　　事情就这样糊涂了结。作文时，我出了"别后"的题目，素兰写了一封信给她死去的母亲，是这样说：

　　亲爱的母亲：

　　　我已经觉着模糊中能意见你慈祥的面容儿，但如今又渐渐在清醒中消灭了！我是如何的怅惘呵！这件事我想你的阴灵该早知道了，不过母亲，我不能得若何人了解同情的苦衷，我该诉向母亲的，母亲！你知道吗？

在一月前你的侄儿翔持着一封信，托我顺便带给蓬芬，不解事的我，便不加思索的带给她。母亲呵，我那知道这是封冒名的情书。学校先生叫了我去盘诘，但我固顾及翔的前途，不敢直说，终于说了个"不知道"蒙哄过去。

奇怪呵！每天在我书桌上笑盈盈督促我用功勤读的你的遗照，竟板起面孔来问着我。这时我的良心也似乎看见你的怒容叱责我："你为什么欺骗先生，小孩子不应该说谎话。"

我是小孩，我那知道人事情形是如此复杂，我鼓起勇气，到先生处以实情相告，如释重负般跑到家里，预料到你一定是笑盈盈的迎我了。那知事实与理想是常常相背的，你依然郁郁不乐的向着我。我现在说实话了，为什么你还不乐呢？隐约中良心又指示："你竟这样的糊涂，虽然说了实话，但翔将如何？翔的前途便因你这一句话完全布满了黑暗和惊涛。他固罪有应得，不过舅父对你那样好，你忍心看他的爱子被学校惩罚革除吗？"母亲？我那样真不知怎样才好，不实说，将蒙欺骗之罪对不起先生，实说了，翔将不利又对不起舅父。终于用我幼稚愚拙的脑筋，想了一个我认为最完善的办法。

第二天，我鼓起那剩余的勇气，毅然决然的再到先生处，去实行我昨夜的计划——代翔认过——然而不幸又被莲芬指破，她不忍看我受先生的埋怨，她不忍见先生失望我是如斯无聊的一个学生，她将我代翔受惩以报答我恩深义重的舅父一番心都告诉了先生，我真悔，无论如何不该告诉莲芬以致泄漏。母子呀！请你特别原谅我，因为我意志不坚，想及代翔认过后的前途和名誉，不免有点畏缩；但你的影子，你的话，都深深缭绕于我的脑际，又使我不得不自认。终于想了这个拙法告诉莲芬，在我的愚笨心理以为有一个人知道我的曲衷，就是死也不冤枉了。

不幸翔家人都认为我诬赖翔，学校先生也疑惑我诬赖翔，都气势汹汹的向着我，我宛如被困于猛兽之林的一只羊。而且翔的姐姐到先生处声辩质问，先生又叫我去审问。母亲呵！我为了你，为了翔，为了思深情重的舅家，我最后，承认冒名情书是我写的，以前的话是虚伪的。我只能说这一句，别的曲衷我不愿让表姐知道的，那知先生说：

"这封信原来就是你写的，我万想不到你是这样一个学生，我白用苦心教你了。你一直在欺骗我，你说的话以后教我怎能相信？素兰，我白疼你了，你对不起我，也对不起亡去的母亲。"这话句句像针一样刺着我，我不能分辨，只默受隐忍着这不白之冤；不过先生又用慈悲的眼光望着我，她似乎在我坦然的态度上看出了我是代翔认过的情景真实了。但是，母亲，这几天的惊恐，颤栗，劳疲，绞思，到如今不能支持了，我的小心被这些片片粉碎了。我的神魂失主了，躯壳也倒地了……醒来，父亲抱着我，继母没有来，舅母和表姐和翔都含泪立在床畔，我欣慰中得到一种可骄傲的光荣。你的遗照上满布了笑容，而且你似乎抚慰我说："兰儿！努力你的功课吧！这点小事不必介介于怀呵！如今她们都了解你了，翔的前途也无危险了，不过你告翔以后务要改过谨慎，星星之火足以燎原，连你也要记着！"

正在热望你复活的爱女
素兰

我深夜在灯下读完这篇作文时，我难受的落下泪来！我在文后批了这几句话：

"我了解你，不过我怨恨人类，连自己。这次在我心版上深印了你的伟大精神，我算一件很悲哀、残忍、冷酷、庄厉的罪恶忏悔着。愿你努力读书，还要珍爱你的身体；母亲在天之灵是盼望你将来的成就，成就的基础是学问和身体。"